开往春天的列车

晨 旭 著

山西出版传媒集团
北岳文艺出版社
BEIYUE LITERATURE & ART PUBLISHING HOUSE

图书在版编目（CIP）数据

开往春天的列车/晨旭著.—太原：北岳文艺出版社，2017.4（2025.4重印）
ISBN 978-7-5378-5074-2

Ⅰ.①开… Ⅱ.①晨… Ⅲ.①纪实文学-作品集-中国-当代 Ⅳ.①I25

中国版本图书馆CIP数据核字（2017）第005887号

书名：开往春天的列车	策　划：商爱欣	责任编辑：赵　婷
	封面设计：宗彦辉	
著者：晨　旭	内文设计：邱孝萍	印装监制：巩　璠

出版发行：山西出版传媒集团·北岳文艺出版社
地址：山西省太原市并州南路57号　邮编：030012
电话：0351-5628696（发行部）　0351-5628688（总编室）
0351-5628695（编辑室）　传真：0351-5628680
网址：http://www.bywy.com　E-mail：bywycbs@163.com
经销商：新华书店
印刷装订：三河市天润建兴印务有限公司

开本：660毫米×960毫米　1/16
字数：182千字　印张：17.75
版次：2017年4月第1版
印次：2025年4月河北第4次印刷
书号：ISBN 978-7-5378-5074-2
定价：45.80元

目 录

第一辑◎

浙里的年味儿 …………………………………… 3

浙江的创意乡村 ………………………………… 9

浙江的"断头龙" ……………………………… 15

浙江的"美丽之花" …………………………… 25

丽水的美丽乡愁 ………………………………… 30

丽水的千年乡旅 ………………………………… 35

舟山的"海节" ………………………………… 39

湖州的丝绸文化 ………………………………… 45

湖州的"两山"新篇 …………………………… 51

嘉兴的乡村艺术 ………………………………… 54

平湖的"九彩龙" ……………………………… 56

嘉善的"过大年" ……………………………… 65

嘉善的"善文化" ……………………………… 70

衢州的"新风景" ……………………………… 78

常山的"时代场景" …………………… 81

金华的"环境革命" …………………… 88

浦江的碧水青山 ……………………… 91

台州的"新硬气" ……………………… 97

台州的农村电商 ……………………… 101

临海的蜜橘 …………………………… 104

绍兴的乡村景观带 …………………… 111

上虞的母亲河 ………………………… 114

诸暨的"康庄大道" …………………… 120

宁波的"四大行动" …………………… 124

鄞州的乡村蜕变 ……………………… 127

曹村的"神灯" ………………………… 132

冯宅村的"孝悌" ……………………… 137

杭州的风情小镇 ……………………… 140

上城的餐饮文化 ……………………… 143

第二辑◎

宗庆后：扛起民族的大旗 …………… 147

马云：新时代的"阿里巴巴" ………… 165

任尧森：打造一个崭新的未来 ……… 184

郭卓钊：朝着辉煌一路飞奔 …………………………… 202

张锦芳：永不停息的脚步 ……………………………… 216

杉杰：柯桥是我心中的"印度" ……………………… 225

王雷杰：安全食品的"守护神" ……………………… 237

杨茂成：城市道路的"门诊部主任" ………………… 245

钟晓生：西塘文化的播种者 …………………………… 255

开往春天的列车 ………………………………………… 261

后　记 …………………………………………………… 277

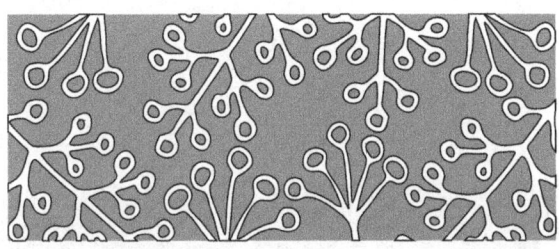

第一辑

浙里的年味儿

祭妈祖、舞渔灯、渔歌对唱，祝福、社戏、水上婚礼，杀年猪、祭天地、看村晚……临近2015年的春节，记者赴渔乡宁波市象山县石浦镇、水乡绍兴市柯桥区安昌镇和山乡金华市磐安县尖山镇采访，发现那里的乡村正紧锣密鼓地准备过春节，家家户户都贴上红红的对联迎接新春，满大街挂满红灯笼，充满了喜庆的气氛，到处弥漫着具有地域特色的"年味儿"。

1

众所周知，春节俗称"年"，是我国最隆重的传统节日，迄今已有四千多年历史。从腊月二十三的"小年"开始，一直到正月十五的"元宵节"，全国各地都会举行一系列的民俗活动来迎接新一年的到来。这些活动凝聚了中华民族几千年来农耕文明的精华，承载了人们对阖家团圆、健康向上、富足美满的生活的追求和向往，并集中展示了我们的民族性格特征。

浙江有平原、山区、丘陵、河流等，是中华民族的发源地之一。大约从八千年前开始，渐渐形成了自己区域的文化特色，经过长期的发展和演变，成为中国经济、文化最发达的地区之一，先后出现过河姆渡文化、马家浜文化、良渚文化等文明。多样的地理风貌和丰富的文化传统，使得其"十里不同风，百里不同俗"，每年春节期间，浙江各地会举行形态各异的民俗活动。归纳起来有如下这些：腊月二十三，大扫除，办年货，送灶君菩萨上天；大年三十，贴对联，放鞭炮、烟火，吃年夜饭，守岁，祭天地菩萨；正月初一，首先是放"开门炮"，送旧迎新和接福，俗谓"接年"，穿新衣，祭祖拜神，祈求全年家人平安，家业兴旺；初二到初十或延至十五，走亲访友——拜年。这些民俗活动既含有中国传统的气息，也有浙江文化独有的特色。

过年不仅仅是一个地区年度的聚会和娱乐，贴春联、吃年夜饭、祭祖、守岁、燃放鞭炮、拜年等，这些"年文化"方式的代代延续，更是一种文化的传承。它体现了一个地区的文化心理，也就是团圆、亲情、祥和，此中包含着强大的民族凝聚力和亲和力。

然而，随着经济日益全球化，在外来文化的不断冲击下，由于我们对自己的文化传统及其载体缺乏保护，我们传统的、本土的、主体的精神情感从某种程度上变得无所依傍，并渐渐淡化，甚至经裂纬断，一度落入空茫之中。于是，如何进一步加强对春节等传统节日文化的保护与传承，通过多样性文化增添各个地区甚至整个国家的魅力，成了值得深思的课题。

2

为了改变这种现状,当前浙江农村除了民间顺应生活方式的变化而进行过节习俗的自动更新外,各地政府部门、学术界及其他社会力量在进行年俗的传承与保护时,强化了春节习俗的现代性元素:第一,提炼、宣扬了传统年俗的现代文化内涵;第二,强化、拓展了传统年俗的娱乐性与公共性。整体而言,从根本上营造了有利于兴旺传统节日的人文环境。

在浙东的象山,无论是石浦举办的以"祈福""过年""闹新春"为主题的新春文化庙会,抑或象山推出的"游象山影视城,看钟馗伏魔"等春节庙会系列活动,还是东门渔村以"游客在中国渔村过一个石浦人的春节"为主题的春节活动,以及各农家乐特色村提供的果蔬采摘、磨豆腐、捣年糕等内容丰富、参与性强的农事体验活动,均渗透了现代的时尚元素。

嘹亮的歌声、热情的舞蹈、令人捧腹的相声……在浙南丽水这九山半水半分田的土地上,各镇各村的农家在寒冬腊月热闹非凡。在庆元县举水乡月山村春晚的带动下,丽水"村晚"遍地开花。目前,"村村有节目,家家有表演",男女老少齐上阵,乡贤游子共出谋,鱼灯、木偶戏等传统节目登上舞台,磨豆腐、熬豆浆、包山粉饺等民俗也纷纷加盟,沸腾了整个丽水山乡。

在浙中的武义,柳城镇江下村是为数不多的少数民族——"畲族"村,春节期间,不管是磨豆腐、打年糕等办年货活动,还是除夕夜的盘歌会、锅庄舞、封压岁包以及正月初一的畲家民族竞技赛等活动，都能让你沉浸在浓郁的畲家年味之中。此外，温泉之城的冬自然少不了温泉，那些精彩纷呈且年味十足的节庆活动，能洗去你一年的疲倦，让你过一个不同寻常的年。

跳竹马、舞龙、踩高跷、闹花灯、看大戏……无疑是小孩子们一年里最开心的时光。而这些渐远的记忆，在浙西衢州通通可以得到唤醒。在开化池淮、苏庄、桐村、村头等地，舞布龙、板凳龙、闹花灯等传统民俗在正月接连上演，让人应接不暇；在柯城区九华乡妙源村，正月初五迎来立春祭活动；在江山贺村镇湖前村，一年一度的春节联欢晚会在正月初一与大伙见面。

腊月二十三开始的祭灶活动，是一项影响很大、流传极为广泛的民间年俗活动。在浙北嘉善西塘古镇的"倪天增祖居"的老宅，游人可以亲自体验并参与该活动。此外，在大年初一至初五，还有"送财神"的队伍走街串巷，为古镇百姓以及远道而来的客人送上祝福。同时，看社戏、耍龙灯、吃年夜饭、接路头……这一系列节庆活动，排满了西塘的整个春节。

3

显然，在中国过春节，虽然总少不了吃饺子、逛庙会、放鞭炮，但各地的百姓总会把"过年"这件最喜庆的事，染上最浓郁的地方色彩。他们辛辛苦苦一整年下来，不管收获如何，都会趁机疯玩一把，探寻各地的年味，凑个热闹迎新年。记者在浙江农村采访期间，在各大村落、老街、集市、农家乐和民宿等场合，看到的是红红火火的景象，体会到的是热热闹闹的年味。

随着创建美丽乡村的纵深开展，浙江各大乡村呈现了一幅幅迷人的美景，再加上随着习近平总书记"望得见山、看得见水、记得住乡愁"的精辟论述的提出，全省各地以"美丽乡愁"为主题，激活乡村传统文化，开发乡村民俗活动，将浓浓的年味打造成了一道道的靓丽景观，更使得一拨接一拨的游客于春节期间慕名前往，使浙江的乡村游迎来了旅游经济的春天。

采访期间，记者漫步在柯桥区安昌古镇长街，浓浓的"年味"扑面而来：小桥上、河岸边、屋檐上，一卷卷腊帘子、一排排酱鸭儿、一组组鱼干，酱香四溢，令人垂涎三尺；扯白糖、冻米糖、土制香糕，传统的糕点美食，一溜儿排在街边，绍兴几千年的年俗风情展现得淋漓尽致，使整条长街成了"水乡文化的长廊、市井习俗的长卷、特色商品的长街、古镇风韵的长音"。

镇上一家农家乐老板告诉记者，春节这几天，每天都要准备四五十桌农家菜，比平时增加了二十多桌。上海、杭州、江苏的客人都赶过来了，他们基本上都是年前预订好的，如果年后再到农家乐预定的话，根本订不上。"土鸡、酱鸭、腊肠这些是少不了的，游客点名要的。"他说，荸荠、甘蔗、鲜鱼、土鸡蛋等年货，游客除了在农家乐品尝外，走的时候还要买一些带回去。

记者在素有"空中乡村"美誉的磐安县尖山镇乌石村看到，为迎接春节的游客，村后的集市上，出售特色农产品的村民已一溜排开——有卖当地香榧子的、卖小花生的、卖高山茶的、卖火腿的，甚至还有卖绿色果蔬的。"过年不仅带动了村里的农家乐经济，还为农特产品销售开拓了渠道,这几年乌石村人的荷包都鼓了起来。"陪同记者采访的尖山镇文化站站长张炉永说。

很显然,"在乡村过大年",已不仅是一场过年的礼仪,也成了带动当地农民增收的重要文化活动。在春节期间,浙江各地农民自产的农特产品等一系列年货,受到了广大游客的热捧,很多年货甚至被抢购一空。通过"过年"这一展示平台,促进浙江更多的乡村休闲游产品打开销路,实现了"以春节促旅游,以春节促经济"的发展理念,极大地带动了当地村民的物质富裕。

当然,浙江的"年味",不光是物质的丰盛,还是精神的丰盛。"年近岁末,看这里'祭灶',邀我吃'祭灶果',特温馨。"在象山县石浦镇东门渔村暂居的上海游客尚女士高兴地说。连日来,这里的年味像新酿的米酒,在石浦渔港弥漫开来。"我也是在农村长大的,总忘不了在乡村过年的乐趣。"年近古稀的杭州游客卓先生深情地说,"这仿佛又让我回到了童年的时光。"

其实,年,是一种努力生活化的理想,一种努力理想化的生活。当生活和理想混合在一起,就有了"年味"。浙江的历史,是一幅用八千多年时光在十万平方公里土地上书写的春秋变幻图,也是全省近五千万勤劳智慧的人民共同谱写的如歌的岁月。它的年味,不仅传承了民俗底蕴、延续了文化脉搏,更体现了生态之美、经济之富和民生之福。

浙江的创意乡村

九年前,湖州市莫干山镇劳岭村的三九坞只有二十来个留守老人,空下很多老式的泥坯房、西洋楼。2007年,在上海做传媒工作的南非小伙高天成,第一次骑自行车来这里游逛,似乎闻到了家乡的泥土味。于是,他和朋友们租下其中几套,改造后开始经营特色民宿——"洋家乐"。如今,三九坞已从一个不知名的小村落成为闻名遐迩的"世界村",成了湖州乡村游的一张金名片。

显然,这是一个创意激活"空心村"的传奇。而类似这样的传奇,目前正在浙江农村不断演绎着:金华市浦江县虞宅乡新光村的灵岩古庄园以O2O的形式经营手工艺品和当地农特产品,成为旅游创客基地;湖州市德清县莫干山的庾村让一座1936年建造的蚕种场,蜕变成今日的文化型集镇;台州市天台县南屏乡把一条长约十二公里的南黄古道,打造成了"江南最美枫叶古道"……

创意，让乡村更美丽

前些年，随着农村经济的发展，全国许多村庄在建设过程中，新建住宅呈"摊大饼"式不断向四周扩张，而位于村庄中心的老村区则保留了大量破旧建筑，且许多已经闲置，形成了"空心村"现象。这不仅影响了村容村貌，也浪费了土地资源。它的存在，成了农村经济可持续发展和现代化进程的"绊脚石"。

"藏富于民"的浙江农村，作为"美丽乡村"建设的先行区，于2003年开始启动"千村示范万村整治工程"，经过十年的"美丽接力"，农村的面貌发生了整体改变。可是，村庄的环境、设施虽然变好了，但因青壮年大量外出务工或搬迁，只有老弱病残在家留守，"空心村"的现象依然十分普遍。

其实，"空心村"的问题不仅仅存在于中国，因为高速的城市化进程，发达国家也面临着同样的境遇。在国外，部分艺术家早些年就已加入了拯救村落的队伍，用创意重新赋予村庄活力，这是文化村的独特之处，也是幸运之处。它们的存在给了我们许多启发，也让我们看到了传统村落未来的更多可能性。

在城镇化的进程中，中国的乡村日益荒芜，不复昔日诗意，如何把一个传统的落后乡村，转化成融合自然农业、环境保护和休闲旅游为一体的新故乡？这是浙江一直在思考的问题。于是，最近几年以来，各地政府开始积极运用创意思维，打响了一场"重新认识乡村、激活乡村和塑造乡村"的战役。

在杭州市桐庐县江南镇，记者看到荻浦村利用废弃的牛栏、猪栏打造出了牛栏咖啡、猪栏茶吧；深澳村将无人居住的明清古建筑改造成了具有怀旧色彩的民国记忆咖啡吧。国外最时尚的咖啡与国内最土的猪栏牛棚结合，无不洋溢着别具风味的情调；而环溪村培育的莲海和荻浦村养护的花海，更使得古村落与景观农业相得益彰。

大罗山海拔六百三十米高处的温州市瓯海区仙岩街道盘垟村，两年半前这里没有通村的水泥路，村内原有五十七幢古老的石头房，多数已破旧不堪，有的则只有残余的石墙和石梁，常住的村民只有寥寥几户，民房多数处在荒废中。如今在这儿，无论是两边石崖上精美的墙绘，还是房屋上的个性涂鸦，都会让人不自觉地放慢脚步。

在历史文化名镇长兴泗安镇上泗安村，村民们修缮古码头、古粮道，重拾玫瑰酥糖、水磨豆腐等传统工艺，与还在修建的文体中心一起打造了非遗展示厅、图书馆等多个活动场馆。游客来到这里，白天感受古镇的人文荟萃，夜里入住藏身花海的特色农家乐，在非遗民俗和现代文化间自由穿梭，幸福写满每个人脸上。

……

如果说，市场经济的要义之一是"无中生有"——资源有限、市场无限，也就是说市场的培育可以从无到有、无中生有。那么，创意从本质上说也是"无中生有"——市场有限、创意无限。缺少文化就赋予它文化，特色不足就赋予它特色，没有创意就赋予它创意。因为只有拥有了创意，一切才皆有可能。

确实，记者在采访中发现，由于融入了创意的元素，泥石外墙、低矮屋檐、坑洼泥地……乡村原本破旧不堪的牛栏猪舍，现在摇身一变，成了感受复古情怀的茶室、咖啡厅；猪食槽、黄鳝笼、石磨盘、葫芦瓢……那些只能在农村老房子里看到的器物，如今转眼变成寄托乡愁的点缀。由此，浙江众多乡村魅力再现，美丽无限。

创意，让生活更美好

提到"创意"，日本人说过"独创力关系到国家兴亡"；韩国人讲过"资源有限，创意无限"；新加坡把"下一个繁荣"寄托于创意产业；英国国会则在十多年前提出"人民的想象力是国家的最大资源"，未来学家托夫勒甚至在20世纪就如此预言："资本的时代将过去，创意时代在来临；谁占领了创意的制高点谁就能控制全球！"

2009年3月，被海内外称为"中国最高级别智库"的中国国际经济交流中心在北京成立，这表明中国最高决策层已然意识到一个国家对"脑风暴"的迫切需要。同年7月，国务院常务会议通过《文化产业振兴规划》，意味着以"脑力"为主要生产力的中国"创意产业"，真正站在了"国家战略工程"的高度。

确实，创意可以改变这个世界。在美丽乡村建设中，浙江打造创意引爆点，全力扶持当地百姓利用闲置房屋创业，从而全面激活了各界人士的创业激情，引爆了一股"空心村"二次创业的风潮。这不仅提升了村庄的整体品位，还极大地带动了村庄旅游休闲、农产品加工等产业的发展。

记者在采访中了解到，舟山市定海区干览镇新建社区2009年抓住全国艺术院校大学生实践基地、南洞艺谷两大本土文化优势，先后建成了渔人码头、火车广场、明清老街、群众艺术创作中心等，变成一个"充满书卷气"的人气新村庄。光2014年，南洞艺谷社区接待游客就突破二十万人次，经济总收入达三千五百万元。

已变身为文创园区的杭州市滨江区长河街道山一村，村民陈银儿把柴家坞的主房租给了一家音乐公司，自己住在旁边的辅房里。"两间二楼半的房子一年房租七万元。"她高兴地说，"村里年轻人之前都已经不在村里住了，留下年纪大一点的，现在不少在村里找了工作，保洁员、保安或者在食堂里烧饭，也都有工资收入。"

在丽水市莲都区古堰画乡，由于创客的涌入，原本闲置荒废的房屋、土地，变成了畲风民宿、百亩荷花和蔬菜、竹林基地，成了乡村休闲旅游的一部分，吸引了全国各地的游客。据统计，那里共有民宿二十多家，房间数256个，床位数720个，2014年国庆期间订房率达90%，促进了农民创业增收，推动了古堰画乡经济的发展。

在荻浦村采访期间，桐庐县农办的一位工作人员告诉记者，2014年荻浦村和周边几个古村落联合申报，成为4A级的江南古村落风景区。在去年的五一小长假，荻浦迎客近六万人，景区总收入超过三百万元。"荻浦村的垃圾分类、农业面源污染控制，从美丽乡村延伸到美丽经济，形成良性循环。"他欣慰地说。

在龙泉市上垟镇源底村，村民在2014年春节期间"创意"了自编、自导、自演的"乡村春晚"，把原本无序、自发、零散的乡村春节民俗文化整合起来,成为当地村民的一道"文化大餐"。据悉,目前丽水全市共有587个村举办了"乡村春晚",村村互动、多村联演的形式吸引了百万群众参与,使乡村成了"欢乐的海洋"。

创意,为美丽乡村建设开拓了新的空间,使农村的发展得到良性循环。如今,越来越多的浙江村民回乡创业,农村中坚力量的回归,也解决了一系列的社会问题,如空巢老人的赡养、留守儿童的教育。同时,通过"空心村"的二次创业,优质人才的落户、本土优秀人才的回归等将现代文明带入乡村,村民的文明素养越来越高。

从"废弃闲置"到"新妆上阵",浙江在建设美丽乡村时,从各自的传统历史、人文积淀、资源禀赋、地形地貌等特色出发,充分运用创意这个元素,点石成金、点靓成景、转化资源、彰显特色,"照靓"了乡村的美丽,创造了乡村的价值,体现了乡村的新貌和地域的特色;提高了农业产业附加值,打造了促农增收新兴业态,提升了农民的幸福指数。

春风得意马蹄疾。当前,浙江正朝"从传统村落向创意乡村挺进"这个新的方向努力着,发展路径也愈加清晰。记者相信,接下来浙江的美丽乡村,将会从"一处美"迈向"一片美",从"一时美"迈向"持久美",从"外在美"迈向"内在美",从"环境美"迈向"发展美",从"形态美"迈向"制度美",从而打造出一个个升级版的"美丽乡村"。

浙江的"断头龙"

中国龙与普罗米修斯

火,在人类的生活中一直扮演着重要的角色。从一百多万年前的元谋人,到五十万年前的北京人,都留下了用火的痕迹。我国史前人类对火的认识、使用和掌握,是人类历史上取得的重要进步。在世界众多民族的信仰之中,都有火崇拜的内容。以古希腊人为例,他们认为火在世界上的出现,源自普罗米修斯的神话。

于是,盗火英雄普罗米修斯,作为一位造福人类的神祇,在古希腊受到普遍崇拜。传说为了纪念他,奥林匹亚山的当地人,每隔四年都要举行一次祭祀仪式。古代奥林匹克运动会的点燃圣火仪式,也起源于普罗米修斯盗取火种的神话,其中蕴含着和平、光明、团结与友谊等意义。

在人类的生活中,跟火一样扮演着重要角色的,无疑就是水了。水是地球上最常见的物质之一,是包括人类在内所有生命的重要生存资源，也是生物体最重要的组成部分。在人类的童年时期，人们对水兼有的养育与毁灭的能力及不可捉摸的性情产生了又爱又怕的感情，由此产生了水崇拜——通过赋予水以神的灵性，祈祷水给人类带来安宁、丰收和幸福。

中国传统意义上的龙，等同于古希腊的普罗米修斯，如果说后者是人们对火的神格化，那么前者则是人们对水的神格化。因为在中国古代传说中，龙往往具有降雨的神性。佛教传入中国之后，佛经中就称诸位大龙王"动力与云布雨"。自唐宋以来，帝王往往封龙神为王。从此，龙成了兴云布雨，为人类消灭炎热和烦恼的神。龙治水，便成了民间普遍的信仰。

由于中国古代把龙看作能行云布雨、消灾降福的神物，中国凡是有水域、水源处皆有龙崇拜，龙王庙、堂遍及全国各地，祭龙王祈雨成了中国传统的信仰习俗：有的地方久旱不雨时便舞龙祈雨；有的地方插完秧之后舞龙驱虫。舞龙这种民间娱乐形式也就应运而生，并广泛流行于中国各地。舞龙的产生，往往又跟龙的传说相伴。浙江的"断头龙"，就是这样一个典型。

中国版"普罗米修斯盗火"

说起"断头龙"，目前列入浙江非遗项目的有三处，一处是在江山，另一处在兰溪，还有一处在建德。由于所处的地区不同，其历史缘起也各不相同。

江山版的"断头龙"传说大概是说古时的江山须江上游峡里潭

（现峡口水库）龙洞中住着一条老龙，主管着江南这一片的行云布雨。有一年，江山大旱，田地颗粒无收，百姓到龙潭去求雨。老龙面对百姓的祈求，感到很为难。因为按照天庭规定，江山这三年必须大旱，不能随便降雨。可他最终不忍心看着百姓活活饿死，还是偷偷为江山降了一场大雨。玉皇大帝获悉后大发雷霆，将老龙斩首示众，把他的身子锁在了峡里潭的龙洞里，头抛到了离龙洞一百里的景星山上，为防老龙身首合拢，还在山顶用一头石虎镇住龙头。景星山后来俗称老虎山。

兰溪版的是这样的：相传唐代贞观年间，浙江连年大旱，禾苗枯焦，百姓纷纷求告龙王。龙王动了恻隐之心，立即奔赴天庭奏请玉皇大帝准他降雨。玉皇大帝下了一道旨令：城内降雨七分，城外降雨三分。龙王领旨以后心想，城里降雨七分就要闹水灾，城外降雨三分又无济于事，何不来一个倒三七降雨呢！于是龙王在城里降了三分雨，在城外降了七分雨，城里城外的百姓都得到了好处。玉皇大帝知道以后大发雷霆，怒斥龙王违抗天旨，对龙王处以斩刑。

建德版的跟兰溪版的前半部分相同，只是龙王变成了涉世未深的青龙，后半部分则增添了现实色彩，说玉帝令人间宰相魏徵对青龙施以斩刑。青龙得知后向唐太宗求救，唐太宗念其解旱有功，答应设计相救。斩龙之日，唐太宗特邀魏徵下棋，想以此延误斩龙的时辰以救青龙。对弈开始不久，魏徵昏昏入睡，满头大汗。唐太宗想让他多睡一会以错过施刑时间，便为魏徵打扇取凉，却不料此时魏徵正在追杀青龙，唐太宗助他三阵清风，反倒让魏徵追上了青龙，手起剑落将其斩为九段。

这三个版本，尽管内容上有些出入，但结局却是一致的：龙王

(老龙、青龙）终究因拯救黎民百姓被斩首，百姓为了报答他的恩德，各村各庄都扎制了龙头，供奉在庙堂或厅堂上，时时焚香礼拜。每到春节和元宵节，村民扛着龙头和龙身，沿村沿庄巡游，对龙王（老龙、青龙）表达哀思。由于龙头被斩下，所以龙头、龙身就分开舞动，因而叫作"断头龙"。

江山版的"断头龙"舞后来还融入一种"毛尚书意义"——传说在明代嘉靖年间，江山出了个三部尚书毛恺，因刚直不阿，得罪了权贵，被斩首弃市，并不准家人将其身首合葬。毛恺生前多次用俸银赈灾、代饥民完赋，百姓为感谢他，在他下葬时，出动三十六条"断头龙"，将其真头与三十五颗假头藏于龙头内，一路游舞，一直送到景星山。阉党虽派心腹监视，也无法发现真头在哪。就这样，江山人偷偷将他身首合葬在了一处。

独一无二的"断头龙"

浙江的这三处"断头龙"，虽然所属地区不同，但道具制作、传统礼规和表演套路大同小异。

每处"断头龙"的整条龙都由龙珠、龙头及龙身组成。龙头骨架用竹篾制成，糊以棉纸，涂上彩色颜料，精描细刻，威武勇猛。龙珠用竹篾扎空心彩球，内可安放点燃的蜡烛。不过龙身长短因地而异，兰溪和建德的龙为七节，加龙头和龙尾为九节（因相传青龙被斩成九段）；江山的龙可长可短，根据舞者人数多少而定，但一律包糊彩色面底，另彩绘或贴金龙鳞。

"断头龙"的表演礼规，三处也差不多。一般在每年正月初即开始挨家逐户舞龙。出舞前一天由"龙灯会"（参加舞龙的人自发组织）派人发红帖至各户以通知。红帖上写着"青龙吉庆""恭贺新年""五谷丰登""风调雨顺"等吉语。第二天就由发帖人和另一人手擎"某某村青龙吉庆"字样灯笼，并提着装有香烛、鞭炮和为接受舞龙户馈赠品（有香烟、糕点、鸡蛋，"利市包"等）而准备的礼篮，率领舞龙队至各村户演出。

舞龙队进村时，锣鼓乐队齐鸣，村民都怀着喜悦的心情，放鞭炮相迎。收到红帖的人家，预先都有准备，堂前点上香烛，虔诚迎候。龙进门时，又燃放鞭炮，以清香迎接，祈求龙王保护一年丰收吉祥。舞龙结束，户主向舞龙队敬烟茶、糕饼。如不吃，提篮者只收香烟和利市包，最后留下几句吉祥话，告别户主。舞龙队一般到正月廿四至廿六散灯才结束活动。只是衢州龙游有的村还有散灯习俗，廿四日傍晚，敲锣打鼓送龙到江边，洗龙后再背道具回村。所收赠金有的提留，有的分离。还规定三年要调换一次队员，或停歇一次，时间不定。

"断头龙"的动作，每处都在不断创新中丰富。如"搭生姜棚"这一套路，最初是为避免舞龙时碰坏富豪人家在中堂悬挂的各种彩灯而设计的。但这一套路传至兰溪后，艺人王阿璋感到龙头龙珠受空间限制，动作难以发挥，于是变棚上竖式"五星形"，使龙头龙珠可在棚外较大的空间进行表演，发挥舞蹈技巧。还有的是吸收了"脱节舞""泥鳅龙"的表演套路，形成自己独特的风格，使"断头龙"日趋完美。

"断头龙"的套路，也都由原来有限的几个，发展成了现在的近二十个。江山的有：贯龙、出水、戏珠、盘腰、靠腰、跳珠、脱壳、破四门、叠塔、叠螺蛳等；兰溪的有：双元宝、金瓜棚、八仙跌、生姜棚、跳玉兔、交椅跌、一字睡跌、刘海戏金蟾、挂腰、青龙脱壳、青龙上天庭、骑肩、盘龙、抢双珠、抛珠、龙靠肩等；建德的有：盘龙、戏珠、伸龙爪、跌五梅花、鲤鱼跳龙门、鲤鱼翻白、龙身穿锁、龙脱壳、龙翻身等。

所有的"断头龙"表演，除一般的龙舞套路外，最大的特点是整条龙头和龙身分离，龙头和龙珠可单独表演带有技巧性的高难度动作，龙身每换一个阵图，龙头和龙珠就舞出一个套路，龙头龙珠的表演不受龙身的牵制，龙头、龙珠、龙节中，还可点燃红烛，夜间起舞时，千姿百态，色彩斑斓，整个龙舞显得变化多端，敏捷轻快。

随着社会的发展，近年每处"断头龙"的道具和服装都在不断改进。初传入时，龙头用竹篾扎制，糊以白纸，龙身以稻草捆缚，以一块一尺宽白布披于稻草上，显得简单粗陋。现在龙头制作十分精细，色彩艳丽，工艺精湛，龙布上龙鳞熠熠，闪闪发光。舞龙人服饰也由过去的便衣，改成了彩色绸缎对襟衣裤。

"断头龙"的"火炬手"

据笔者深入了解，据说古时的兰溪、江山和建德三地全境各乡镇及大一点的村均有龙舞，并且大都为"断头龙"或"节节龙"。但根据史料记载，"断头龙"在清朝时活动于江西，故又称"江西龙"。1925年，由江西玉山县八都的吴宝华等人在龙游县横环乡姚西塘村帮工时传入。1926年至1940年，龙游、兰溪、建德等地才有"断头龙"的足迹。

"断头龙"到底是什么时候传入浙江的，又是怎么流传开来的？现在似乎已很难考证。但有一点非常明确，由于历史的原因，如今许多地方已不大有人会舞龙。现在"断头龙"传承项目保护良好的只剩下兰溪水亭乡、江山上余镇和建德李家镇。在充当"火炬手"的也只有寥寥几个人：江山的郑土祥，兰溪的王国龙、王柏成和建德的诸葛春苟、黄开明。

兰溪"断头龙"传承人王国龙告诉我们："1950年畲族乡荷龙里的王阿璋等人，赴龙游县兰塘乡白马村聘请项章增、郑启发二人来荷龙里传授'断头龙'，随后在村里联合了二十多户村民组成了龙头会，每年春节期间就在村里舞龙。但现在舞龙人的年纪都是四十来岁，从1984年开始一直舞到现在。因为年轻人都在外面打工，找到继承人真的不容易。"

好在，因为他们的坚持，"断头龙"最终得以发展。兰溪水亭畲族乡施家村村委会主任王柏成，是该村现任龙头会会长。从他的讲述中，我们了解到：1957年兰溪"断头龙"在浙江省文化厅群艺处何惠芳指导下，以"龙飞凤舞"为节目参加金华地区文艺会演获一等奖。1965年参加浙江省会演获演出一等奖。1988年元宵节，参加浙江省"华星杯"舞龙大奖赛，获演出一等奖。这些年来，多次参加浙江省广场文化民间文艺演出开幕式表演，均获优秀演出奖。

无独有偶，1929年出生的江山上余镇郑土祥老人也如此坚守着。他十五岁师从其父学习舞龙技艺，1950年后传授给王法余等人，1985年又传授给王孝明等人，并组建了一支新的舞龙队。1997年，郑土祥、王孝明师徒俩又共同培养了同村的徐以福、王国军、江小军等一批年轻人。2005年，他又将舞龙技艺传授给他的孙子、外甥、侄孙等青少年。

如今，他虽已进入耄耋之年，但是在传授龙舞技艺时，依然精神矍铄、神采飞扬。他曾多次参加江山市组织的各类重大活动：2007年江山撤县设市二十周年文艺会演、2007年首届农民艺术节——"希望的田野"文艺晚会、2008年欢乐元宵广场文艺会演活动等，获得了良好的社会效应。

浙江省文化厅非遗处的一位负责人这样对我们说："龙舞虽然在浙江省是一个大舞种，但像'断头龙'这样的节目却实属罕见，它不仅具有民族历史积淀和广泛、突出的代表性，同时它本身所具有的舞蹈价值，也为研究浙江龙舞提供了宝贵的资料。由于郑土祥、王国龙、王柏成、诸葛春苟、黄开明这些人的努力，目前兰溪、江山和建德三处'断头龙'均已被列入浙江省非遗保护项目，兰溪的'断头龙'还被列入国家级非遗重点保护代表作名录。"

解码"断头龙"精神

众所周知，古代中国是靠天吃饭的农耕文明，适度的雨水可以说是人们的幸福之源。龙在起源时就和雨水相关，后又成为司理雨水的神灵，祷龙祈雨便成了中国农村常见的"有意义的行动"。其方式多种多样，舞龙便是其中之一。据董仲舒《春秋繁露》记载，汉代人旱春求雨舞青龙，炎夏求雨舞赤龙或黄龙，秋季求雨舞白龙，冬天求雨舞黑龙。

从董仲舒的记载中我们不难发现，龙舞也就是舞龙在古时所起的作用，如陕西籍民俗专家庞进在《博大精新龙文化》一书中所概括的那样，"祈雨祈福、娱神娱己、彰力显威、旺丁兴族"。但随着时代的变迁，一般的龙舞传承至今，已淡化了原本的意蕴，成了一种纯粹的汉族民间舞蹈，其功能自然也就缩减为"丰富当地群众文化生活"和"在节庆或重大活动时以营造欢快、热烈、吉庆、祥和的气氛"。

可是，对于"断头龙"而言，似乎并不那么简单。因为纵观"断头龙"的发展过程——从纪念为老百姓行雨解救旱灾而违犯天条、被斩首的须江老龙开始，到后来为纪念明代心系百姓、舍身斗权贵的"青天尚书"毛恺，我们会发现"断头龙"既有纳福祈祥的民俗意蕴，又有纪念有功于人们的神、人的精神内涵，比起一般龙舞来，其意义已经胜出一等。

特别需要强调的是，"断头龙"除了跟一般龙舞相同，全程模仿龙的动作和形态，气势磅礴，给人以威慑。还因其身首分离，在道具运用上增添了灵活性，动作设计上具备独创性，能营造出一种形断而神不断的美感。加之融入了两个"断头"的逸闻，在内容上富有戏剧色彩，在主题上加深了厚重感，使整个民间舞蹈由简单递进到丰富，足以带给观众视觉和心灵上的双重震撼。

"断头龙"尽管跟希腊的"普罗米修斯盗火"传说的表现形式不同：一个是民间舞蹈，一个是神话传说。但讲述的内容却异曲同工：故事主角都是为了解除人类的困苦，不惜触犯天规给人类带来利益。最终的结局也是殊途同归：一个被断首，一个被啄肝。两个主角无疑都向世人彰显了一份撼动山河的悲壮，传达了一种大无畏的精神力量。

由此，"断头龙"所折射出来的，已不仅仅是中国的龙的精神，更是深植于我们血液中的民族精神。也正因为这样，这种蕴含着中华龙文化，象征着中华民族精神的艺术形式，非常值得我们继承和发扬。我们有责任使其穿越千年的时空，在不同历史时期焕发出绚丽的光彩，从而激励和鞭策一代又一代龙的传人，源源不断地创造出新的奇迹。

浙江的"美丽之花"

金秋十月，桂花飘香。在这个收获的时节，建德市、宁波市江北区、余姚市、瑞安市、湖州市吴兴区、嘉善县、新昌县、东阳市、常山县、玉环县、庆元县、景宁县等十二个县（市、区）脱颖而出，成为"2015年度浙江省美丽乡村创建先进县"，它们宛如十二朵争奇斗艳的"美丽之花"，齐刷刷地绽放于浙江这块大地上，与其他四十六株已经盛开的"美丽之花"交相辉映，为这个时代增光添彩……

众所周知，"美丽乡村"是小康社会在农村的具象化表达，是农村经济、政治、文化、社会、生态文明建设和党的建设有机结合、协调发展的统一体。它集中体现在五个"美"的建设上：一是环境之美，二是风尚之美，三是人文之美，四是秩序之美，五是创业之美。建设"美丽乡村"的最终目的，就是要让农民群众养成美的德行、得到美的享受、过上美的生活，让城乡之间、乡村之间各美其美、美美与共，用无数的"美丽乡村"共筑"美丽中国"。

浙江，地处中国东南沿海长江三角洲南翼，境内山陵绵延起伏，平原阡陌纵横，江河滔滔不绝，海岛星罗棋布，是典型的山水江南、鱼米之乡，被称为"丝绸之府""鱼米之乡"。同时，浙江也是吴越文化、江南文化的发源地和中国古代文明的发祥地之一。这里的乡村，不仅美不胜收，还具有深厚的历史文化底蕴，有着"诗画江南"的美誉。

然而，改革开放以来，浙江作为中国经济最活跃的省份之一，在充分发挥国有经济主导作用的前提下，以民营经济的发展带动经济的起飞，农民的人均收入一直位居全国前列，在全国率先实现了由温饱向小康的跨越。但社会事业发展一度滞后，城乡之间差距越拉越大，农村规划杂乱无章，生产生活环境恶化，套用一句顺口溜："房屋散乱搭，道路拧麻花，污水靠蒸发，垃圾靠风刮……"

为改善农村生产生活条件和农村面貌，推进城乡统筹发展，2003年，浙江省委做出了实施"八八战略"的重大决策。时任省委书记习近平提出，进一步发展浙江生态优势，打造"绿色浙江"，开展"千村示范、万村整治"活动，计划花五年时间，从全省四万个村庄中选择一万个左右的行政村进行全面整治，把其中一千个左右的中心村建成全面小康示范村，揭开了"美丽乡村"建设的瑰丽篇章，并亲自指导淳安下姜村探索"美丽乡村"建设新路子。

2010年，在农村环境大为改观的基础上，浙江顺应发展的趋势和要求，进一步做出推进"美丽乡村"建设的决策，按照生态文明和全面建成小康社会的要求，按照"布局美、环境美、生活美、身心美"和"宜居、宜业、宜游"的要求，培育"美丽乡村"，创建先进县，使农村的面貌发生了质的变化：康庄工程、联网公路、万里清水河道、农民饮用水、绿化示范村、农村土地综合整治、农村危旧房改造、农村电气化、现代商贸服务示范村、小康体育村等都结合在一起，形成了声势浩大的村庄整治氛围。

2013年，党的十八大报告明确提出，"要努力建设'美丽中国'，实现中华民族永续发展"，随后出台的中央一号文件又将建设"美丽乡村"作为奋斗目标，要求"开展村庄人居环境整治。加快编制村庄规划，推行以奖促治政策，以治理垃圾、污水为重点，改善村庄人居环境；制定传统村落保护发展规划，抓紧把有历史文化等价值的传统村落和民居列入保护名录，切实加大投入和保护力度。"

在这个大背景下，浙江省委、省政府于同年号召全面推进"美丽乡村"建设，积极探索农村复兴之路——"五水共治"（指治污水、防洪水、排涝水、保供水、抓节水），全面治水，让水更绿更清澈；"四边三化"（指在公路边、铁路边、河边、山边等区域开展洁化、绿化、美化行动），让城乡变得更加整洁、宜居；历史文化村落保护利用，使一大批带有乡愁印记的传统建筑得到保护，"小桥、流水、人家"的古村落美景正在形成。

到2014年年底，浙江省2.7万个左右建制村完成了村庄整治建设，整治率达到94%左右。形成了竹荼安吉，田园松阳；金色平湖，阳光温岭；龙游天下，梦留奉化；幸福江山，人间仙居等一系列特色鲜明的示范地区。"美丽乡村"在浙江已经从"盆景"变成了"风景"，实现了从建设向经营的成功跨越，城乡关系、人与自然的关系、传统与现代的关系呈现出良好的发展态势，走出了一条具有时代特征、中国特色、浙江特点的"美丽乡村"建设之路。

浙江农村因创建"美丽乡村"，发生了翻天覆地的变化。对此，浙江省委书记夏宝龙在接受新闻媒体采访时，胸有成竹地表示：

"浙江不和人家比GDP，浙江要和人家比'美丽乡村'，比谁的农村更漂亮、更富裕、更文明！"浙江省委副秘书长兼农办主任章文彪则感慨不已，认为现在的农村甚至比城里还好，不仅山清水秀，而且干净整洁，是个大氧吧。"上网有宽带，进城有公交，看病有报销，晚上在广场上聊聊天、跳跳舞。你说这日子有没有滋味？"

确实，"三农问题"是工业化国家都必须关注并致力于探索的重大课题，也是农业文明向工业文明、生态文明过渡的必然产物，其本质是城乡二元社会中城市与农村发展不同步、结构不协调的问题。而在中国，"三农问题"更有其艰巨性、复杂性和特殊性。于是，党的第十六届五中全会针对建设社会主义新农村这个重大历史任务提出了"生产发展、生活宽裕、乡风文明、村容整洁、管理民主"等具体要求。

建设"美丽乡村"是建设"美丽中国"的重要组成部分，是全面建成小康社会的重大举措，是在生态文明建设全新理念指导下的一次农村综合变革，是顺应社会发展趋势的升级版的新农村建设。这正如习近平总书记在2013年12月召开的中央农村工作会议上指出的："中国要强，农业必须强；中国要美，农村必须美；中国要富，农民必须富。"为此，他还特别强调，要继续推进社会主义新农村建设，为农民建设"幸福家园"和"美丽乡村"。

2014年11月，浙江省委、省政府审时度势，与时俱进提出了"打造'美丽乡村'升级版"，吹响了"美丽乡村"建设再出发、再推进、再提升的进军号！当前，浙江全省上下正根据"继续发挥先行和示范作用"的总要求，担负着"干在实处，走在前列"的新使命，正更加坚定"绿水青山就是金山银山"的发展理念，全面落实"两富""两美"的浙江建设决策部署,以"水净、人文、村美、民富"为基本要求,以改革创新为内生动力,大力拓展村庄整治和"美丽乡村"建设的广度与深度。

住在豪宅里的西方人曾经说过,现代人是无根的,是没有家乡的。台湾摄影师阮义忠在台湾经济起飞的20世纪70年代,曾走遍宝岛创作了摄影集《人与土地》,表达"人对土地的依赖感恩,人对天的敬畏,对物的珍惜",以此提醒我们,不要因为走得太远,而忘记了自己生命的来处。"美丽乡村"建设,不是把乡村变成城市,而是把乡村建设得更像乡村,随着城镇化的发展,乡村不仅不会消失,而且要变得越来越美丽。这是民心所向、众望所归的实事,是利在当代、功在后代的好事。

随着如火如荼的"美丽乡村"的创建,笔者相信经年之后,一个个"美丽乡村",会如同一株株"美丽之花"开遍整个浙江大地!届时,当我们把目光聚焦于此,无疑会出现这样一幅幅令人神往的美丽图景:农村真正变成活力乡村、生态乡村、人文乡村、富美乡村、幸福乡村;农业真正发挥田园风光、山水资源、农耕文化、特色产业、森林景观的优势;农民真正与市民一道共享人生出彩、梦想成真的机会,共享改革发展的硕果。

丽水的美丽乡愁

"小时候,乡愁是一枚小小的邮票,我在这头,母亲在那头。长大后,乡愁是一张窄窄的船票,我在这头,新娘在那头。后来啊,乡愁是一方矮矮的坟墓,我在外头,母亲在里头。而现在,乡愁是一湾浅浅的海峡,我在这头,大陆在那头。"这是台湾诗人余光中漂泊异乡、游弋于海外所作的一首现代诗。诗中的那些事物,随着诗人的成长,在不断地变化,但他对土地、故乡和亲人的思念,却无法忘怀。这种眷恋,就是"乡愁"。

众所周知,眷恋故乡和怀乡思归的乡愁是全人类共同的文化心理,中国当之无愧是世界上乡愁情结最浓厚的国家。可以说,以乡村为载体、以乡村为根系形成的乡情、乡思、乡恋已经融入华夏民族的血液和中华文明的基因里。随着经济的飞速发展和社会的巨大变化,我们蓦然发现,那个曾经生我养我的故乡,正与我们渐行渐远。于是,一栋老屋、一座老桥、一口老井、一块香糕、一碗清面、一颗硬糖、一台地方戏、一场杂技、一件往事,都成了凝聚于我们心头的乡愁。

地处浙江省西南浙闽两省结合部的丽水,其地名的由来众说纷绠——《元和郡县志》:"丽水本名恶溪,以其湍流阻险,九十里间五十六濑,名为大恶,隋开皇中,改为丽水,皇朝因之,以为县名";《栝苍汇纪》:"县北七里有丽阳山,下环清溪,县名丽水以此。"但有当地人曾这样向笔者介绍:"'丽水'的'丽',在这里读第二声,意思是'分离',因为有六条江(瓯江、好溪、飞云江、灵江、闽江、交溪水系)在此发源,而后各奔前程。"如果真有这层意思,那丽水自古就是乡愁之地。因为乡愁的滋生,总跟别离紧密相连。

丽水,这个曾经叫过括州、处州、丽水和莲都的城市,始建于隋朝开皇九年(589),至今已有一千四百多年历史。悠久的历史和深厚的文化积淀,为这个古城孕育了无数乡愁元素:松阳高腔、青田石雕、龙泉青瓷、龙泉宝剑;处州方言、缙云话、青田话、景宁畲语;稀卤鱿鱼、安仁鱼头、笋衣铺蛋、高山田螺、红烧溪鱼、卷饼、缙云烧饼;龙泉大窑青瓷古窑址、莲都通济堰、景宁时思寺、缙云仙都摩崖题记、庆元如龙桥、松阳延庆寺塔;明御史中丞兼太史令刘基读书处、松阳兄弟进士牌坊、龙泉剑池遗址、缙云独峰书院等。这一切,如今仍在丽水大地上熠熠生辉。

当然,这应归功于丽水对绿水青山的呵护。不过,说来也是阴差阳错,曾几何时,当浙江的其他地区在改革的大潮中迅猛发展创造巨大物质财富的时候,作为浙江生态屏障的丽水因区位限制而靠山吃山、靠水吃水过着穷日子。然而,也正因如此,保全了原生态的自然环境,使其生态环境质量位列浙江省第一、中国前列。自2009年起,丽水先后被命名为"中国优秀旅游城市""中国优秀生态旅游城市""浙江省森林城市"和"国家级生态保护与建设示范区"。这无疑为乡愁的营造,积累了先天的资源优势。

当前,丽水对乡愁的营造,已由以前的任其自然转变为高度自觉。他们准确把握乡愁与城市之间相互依存、相融相生的关系,率先在所辖的缙云县提出打造中国乡愁旅游先行区的宏伟目标,并及时开展中国乡愁文化的理论研究,依托地方文化优势,大力发展文化产业,在全市现辖的一区、一市和七个县中,各自形成了富有特色的乡愁符号。

"处州白莲"在莲都已有一千五百多年的种植历史。莲都区借此打造具有浓郁特色的莲花生态养生旅游景区、连续举办了数届"处州白莲节",以此打造"处州白莲"金名片。

从20世纪70年代云和木制玩具萌芽,经过近半个世纪的沉淀,云和县把木玩文化融入产业培育、城乡建设、旅游发展中,把云和打造成不折不扣的童话世界。

曾在遂昌当过知县的汤显祖,其精神特质已深深融入这里的山山水水。遂昌县将汤公文化与人文景观、自然山水等进行有机整合,全力打造"汤显祖文化"这一世界级文化品牌。

龙泉,一座剑瓷名城。龙泉市积极培育以山水观光为主线、养生休闲为核心、乡村旅游为基础、剑瓷文化为特色的旅游产业体系,致力于创建"江浙之巅、剑瓷龙泉"旅游品牌。

庆元素有"古廊桥天然博物馆"的美称。随着庆元廊桥保护、开发工作的不断深入,"梦幻廊桥"的品牌逐渐打响,使庆元人民追求人文和谐、永续发展的精神得到了更好的传承与弘扬。

素享盛名的处州府,始于松阳古市镇。"古村落"是深藏于此的另一个贴切的诠释。松阳县将保护利用传统村落纳入全县文化发展战略，提出了打造"松阳传统村落"特色品牌的目标。

缙云是传说中黄帝铸鼎炼丹、驭龙飞升之所，仙都是我国南方黄帝祭祀中心，祭祀历史悠久。缙云县努力挖掘黄帝文化，广泛吸引炎黄子孙前往寻根问祖，增强了中华民族的凝聚力和向心力。

景宁是我国华东地区唯一一个少数民族自治县，这里的畲族传统文化历史悠久。景宁县借助当地璀璨的民族文化和浓郁风情，充分发挥畲族文化"金名片"的优势，努力打造"文化名县"。

一千五百多年前，青田人开始认识和利用青田石。从那时起，从青田石到青田石雕，一代代艺人流下的辛勤汗水汇成了一条艺术长河，从古至今奔流不息。今天的青田县让"精美的石头"唱起了"新歌"。

由于乡愁因子在丽水大地上广泛撒播，那些在大山深处星罗棋布的高山远村，通过加强"传统村落保护"和"历史遗迹保护"，大力营造"小桥流水人家""泥土坡顶青瓦房、石头巷子黄泥墙"的原生态乡村味道，使得人们"望得见山、看得见水、记得住乡愁"！于是，那些承袭传统文化、地域特色的村庄，在其古貌受到尊重的同时还被赋予现代生命。2013年，文化学者余秋雨游丽水后，由衷地感叹："丽水是中国最美的地方！"并题字"此行无悔，浙江丽水"。

文化是我们的根，是我们共同的精神家园，乡愁则是铭记历史的精神坐标，是体现区域特色的文化符号。这些符号是一座城市最能撩拨人内心情感的软肋，是一座城市最柔软最温情最值得你去看去品去怀念的部分。随着精神消费需求的迅猛增长，这些符号已成为经济增长的新亮点。在这一背景下，丽水市在走"绿水青山就是金山银山"的绿色发展之路的同时,致力于以乡愁为切入点,大力发展乡村旅游,竭力带动地方经济发展。

在这个大背景下,在丽水广袤的青山绿水间,在一批"干净、整齐、乡愁、特色、和谐"的美丽乡村中,乡村旅游线路、民宿、创意农业和可看、可住、有内涵的农家乐综合体如雨后春笋般涌现,进一步促进了农民致富增收。这也使得那些昔日与工业文明和经济发展格格不入的"落后区域"、年轻人大量涌出导致生机难再的"凋零之地",一个接一个从滞后、凋敝、无从发展的层层束缚中"脱胎换骨",而且更显靓丽、更有活力、更具底蕴。

更令人欣喜的是,丽水已将乡愁视作经济、社会发展的内驱力。在"2013中国(丽水)生态文化旅游季系列活动推介会"上,丽水市委书记王永康指出:"绿水青山就是金山银山。丽水的生态资源优势就是'无价之宝'。守住了这方净土,就守住了'金饭碗'。我们的发展理念,就是把丽水的生态元素、文化元素有机融合起来,大力发展以'生态、休闲、养生'为主题的生态旅游业。"这也意味着大力发展乡愁经济是丽水顺应时代潮流做出的战略选择,也是将"绿水青山"转变为"金山银山"的有效途径。

"一遇雨露就发芽,一得阳光就灿烂。"乡愁,作为一种精神力量,在时代的感召下,不仅留住了众多丽水人的乡村记忆,记录了植根于处州大地的乡村文脉,也传承了丽水村落的千年文化,更促进了丽水经济大发展,让丽水人们走出了一条美丽环境与美丽经济、美好生活互促互进的特色发展之路。同时,在经济社会飞速发展的今天,也让丽水这座蛰伏在浙西南广袤林海中的山城,凭借醒目的辨识度,成为最具诗意的栖居地。

丽水的千年乡旅

被誉为"浙江绿谷"的丽水，山清水秀，风光秀丽，是长三角地区的一块"净土"。同时，也是一方古老凝重的热土，自建制以来的一千四百多年里，丽水人在此创造了黄帝文化、剑瓷文化、廊桥文化、畲族文化、茶文化等独特的地域文化。

然而，由于丽水地处浙江省西南部，地势以山峦、丘陵地貌为主，是一个"九山半水半分田"的地区。尽管这里自然风光美不胜收，人文景观交相辉映，但因为地理条件的制约，这些宝贵的自然资源和丰富的文化遗存一直"养在深闺人未识"。

近年来，丽水市委、市政府提出了"绿色崛起、科学跨越"的发展战略，农家乐乡村休闲旅游业蓬勃发展。特别是2016年，为迎接高铁开通和杭州G20峰会，丽水市依托秀美山水、本土乡村、特质人文三大优势，全力推进农家乐乡村休闲旅游业转型升级。

初夏时节，万物并秀。记者一行赴丽水采访，发现该市在创建"健康、人本、精致"农家乐综合体和乡村特色民宿的过程中，深入挖掘当地独特的自然与人文资源，正逐步绽放出别样的光彩，

"有风景、有盆景、有风情、有乡愁"的美丽乡旅蔚然成风。

乡村游，顾名思义是以农民为经营主体、乡村民俗文化为灵魂、城市居民为目标的一种休闲旅游形式。发展乡村游不仅为城市居民提供了新的休闲产品，而且对促进农业产业结构调整、增加农民收入、充分利用农村剩余劳动力资源、维护农村社会经济可持续发展、构筑和谐社会都具有重要意义。

鉴于发展乡村游对解决我国"三农"问题和社会主义新农村建设有着重大意义，党和国家及各级党委政府对此高度重视和大力支持。2006年，国家旅游局就把旅游主题确定为"中国乡村游"，在全国范围内大力发展乡村游。2007年，国家旅游局再次将全国旅游宣传主题确定为"中国和谐城乡游"。

位于浙江西南部的丽水，自古山清水秀，谷幽壑深，花繁树高，曾被誉为"洞天福地"。这里森林覆盖率达80.4%，位居中国城市森林覆盖率第二，是国家级生态示范区。这也是一片古老凝重的热土，一代代勤劳质朴的丽水人，用自己的双手谱写了一页页光辉璀璨的历史，是一个弥漫着浓重乡愁的地方。

良好的生态环境、优美的自然风光、独特的山地气候和深厚的人文底蕴，无疑是发展乡村游的最好"聚宝盆"。加上浙江省在2005年就提出"绿水青山就是金山银山"的战略论断，在实践中持续推进美丽乡村建设，已开始带动全省乡村游发展。在这个大背景下，丽水市顺势而为开启了这项"美丽行动"。

经过几年的努力，丽水从"秀山丽水、养生福地、长寿之乡"的目标定位，到提出"第一战略支柱产业"；从"生态第一市""卖空气"，到走进"绿水青山就是金山银山"的发展新路，丽水乡村游蓬勃发展，逐步构建成以"绿色山水"为主线、"地域文化"为底蕴、"生态"为卖点的大旅游格局。

然而，随着农家乐数量逐渐增多，丽水旅游经济遇到了功能单一、同质竞争等发展瓶颈。同时，美丽乡村建设初见成效，由建设美丽乡村向经营美丽乡村转变的时机已成熟。于是，丽水市在2012年出台了《关于深化美丽乡村建设推进农家乐综合体创建工作的意见》，提出在全市创建"农家乐综合体"这一农家乐新模式。

2013年，丽水按照"绿色崛起、科学跨越"的战略总要求，依托"中国生态第一市"的优势，将乡村游与生态精品农业、养生养老产业相结合，大力创建农家乐综合体。同年11月，浙江省委在专题研究丽水工作会议上提出对丽水不考核GDP和工业总产值，为丽水发展农家乐综合体提供了更大空间。

"目前，全市农家乐民宿累计完成投资20.24亿元，有农家乐民宿经营户（点）2685家，从业人员3.7万人，餐位20.49万个，床位3.09万个。今年一季度全市农家乐民宿共接待游客366万人次，比上年同期增长35%；实现营业总收入3.3亿元，比上年同期增长38%。"丽水市农办副主任马丽华欣喜地告诉记者。

确实，无论是神秀的生态景观，还是底蕴深厚的人文历史，再到新兴的民宿休闲度假，丽水乡村游以其鲜明的旅游形象、丰富的旅游产品、优美的城乡环境，在全国乡村游中独树一帜，一路领跑，红遍了大江南北，"全国旅游看丽水"已不再是遥远的梦想，它不仅盘活了绿水青山，还释放了生态红利。

站在"十三五"发展的新起点上，丽水市更是开启了迈向

"绿色发展、生态富民、科学赶超"的新征程,他们将充分发挥丽水乡村生态环境、传统文化和慢生活节奏的优势,在山水、生态、文化、乡情上找卖点,在布局、特色、农味、细节、内涵上下功夫,把乡村游发展成为农民增收致富的大产业。

舟山的"海节"

浓郁的海洋文化特色，独具韵味的民俗民风，互通互融的丝路精神……在为期一个月的时间里，"2015年中国海洋文化节"为舟山市民和国内外游客提供了一顿海洋文化的"饕餮盛宴"。每年如期而至的"中国海洋文化节"，2013年曾被人民网评为"首批中国最具影响力品牌节庆"，是经国务院批准的唯一一个面向海洋的文化节庆，并被列入国务院《全国海洋经济"十二五"规划》中，目前已成为舟山的一张"金名片"。

舟山，作为我国沿海最大的群岛，进入21世纪以来，除了固有的海洋风光、浓郁的宗教文化以及具有历史底蕴的自然景观和人文景观优势，新兴海洋节庆的崛起成了旅游的新亮点。尤其是"中国海洋文化节""舟山国际沙雕节""舟山海鲜美食文化节""普陀山南海观音文化节"等节庆，使舟山旅游声名鹊起，游客量和旅游经济快速增长，并已成为舟山旅游的新品牌。同时，还戴上了"中国节庆产业十大节庆城市"的桂冠。

挖掘海洋文化　开发节庆活动

舟山位于长江入海口的南侧,有着"东海鱼仓""祖国渔都"的美誉,古时称为"海中洲"。早在新石器时代,就有人类在此樵山渔海,生息繁衍。在定海马岙镇发现的被称为"千岛第一村"的唐家墩遗址群,是舟山群岛发现的规模最大的原始村落,距今约有六千年历史。

在漫长的历史长河中,舟山人在开发利用海洋的同时,凭借得天独厚的渔港资源,创造出了特色鲜明的海洋文化,如底蕴深厚的海洋佛教文化、浓郁粗犷的海洋民俗文化、瑰丽奇秀的海洋景观文化、闯荡四海的海洋商贸文化和鱼水情深的千岛"双拥"文化等。

由于对龙神和观音的信仰以及多重文化的融合,舟山人在绵延不断的时间流动中,为了适应海洋生产生活需要,设立了一个又一个的节点,创造了丰富多彩的民俗文化,从而形成了颇具特色的海洋节庆。譬如,每季出海捕鱼前要"祭龙王",鱼汛结束要举行"谢洋"仪式祭谢龙王等。

与此同时,舟山以海、渔、城、岛、港、航、商为特色,集海岛风光、海洋文化和佛教文化于一体的海洋旅游资源独具风采,境内现存佛教文化景观、山海自然景观和海岛渔俗景观一千余处,并拥有普陀山、嵊泗列岛、岱山岛、桃花岛以及全国唯一的海岛历史文化名城——定海。

新时期随着旅游业的快速发展,舟山作为浙江省由海岛组成的地级市，凭借独特的海洋旅游资源和底蕴深厚的海洋文化，将部分资源以旅游节庆的形式进行大力开发。到 2007 年 12 月，全市共有各类节庆会展活动 48 项，各类配套活动达 240 多项，活动时间总长达 1560 多天。

在采访期间，记者从一份关于舟山节庆的资料中发现，当时被列入名单的就有普陀山三大香会、舟山群岛·普陀山观音文化节、中国舟山国际沙雕节、朱家尖东海音乐节、中国秀山岛滑泥文化节、休渔谢洋大典、岱山听海季、岱山东沙古镇弄堂游戏节、岱山东沙泥鱼节、岱西葡萄游园节等。

应该说，这些节庆活动具有鲜明的舟山特色，凸显了舟山的个性，既丰富了舟山旅游的文化内涵，提高了舟山旅游的档次，又增强了舟山旅游的知识性和趣味性，在一定程度上平衡了舟山旅游的淡旺季，克服了淡季旅游节庆设施闲置所带来的损失，提高了舟山的经济效益。

整合节庆活动　提升旅游形象

舟山纷至沓来的节庆活动，使城市海洋文化品牌形象得到了提升，但也带来了诸多不利因素，如节庆活动过于繁多，令人应接不暇却又过目易忘；又如全市每年投入的经费较大；频繁的群众性活动也给安全带来一定压力，各部门耗费精力较大等。换句话说，它不仅没给舟山带来应有的人流、物流、资金流，反而给各级政府带来了财政压力，影响了节庆活动的可持续性。

舟山人发现，与其让"散兵游勇"分散精力，不如集中精力搞好一两个节庆，使外地游客一听到节庆内容就能想起这个城市。于是，围绕"海""佛"两大主题，在保留在国内外已广具知名度的中国普陀山南海观音文化节和中国舟山国际沙雕节以及后来应运而生的中国舟山海鲜美食节，着力打造中国海洋文化节这座"联合舰队"的同时，整合压缩了往年各类节庆活动。

为了使舟山的节庆活动具有旺盛的生命力和可持续发展的强劲势头，从而取得更好的社会和经济效益，舟山还在办节形式、规模、内容上进行了大胆的创新和发展，使"以节促旅、以旅活市"的效应得到了充分显现，确立了这些节庆活动在国内的领先地位，吸引了国内外新闻界、旅游界和社会各界的广泛关注，为中国旅游业创造了一个又一个的精品力作。

如"中国舟山国际沙雕节"。虽说堆沙、玩沙是舟山固有的游戏习俗，但粘沙技术和大型沙雕制作却是从国外引进的。在沙雕节的活动安排上，开幕式的大型文艺晚会，邀请国内及港台的明星加盟；节庆期间，还配套了"沙滩埋宝""沙里淘金"等项目，使得沙雕节自举办以来，每年都有数十万游客前往朱家尖观摩沙雕作品、品味沙雕文化、领略海岛风情。

即使是比较严谨的"中国普陀山观音文化节"，范围也在不断扩大，形式更富于变化。譬如，"第十三届普陀山南海观音文化节"在继续发扬"关切人生、觉悟人生、积极入世"的"人间佛教"精神的基础上，向世界展现了普陀山的名山胜境、禅意境界、历史文化和佛国风情，进一步发挥了普陀山观音文化在舟山群岛新区和美丽中国建设中的积极作用。

无独有偶，2015年举办的"中国舟山海鲜美食节"，活动期间除了组织全市知名餐饮、水产企业进行品牌展示、惠民展销，推出"梭子蟹节·全蟹宴""鱿鱼百菜宴""渔家乐海鲜烧烤"等系列海鲜美食主题活动外，还将金秋购物节作为全省购物节的延伸和拓展，全市各大餐饮、超市、市场、景区等商家企业联手推出了各类互动优惠活动，促进了全市旅游与餐饮业的融合发展。

特别值得一提的是，因海而生、因海而兴的舟山人，在追寻与海同生共荣的进程中，于2005年创办了"中国海洋文化节"，经过整整十年的发展，目前这个由谢洋千人宴、渔民大比武、非遗一条街、鱼市大拍卖等近八十个项目组成的节庆活动，已成为传承海洋文化的盛会、繁荣海洋系列学术研究的舞台和发展海洋经济、扩大海洋合作与交流的纽带。

借助节庆旅游　造福当地百姓

舟山围绕海洋文化主题，通过传统继承和现代创新手段的运用，对可利用的诸多资源进行整合优化和高效配置，达到了节庆活动整体结构的优化，形成了互补联动、合理有序的旅游节庆格局；通过有效的整合手段，增强了地方节庆的吸引力和市场竞争力，推动了旅游节庆产业链的形成，提高了旅游节庆的综合效益。

据舟山市农林与渔农委的一位工作人员介绍，舟山近年借着节庆旅游的热潮，以打造具有海洋生态、海岛风情的新渔农村为主题的美丽海岛建设正如火如荼，全景海岛建设深入推进，所有县

（区）均获评省美丽乡村创建先进县，在全省率先实现美丽乡村创建全域化；定海区新建社区、普陀区干施岙村获"浙江最美村庄"称号。

记者在浙江省农家乐特色村——定海区干览镇新建社区走访时了解到，这个总面积只有三平方公里的社区就有农家乐二十多家，规模有大有小，但无不欣欣向荣。村里人告诉我们，高峰的时候，游客接待量每天能超过3000人次，自驾游、自助游、组团游等人数呈逐年递增态势，2015年第一季度就同比增长了50%。

舟山群岛东南部的朱家尖，因为沙雕节带来了攒动的人流，也带动了新一轮民间资本的投资，短短几年间，渔家民宿便如雨后春笋般在这片热土上破土冒芽，并且节节攀升。旅游发展的加速度，使新渔农村建设得更深入，昔日的小渔村土木再兴，居住于此的创业者们将渔家民宿的牌子越擦越亮。

舟山对海洋节庆的开发，形成了以"海天佛国、海洋文化、海鲜美食，海滨休闲"为特色，集佛教朝拜、山海观光、海鲜美食、休闲度假等于一体的海岛旅游，拉长了餐饮、住宿等相关产业链。同时，有力带动了当地渔农产品的销售，培育出了一批特色渔农业产业，使群岛新区渔村更美、渔业更强、渔民更富。

当前，舟山人正肩负着习近平总书记在浙江考察时强调的"干在实处永无止境、走在前列要谋新篇"的新使命。在这个特殊时期，记者相信那些海洋节庆将会呈现出更旺盛的生命力和可持续发展的强劲势头，汇合到"舟山群岛"这个大品牌中，源源不断地发挥名品效应，为坚定不移地建设美丽海岛、发展美丽经济而努力！

湖州的丝绸文化

1

2015年中央电视台春节联欢晚会上,以"丝绸之路"为主题编排演绎的多民族风情舞蹈《丝绸霓裳》和那英演唱的歌曲《丝路》,传递出这么一个强烈的信号:在国家提出的"一带(丝绸之路经济带)一路(21世纪海上丝绸之路)"大战略下,古老的丝绸产业正在迎来新的发展契机。

2015年1月,浙江省《政府工作报告》在谈及2015年重点工作时提到,要在全省建设一批聚焦七大产业、兼顾丝绸、黄酒等历史经典产业、有独特文化内涵和旅游功能的特色小镇。当月下旬,省长李强在湖州调研特色小镇建设时,还特地考察了湖州丝绸之路文化小镇。

众所周知,我国是世界上最早饲养家蚕和缫丝织绸的国家。而湖州,是中国著名的蚕乡,自古以来素有"丝绸之府"的美誉。

1958年，考古工作者在该市吴兴区八里店镇路村的钱山漾遗址中发现了有4750年历史的绢片。2005年，那里又出土了3500年前的丝带。这些绢片和丝带，使湖州成为世界丝绸文明的发祥地之一。

农耕文化，是指农民在长期农业生产中形成的一种风俗文化。追溯汉族的农耕文化起源，有"男耕女织"之说，它不仅是指早期的劳动分工，也是农耕文化形成的基础。观照湖州的"男耕女织"，最典型的自然就是"湖桑""湖丝"了。

2

桑树，是中国的"国树"，中国人几千年来将其敬为"生命树"。战国时代，蚕桑业已有了较大的发展。越王勾践的两位大臣文种和范蠡都熟悉蚕桑生产，知道其重要性。《述异记》说："勾践得范蠡之谋，乃示民以耕桑。"所以，当时吴越之地桑林遍野。

自宋代以来，湖州当地蚕农通过对引进的鲁桑、荆桑进行嫁接改进，培育出优良的桑树品种，名"湖桑"，并被各地蚕农广泛引种。据说，到了宋嘉定初，整个太湖地区都采用捞水藻、挖塘泥培植桑树的办法，既疏通了河道，又发展了蚕桑，可谓一举两得。

2015年3月中旬，记者赴湖州实地采访，来到南浔区和孚镇荻港村。这里河港纵横、土地肥沃、气候湿润，桑、蚕、鱼养殖历史悠久，古诗曾如此描绘："舍南舍北皆栽桑，千枝万枝绕屋旁。"当地的人们利用湿地挖塘、填埂，埂上种桑，桑叶养蚕，蚕蛹喂鱼，塘底污泥肥桑。这样年复一年，形成了桑、鱼、泥相互依存、相互利用的原生态产业模式——桑基鱼塘。

据了解,这种桑基鱼塘系统起源于春秋战国时期,它避免了洼地水涝之弊,营造了十分理想的生态环境,收到了理想的经济效益。这种经济模式在明清之世达到了鼎盛,真正奠定了湖州"鱼米之乡、丝绸之府"的富庶地位。

3

一流的湖桑资源、头等的育蚕技术,是湖州丝绸"衣被天下"的两大基石。春秋战国至南北朝时期,湖州绫绢出口十多个国家;三国、唐代时期,先后有永安丝、乌眼绫等入贡。1292年,意大利旅行家马可波罗来到湖州,在游历中写道:"这里居民温文尔雅,衣绫罗绸缎,恃工商为活。"可见湖州丝织业已发展到相当高的水平。

北宋太平兴国元年(976)以前,湖州设有专门的丝绸管理机构"织绫务",所织绫罗、缎等产品上贡朝廷,今天仍存有务前河的地名;宋室南渡后,浙西湖州一带渐成蚕织中心,纺织品种多,花样巧,出现了不少名特产品,如吴兴的樗蒲绫、花绸,武康的"天鹅脂"丝绵,都享誉京都。

到了元代,湖州"桑麻如云,郁郁纷纷",养蚕、缫丝、丝织、印染以及丝绸买卖开始出现专业性分工,出现了机户、染坊、绢庄、绢市,元代画家唐棣曾写诗道:"吴蚕缫出丝如银,蓬头垢面怎苦辛;苕溪矮桑丝更好,岁岁输官供织造。"至元代中叶,湖丝异军突起，超过了黄河流域，成为中国最为优良的产品。

等到明清时期，湖州丝绸更是名扬天下，清皇帝康熙在《桑赋序》中云："朕巡省浙西，桑树被野，天下丝绸之供，皆在东南，而蚕桑之盛，惟此一区。"1851年，湖丝参加伦敦首届世界博览会获大奖；1910年，参加南洋劝业会获特等奖；1915年，在巴拿马博览会获奖；1929年，参加全国首届西湖博览会获特等奖。当时西洋贵族均以穿湖州丝绸为荣，英女王身上所穿的就是湖丝长裙。

据传，清光绪中叶，慈禧太后在北京颐和园中辟桑园，下令到湖州选招一批精于蚕织的妇女进宫，教授宫女饲蚕、缫丝、织绸技艺。湖州蚕妇在京颇得慈禧优待，年余给假使归省亲，期满上京续职。1900年八国联军进攻北京，慈禧仓促出逃时，尚有一名湖州蚕妇随扈到西安。

特别值得一提的是，1927年，湖州丝商蔡声白在上海举行了中国首次丝绸模特时装表演，并将之前深入乡间桑林、村户蚕房和市镇的丝绸企业拍摄的种桑、养蚕、缫丝、织绸等流程的镜头合成了一部名为《中华之丝绸》的纪录片，次年远赴越南、马来西亚等地巡回展览和放映，使中国丝绸的魅力广为人知。

4

湖州丝绸以具有"细、圆、匀、坚"和"白、净、柔、韧"等特点，"冠于全国，闻名天下"，"湖丝"一度成为丝绸的代名词。而湖州丝绸中以南浔辑里村命名的"辑里湖丝"更是世界丝绸史中的最杰出者。当然,除了辑里湖丝,双林绫绢和湖绉同样是中国丝绸的奇葩。

随着湖州以丝绸为主的对外贸易的发展,西方的文化也渗透到湖州人的生活之中。所以,在湖州不仅能感受到吴越文化的强大气息、中原文化的脉络,而且能感受到希伯来文明的痕迹。与此同时,湖州丝绸柔顺华美、经纬交融、变化万千,为湖州人包容、和谐的处世精神提供了养分,孕育了湖州人博大的人文情怀。

从古至今,种桑、养蚕、缫丝、织绸都是湖州人生产、生活的重要组成部分。听湖州的老者说,以前当地的孕妇临产,娘家送的"催生礼"中的婴儿彩衣,大多是绣花的丝织品。男方向女方送的聘礼中也有丝绸服装,嫁女儿更要陪嫁丝绸绣花枕之类。

伴随着这些生产活动而产生的蚕事风俗,在湖州当地也是异常丰富多彩,如祭蚕神、清明踏青、轧蚕花等。特别是清明节含山踏青、轧蚕花,千年相承,久盛绵延,成为湖州城乡众多蚕事民俗活动中最为生动、参加人数最多、场面最为壮观、影响最大的一项活动。

纵观湖州丝绸发展的历史之路,可以这么说,在湖州的城市发展历史上,它占据着举足轻重的地位。在湖州这个舞台上,湖州丝绸将自己的文化风韵、经济魅力、政治品格诠释得淋漓尽致。毫不讳言,湖州丝绸堪称湖州这座城市的CIS(形象识别系统),也是湖州的自信之源。

5

然而，随着传统工业的日渐式微，加上用工成本持续高升，国际国内市场需求依然不旺，丝绸行业整体景气指数偏低等，曾经的"无不桑之地，无不蚕之家"的湖州，前些年却陷入了"满村缫车今不见，茧仓库里空悠悠"的尴尬境地。怎么让湖州丝绸重新崛起，也就成了亟待湖州人们解决的问题。

令人欣喜的是，国家"一带一路"大战略的提出，国务院八部委发布的关于促进我国茧丝绸产业健康发展的十二条意见，以及浙江省政府加快规划建设特色小镇的政策，对于湖州丝绸转型升级、重振雄风都是很好的契机。而且，湖州市政府当前也正酝酿出台相关政策，将重新振兴丝绸等四大传统产业。

就在记者赴湖州采访的前一天，据《湖州晚报》报道：湖州市南浔区菱湖镇丝绸之路集团生产车间，工人正在生产一款富含传统文化创意的丝绸。这无疑是湖州的传统丝绸企业为应对市场环境的不断变化，打造国内时尚丝绸的精品工厂而做出的努力。

采访结束，记者通过相关渠道获悉，湖州生丝产量大幅减少以后，丝织业却逆势发展，是全世界耗用生丝最多的城市，形成了最大规模的丝绸织造产业集群。相信湖州丝绸业在不久的将来，必定会找到新的发展机会，让"湖丝"这个文化瑰宝不断焕发青春，再铸辉煌。

湖州的"两山"新篇

素有"南太湖明珠"之称的湖州，是一座具有两千三百多年历史的江南古城，她不仅拥有优美的自然景观和众多历史人文景观，还是长三角地区"先行规划、先行发展"的十四个重点城市之一。

早在 2008 年，湖州就开始探索美丽乡村创建，成了浙江省乃至全国美丽乡村创建的发源地。从 2011 年起，湖州更是全域规划建设美丽乡村，打响了美丽乡村建设战役，走在了全省前列。

如今，为了确保美丽乡村建设继续走在全国全省前列，湖州在现有基础上进一步加大了探索力度，计划在更高的层面上实现城乡经济、政治、文化、社会、生态一体化的发展，升级美丽乡村创建。

春夏交接之际，记者一行赴湖州采访，通过对"德清县农村土地改革""长兴县农村产业发展"和"安吉县美丽乡村建设"等实情的了解，来探询该市今后在"两山"路上将会如何谱写更美的篇章。

在 2015 年 10 月召开的十八届五中全会上，"美丽中国"被纳入国家"十三五"规划。"美丽中国"是中国共产党第十八次全国代表大会提出的概念，2012年11月8日，在党的报告中首次作为执政理念出现，强调把生态文明建设放在突出地位，融入经济建设、政治建设、文化建设、社会建设各方面和全过程。

将建设"美丽中国"提上议事日程，是在当前资源约束趋紧、环境污染严重、生态系统退化的严峻形势下，党和政府尊重自然、顺应自然、保护自然的执政理念的具体体现。它是我国"五位一体"发展格局形成的重要依据，是推进生态文明建设的实质和本质特征，也是对中国现代化建设提出的要求，更是实现中华民族永续发展的保障。

在建设"美丽中国"方面，湖州市委和市政府深刻领悟了习近平总书记提出的"绿水青山就是金山银山"这句话所蕴含的内涵，近年来采取"规划先行""注重特色""四级联创""建管并重"等措施，深入推进全市美丽乡村创建，逐步形成了"点线面结合""产业文化融合""经济生态民生协调"，具有"湖州特色"的美丽乡村。

诚然，建设"美丽中国"，离不开"绿水青山"，但并不止于此。"美丽中国"是"环境之美""时代之美""生活之美""社会之美""百姓之美"的总和，其核心是要按照生态文明要求，通过生态、经济、政治、文化及社会五位一体的建设，实现生态良好、经济繁荣、政治和谐、人民幸福的"美好生活"，实现民族伟大复兴的"中国梦"。

鉴于此，湖州市委和市政府最近提出要坚定不移地践行"两山"论断，以创新、协调、绿色、开放、共享的发展理念引领赶超发展，以促进农民实现"两富"为核心目标，以深化改革开放和全面创新为强大动力,大力转变农业发展、农村建设、农民生活方式,推动全市美丽乡村建设实现"全域美、持久美、内在美、发展美、制度美"。

在采访中,记者欣喜地发现,湖州这个环太湖地区唯一因湖而得名的城市,正在全面升级现代农业发展、人居环境管理、农村民生改善、农村精神文明建设、基层建设和治理及生活力激发等各方面的水平,努力推动"绿水青山"与"金山银山"的融合发展,实现从"美丽乡村"到"美丽湖州"再到"美丽中国"的升级跨越。

嘉兴的乡村艺术

素有"鱼米之乡""丝绸之府"美誉的嘉兴，自古就是富庶繁华之地，不仅风光秀丽，而且历史悠久，早在六七千年前，先民们就在此孕育了长江下游太湖流域早期新石器文化的代表——马家浜文化，系中国江南文化的发源地和中华民族古老文明的源头之一。

嘉兴地处两省交界，且多移民，具有兼容并蓄的特质，乐于接受新生事物，适应潮流，开通风气。2013年以来，嘉兴市着力创建国家公共文化服务体系示范区，扎实实施文化强市、文化惠民和文化创新等各项举措，无疑就是这种进取求新传统的延续。

暮春三月是江南草长莺飞、杂花生树的时节，记者走访了嘉兴各地，通过了解"秀洲农民画""嘉善田歌"和"海盐滚灯"等优秀乡村艺术被挖掘、整理、传承和传播的情况，来领略当前嘉兴全市公共文化服务体系建设整体推进、重点突破、全面提升的新气象。

众所周知，建设"美丽乡村"，"美"字当先，这不仅在于"环境美""生态美""生活美"等"外在美"，更在于"文化美""文明美""和谐美"等"内在美"，需要通过"内在美"来支撑

"外在美",同时也要让"外在美"来展示"内在美"。

乡村艺术,作为一种特殊的思想文化,是农民与自然和谐相处的客观反映。同时,它对"美丽乡村"建设具有积极的反哺作用,有利于推进农村"本质美"的内涵外延,使"外在美"与"内在美"兼备,促进农村社会和谐,提高农民幸福指数。

"秀洲农民画""嘉善田歌"和"海盐滚灯",这些乡村艺术与农民的生产生活密切相关,它们不是被束之高阁、远离烟火的所谓高雅艺术,而是带有浓厚泥土气息的农民智慧的结晶。它们均来源于农民的生产生活,又被广泛应用于农村的生产生活。

农民是"美丽乡村"的创造者和实践者,也是最终受益者。嘉兴市委市政府深谙这个道理,让文化自觉唤醒创造主体。通过全市公共文化服务体系建设,利用有限的政府文化"输血",激发无限的基层文化"造血",在农村文化传播中实现美的传递和熏陶。

檐前燕语唤村晨,三月由来景翻新。记者通过采访发现,近年来嘉兴市在推进"美丽乡村"的具体实践中,将"秀洲农民画""嘉善田歌""海盐滚灯"等乡村艺术基因与农村文化礼堂等文化载体相结合,开展公共文化服务,已让广大农村形神皆美。

这也佐证了嘉兴市这些年通过制度建设,激发了农村文化的内在活力,使农民群众成为活动的主角,增强了他们的亲近感和归属感,有力地促进了全市农民文明素质的提高和农村文明程度的提升,让嘉兴农村由"文化乐园"升级为"精神家园"。

平湖的"九彩龙"

九龙共舞呈盛景

　　东风夜放花千树,更吹落,星如雨。
　　宝马雕车香满路,凤箫声动,壶光转,一夜鱼龙舞。

　　　　　　　　　　——(宋)辛弃疾《青玉案·元夕》

　　正值元宵时节,天色渐暗,华灯初上,广场上突然响起"急急风"锣鼓,一个壮汉手持龙珠,连续几个鹞子翻身翻到前台,一会儿"金鸡独立",一会儿"大鹏展翅",每个动作都娴熟巧妙。随后,一位魁梧的汉子,擎着一个硕大的龙头,灵活自如地挥舞着。这样,在龙珠、龙头的引领下,一条金色大龙向上飞跃,赤、橙、黄、绿、青、蓝、紫、白八条小龙四周腾挪,或快或慢,或近或远,九条龙时而缠绕,时而分开,尽显神通。这队舞龙人表演着"一字跃""腾龙""困龙""盘龙""跃龙""滚地龙""大游龙"

"小游龙""绕角龙""穿龙""龙出水""挨背龙"等数十个动作，整个队形时而奔腾化彩练，时而盘旋绽金光，动时威武如真神，静时盘踞如泰山……变换紧凑、神速、出神入化，激动人心。尤其是"滚地龙"时，台上发出"呼呼"风声，使观众惊心动魄，目不暇接，充分展示了大龙的威武、勇猛，具有翻江倒海之势。半个多小时后，锣鼓骤停，节目结束了，九条龙整齐地向观众鞠躬，台下顿时掌声雷动。

"这龙舞叫'九龙呈祥'，是在平湖徐埭镇'九彩龙'的基础上，重新创编的。"这时，在平湖从事群众文化工作的"九彩龙"传承人毛才耿告诉我们："'九彩龙'是在民间传统舞龙的基础上加以创新发展的优秀民间舞蹈，具有'神''活''熟''圆'的表演特色。而'九龙呈祥'是将一条男子舞的大龙加长，八条女子独舞的小龙也加长到每条五个女子舞，并编排了二十多套舞技新动作，这样使'九彩龙'更具有可看性。"

提起"九彩龙"，熟知龙舞的都知道，它以前在平湖民间叫"调青龙"，也叫"舞青龙""调龙灯"。在青龙江一带，每逢干旱便舞龙祈雨，从此就有了这个习俗。后来，演变为在新春和秋收后"舞青龙，保平安"的民俗活动。关于舞龙的来历，平湖民间流传着这么一个奇妙的传说：位于杭州湾北岸的乍浦东门外，有一座绵延起伏的青龙山，山南有一条青龙江。有一天，青龙江里的龙王腰痛难忍，把龙宫中所有的药物都吃遍了，仍不见效，便只好变成一个老翁，来到人间求医。郎中给他把脉后，甚觉奇异，问："老公公，你不是人吧？"龙王见瞒不过去，只好说出实情。于是，郎中让他显现原形，在他腰间的鳞片中发现有一条蜈蚣在作祟。郎中将蜈蚣捉出来除掉，再经过拨毒、敷药，龙王的腰痛病很快就治愈了。为了答谢治疗之恩，龙王对郎中说："你们只要按照我的模样扎成一条青龙舞耍，就能一年四季风调雨顺，百里平川五谷丰登。"

这件事传出后，青龙江边的人们便以为老龙能兴云播雨，于是平湖沿海（青龙江）一带每逢干旱便舞龙祈雨。

平湖奇地孕龙舞

三年此夕无月光，明月多应在故乡。

欲向海天寻月去，五更飞梦渡鲲洋。

——（清）丘逢甲《元夕无月》

在写这篇稿子前，笔者在网上搜索过"平湖"这个地名，据百度百科记载：平湖历史悠久，据大坟塘遗址出土文物证实，早在六千年前已有先民在此劳动生息。春秋时为越国武原乡地。秦王政二十五年（公元前222）置海盐县，今平湖市境为海盐县一部分。秦末或西汉初，县治陷为柘湖，移治武原乡地域（今平湖市当湖镇东湖一带）。东汉永建二年（127）县治陷为当湖，迁治齐景乡故邑山（今乍浦附近）。东晋咸康七年（341），县治从故邑山移治马嗥城（今海盐县武原镇东南）。明宣德五年（1430）从海盐县分出大易、武原、齐景、华亭四乡，建为平湖县，县治设当湖镇，属嘉兴府，隶浙江承宣布政使司，因其地汉时陷为当湖，"其后土脉坟起，陷者渐平，故名平湖"。以后，建置长期不变，境域基本稳定。

这个地方多次陷为"湖"，搬来迁去的，后来"湖"上"土脉坟起，陷者渐平"，才终于成了现在这个"平湖"。本身是"湖"里"坟"起的，加之南对滔滔大海，北靠浩瀚三泖，境内河流众多，难怪平湖这个地方龙文化积淀尤为深厚了。

"龙"这个东西，大家都清楚，它乃中国四灵（龙、凤、麒麟、龟）之首，中国人对之敬而且畏。在我们的心目中，它是祥瑞的象征，是和风化雨的神灵，也是水中的主宰，所以龙文化总与江湖文化、海洋文化交织在一起，形成了华夏文化的一个重要组成部分。鉴于平湖独特的地理位置，龙的传说自然也就浩如烟海，龙的文化符号难免俯拾皆是了。

据清代平湖《王志》记载：在两千多年前，埋葬在独山的越国大夫诸稽郢的墓志铭上，就镌刻着"左龙右虎、前洵后冈"的铭文。宋代鲁应龙撰写的《闲窗括异志》里，有关于乍浦陈山"龙湫池"白龙的文字记述，"陈山在县东北四十里……有白龙湫，显济敷泽龙王庙。山顶有龙穴，深不数尺，春夏不涸，百姓遇旱则祷于穴，必有异物见"。因此，有白龙孝母的故事流传至今。元代姚桐寿撰写的《乐郊私语》里，则记载着刘伯温论乍浦诸山为南龙的文字，"中国地脉，俱从昆仑来。北龙中龙，人皆知之。惟南龙一支，从峨嵋并江而东，竟不知其结局处。顷从通州，泛海至此。乃知海盐诸山，是南龙尽处"。

除了这些文字资料，用于水域称谓的就有：龙潭漾、白龙潭、龙湫池、九龙港、五龙港……用于建筑称谓的有：聚龙桥、会龙桥、龙吟阁、龙王塘……

其中的东湖漾，因九派之水汇集于此，就相传由九条龙分管各处水道，湖墩就是九龙游耍的龙珠，故东湖又称"九龙港"。清代

《嘉兴府志·祥异志》更是绘声绘色地记载着明代进士沈懋孝在东湖边见到真龙的故事，"平湖县有青龙化腾海上，红光半天，修撰沈懋孝见龙首，半垂两角，闻有金冠紫衣之神，仗剑而立，长尺余，龙吐颔下珠光，团罔大如斗"。历代文人骚客还以龙为吟诗作文的素材，留下了不少脍炙人口的诗文。如清代卢生甫为学宫前的龙吟阁题诗："澹泡春城似蛰龙，阁添龙角宛成峰，龙吟阁下有龙卧，午夜吟来压曙钟。"

龙的传说多，龙舞这种民俗活动自然也就产生了。像"九龙呈祥"这样的龙舞名称，就是"九龙港"这个地名派生的，当然其中也蕴含着平湖水乡人们的美好祝词。

历经坎坷赋新姿

中山孺子倚新妆，郑女燕姬独擅场。

齐唱宪王春乐府，金梁桥外月如霜。

——（明）李梦阳《汴京元夕》

中国是龙的故乡，中华民族向来以龙的传人自居。龙作为四瑞兽之首，龙文化成了中华民族最重要的图腾文化。而龙舞作为龙文化的延伸，蕴含着"风调雨顺，国泰民安"的意义。但"九彩龙"作为龙舞的一种，其发展历程并不顺畅。

据平湖"九彩龙"传承人谢跃平介绍，明末清初起，平湖地区就有民间舞龙的传统风俗，并且还流传着这样的顺口溜："正月里来是新春，家家场上调龙灯，火龙青龙摇摇头，来年买只大水牛。"

据地方志载，清乾隆年间，皇帝下江南驻留杭州，听说平湖舞龙有特色，遂从当时林埭一带调来一支彩龙队进杭表演，使龙颜大悦，获得很大成功。由此可见，"九彩龙"在古代就已名震天下。

到了新中国成立前，境内各坊圩还均有舞龙队表演，林埭曹家桥有"竹隐庵"、林家浜有"洪法庵"等舞龙队，尤以徐家埭小桥村的青龙、新篁圩的火龙最为著名。民国报纸这样记载：民国十六年（1927）4月，徐号乡各坊民众张灯结彩舞龙表演，庆祝北伐战争胜利；1953年7月，因6月下旬至8月下旬连续三个多月晴热无雨，小河浜大多干涸，水田干裂，曹家桥"竹隐庵"舞龙队多次到乍浦"龙王庙"和海塘街进行舞龙祈雨活动。

据说，昔年"调龙灯"种类丰富，多姿多彩。远古时，品种有草龙、火龙；后来发展为纸龙、布龙，色彩有青龙、黄龙、白龙、紫龙等多种。每当春节、元宵、庙会，都能看到它的精彩表演。尤以春节期间为最多，常常活动于农户的房前场地。

对于那样的场景，当过教师的古稀老人吴老汉记忆犹新，"那个时候，在舞龙之前，先挨家挨户用大红纸向村民贴告示，报告何时龙踊府，提示村民做好迎龙准备。在当天傍晚6:30开始。每个村庄各制作完成一条龙，在经过一番热闹的供奉、祭龙后，舞龙正式开始，每条龙都配有一堂锣鼓、唢呐等敲打伴奏，上百青壮年则簇拥龙，一边呜呜呼号，一边舞动龙在村里飞奔。龙所到之处，鞭炮烟花震耳欲聋，人呼龙动，仿如龙在呼啸、怒吼，场面真是气壮山河"。

可在"文革"期间，"调龙灯"被定为"四旧""封建迷信"，一下子销声匿迹了。粉碎"四人帮"后，1981年平湖市委宣传部责成市文化馆陈宰赴徐埭与文化站徐水明一起抢救性挖掘整理"调龙灯"这一传统民俗文化,并组建以老农陈保明为队长的民间舞龙队,"调龙灯"才重新发展起来。

重新发展初期,"舞龙灯"动作很单调,仅有"一字龙""游龙""滚地龙"等几个花式,没有高难度技巧动作。后来,经过老艺人的集思广益,由原来的四五个动作发展成二十八个动作,并增加了舞龙的难度和技巧。

1986年,"舞龙灯"在形式上进行了大胆的突破,从平湖"九龙港"的传说得到启发,由文化馆舞蹈老师沈德华将原来由男青年舞的一条龙,发展到由男女青年共同表演的九条龙,表演场从庭院、广场走上了舞台。龙的道具也进一步美化,改变了过去单调的色彩,大龙改为金黄色,绘鱼鳞包身,设牛头、鹿角、马耳为龙的头部,鱼尾为龙尾;小龙则有黑、白、红、青四种颜色,后来改为八种颜色,并增加了龙珠来引舞。这样不仅色彩缤纷,还呈现了九龙共舞的热闹场面,且变化多端、生龙活虎、栩栩如生,煞是好看。1988年,"舞龙灯"便正式更名为"九彩龙"。就这样,平湖的"九彩龙"正式诞生了。

在以后的十多年间,平湖市文化部门也参与到"九彩龙"的改造更新中,不断赋予其更加美妙的姿态。现在平湖舞龙从形式上分为青龙、草龙、布龙、竹篾龙;从色彩上分为金龙、水龙、赤龙、九彩龙等;从程式上分为游龙、盘龙、穿龙、母子龙、宝塔龙、荷花龙、八仙龙、躺地龙等;舞龙的方法有出海龙、摇船龙、滚地龙、大劈龙、之字龙、高拧龙、上窜龙、背靠龙、跪地龙、躺地龙、大举龙、圈盘龙、荷花龙、浪花龙、翻身龙、点水龙、向阳龙、踩腿龙、宝塔龙、跳绳龙、抢珠龙等二十多套舞技。

龙腾四海颂和谐

满街珠翠游村女,沸地笙歌赛社神。
不展芳尊开口笑,如何消得此良辰。

——(明)唐寅《元宵》

林埭镇是平湖"九彩龙"的重镇。我们抵达那里时,一场"九龙呈祥"正在紧张排练——金黄色的大龙上下左右翻腾飞舞,八条小龙在龙珠的引领下,时而戏珠、时而点水、时而穿插迂回,轻松活泼、风趣逗人。没过多久,排练就接近了尾声,只听得最后一声鼓响,九条龙缓缓停下,围在一起,母子间的亲昵之情,表现得淋漓尽致。

我们正看得出神,平湖市林埭镇综合文化站站长兼任平湖"九彩龙"艺术团负责人吴华过来,指着向我们谢幕的那九条龙说:"这些都是林埭中心小学的学生。"

从他的讲述里,我们了解到,近年来,经平湖市文化主管部门和林埭镇政府的抢救和保护,"九彩龙"已经走上全面开发利用阶段。目前,平湖"九彩龙"拥有传承基地四处,分别为平湖职业中学、平湖技校、林埭中心小学和武警中队,拥有舞龙队队员百余人。

1996年至2006年,平湖"九彩龙"连续七年在全国舞龙大赛中夺得金奖。1999年,平湖文化馆将"九彩龙"舞蹈由独舞改为齐舞,并改名为"九龙呈祥"。中央电视台《东西南北中》栏目专题介绍了它的表演艺术。2010年夏天，平湖"九彩龙"舞蹈队还在上海世博会上亮相，在世博文化中心参加了"春涌浙江"浙江民间艺术展演第三篇章"龙之魄"的舞龙表演和行街表演，从此名声大噪，誉满海外。

目前，平湖"九彩龙"这一民间舞蹈艺术已被嘉兴市和浙江省编纂的《民间舞蹈集成》收录，并被浙江省非物质文化遗产保护中心列为省级非遗名录。而早在2009年，林埭镇也因此被授予"浙江省民族民间艺术之乡"的光荣称号。平湖"九彩龙"在新一代平湖人的继承和发扬下，正焕发着无比绚丽的光彩。

之前，笔者曾怀着这样一种迷惑：龙舞最初是作为祭祀祖先、祈求神灵保佑的一种仪式。以后，演变为在新春和秋收后"舞青龙，保平安"的民间民俗活动。其本意无非是"祈雨祈福、娱神娱己、彰力显威、旺丁兴族"。但随着时代的变迁，到了当前这样的科技时代，它的那种本意已不复存在，人们已无须用它来"祈雨祈福、彰力显威、旺丁兴族"，最多也就"娱神娱己"一下吧。那为何平湖人还要"大张旗鼓"地继承和发扬呢？

现在，经过这几天的实地考察，笔者终于恍然大悟：一方面，三百年来，"九彩龙"从民间习俗到节庆重头戏，折射了一代又一代平湖民间艺人们的智慧和创新精神，充分展示了平湖传统文化的魅力；另一方面，"九彩龙"的生龙活虎，栩栩如生，颜色鲜艳，流光溢彩，正好昭示着当代平湖人奋发向上的朝气与和睦相处的风尚。

这也就是说，"九彩龙"现在代表的，已不仅仅是一种民间艺术，更多的是一种精神象征，难怪它会如此辉煌。

嘉善的"过大年"

春节是中国最富有特色的传统节日,已有四千多年的历史。在这个节日里,人们举行各种各样的活动,以实现对和平、友谊和亲情的检阅和激励,以及对未来美好生活的祝福和祈祷。

俗语说,"十里不同风,百里不同俗"。由于每个地方的民风各不相同,庆祝新年的习俗也就千姿百态。浙江省嘉善县在欢度春节的各项活动中,无不融入"善文化"基因,呈现了浓郁的地方特色。

嘉善地处江浙沪两省一市交会处,境内土沃川平,河荡密布,气候宜人,物产丰富,素有"鱼米之乡"的美誉,是长江三角洲一颗璀璨的明珠。这里历史悠久,人文资源丰富,自然风景优美,是古代吴越文化的发祥地之一。

这个已有五千多年人类文明史的江南小城,人们祖祖辈辈劳动、生活、繁衍在富饶的水乡泽国,生生不息地演绎着、承继着古老质朴、富有水乡灵性的文化。"上善若水",水乡的灵性,人文的渊薮,孕育了嘉善的"善文化"。

中国传统的慈善活动源远流长。在中国的慈善历史上,明朝的两位嘉善人袁黄与陈龙正功不可没。袁黄是"善"的理论诠释者，是迄今所知中国第一位具名的善书作者，是江南善举运动的倡导者，他的代表作《了凡四训》是善书中的经典之作；陈龙正则是"善"的实践者，是江南民办慈善组织的开创者。可以这么说，嘉善不仅是劝善思想家的故乡，也是善举运动的发源地。

众所周知，春节由于民族或地域的不同，表现的形式显得丰富多彩，但内容均以祭祀神佛、祭奠祖先、除旧布新、迎禧接福、祈求丰年为主。嘉善也不例外，唯一不同的是，嘉善将"善文化"有机贯穿其中。

譬如，在嘉善过年时，年初一要祭拜"七老爷"。这个七老爷是嘉善的地方神，是历史上一位到嘉善任职，为了救济嘉善先民打开粮仓最后被腐败的政府杀害的明代官员。善良的嘉善人为了纪念他，在嘉善大大小小的城镇都建了"七老爷"庙。在过年时，特别是年初一，到"七老爷"庙烧香，便成了一项重要的活动。

嘉善过去在逢年时表演的民间文艺，也大都蕴含着"善文化"的内容。例如，《十两银子一根柱子》说的是徐文长设计接济西塘渔童葬母的故事；《银水和尚银水庙》传扬的是银水和尚为民治病、助人为乐的故事；《忧欢石的故事》讲的是从前在西塘烧香港有一个捉鱼小伙子救落水灾民献出生命的故事，市民将河边柱石视为其化身，以水位淹显柱子为忧欢……

据嘉善的民俗专家介绍，以前在嘉善各乡各村都有自己独特的民间文艺队伍，他们自编自演，形式有彩灯、演唱、舞蹈、戏曲、杂耍、民乐、竞技等。这些形式丰富多样、内容广泛的民间文艺表演活动，大都依附于欢度春节的活动中，不仅成为人们自娱自乐的文化活动形式，也推动了"善文化"的传播。

"善"是中华传统文化中最重要的特质和核心价值。宣传和弘扬"善文化"既是传承嘉善传统人文美德的需要，也是弘扬时代精神、引领道德价值取向的需要。近几年来，嘉善利用天时、地利、人和，突出对地方文化精神的挖掘和传承，大力弘扬"地嘉人善、嘉言善行、善气迎人"的传统美德，全力打造以"善文化"为核心的地方人文精神和价值理念，凸显县域文化标志。

春节集祈年、庆贺、娱乐为一体，历史悠久、流传面广，是中华民族最隆重的佳节。嘉善县紧紧抓住其具有极大的普及性、群众性的特点，积极组织开展"欢度春节"系列文体活动，在丰富群众业余文化生活，营造欢乐、祥和、温馨的春节氛围的同时，广泛而深入地传播"善文化"。

户籍人口不到三十九万的嘉善县，目前外来务工人员已经超过了三十一万，其中约一半近几年来在嘉善这个第二故乡过年。为保障新居民能在异乡过个欢乐年和宽心年，嘉善县开展了形式多样的"新居民欢度春节"系列活动，为新居民送上了对胃口的"文化大餐"，让安心留下来的新居民度过欢乐祥和的春节。

姚庄镇文化中心每年春节期间举行写春联、猜灯谜等活动，吸引了众多的居民参与。今年在活动现场挥毫泼墨写春联的四位"书法家"中，有三位是新居民。这些居民都是志愿过来写春联的。他们说，既能参加丰富多彩的系列活动，又能够尽自己的一点义务，感觉很充实。

每年春节期间，嘉善的县镇村三级文化活动设施场所全部向居民免费开放，大年初一至初三，县城和有条件的镇村免费为居民放映电影。在魏塘镇、西塘镇等乡镇，组织开展篮球友谊赛等多种形式的文体活动，吸引居民积极参与。卫生、计生、科技、法律、安全知识"五下乡"活动，以"送文艺、送服务"形式，一直持续到年初五，居民在享受精神文化生活的同时，充分感受到嘉善的"善文化"。

为了挖掘村落独有的历史文化资源，充分展示各行政村的特色文化，让群众感受到历史文化的深厚底蕴，在传统文化中获取欢乐，更深刻地感受"善文化"的熏陶，从2013年开始，嘉善县落实了每年四百万元的财政专项经费，全县已经建成二十二个村级文化礼堂。

村级文化礼堂，为群众创造了展现自我的机会和舞台，同时也激发出群众的创作活力。吹拉弹唱在过去往往被视为"文化人"的专利，而今已经由群众来唱主角。在嘉善县城区，目前排舞练习点有26个，队伍320多支，每天参与练习的居民达5500多人次，嘉善已成了一座载歌载舞的排舞之城。

文化，是一座城市的精神和灵魂，同时，也是民族凝聚力和创造力的重要源泉。群众需要文化，文化也需要群众，只有贴近生活，贴近群众，贴近基层，文化才有立足之地，才有发展空间，才能生生不息。嘉善大力发展群众文化活动，让民间民俗文化充满泥土芬芳，并通过春节这个平台，让群众参与到群众文化活动中，这样才能真正乐起来、动起来、壮起来。同时，嘉善的"善文化"也能更好地传播开来。

时代进步需要健康向上的道德风尚来引领，经济社会发展更需要道德榜样的力量来推动。以"善文化"为代表的文化传统，影响着嘉善的过去、现在和将来，贯穿于每个人从生到死的人生历程。在"善文化"的推动下，一颗颗向善之心，聚少成多、聚沙成塔，在嘉善涌现出了更多善人善举。

村妇陈阿条十年如一日，捐出省吃俭用积攒的二十万元资助贫困学生；回乡创业大学生杨珍带动村民共同致富；"辣妈宝贝"以实际行动实现了梦想，带活了全村文化活动……嘉善人正用"善"滋养着生命，奏响了一曲曲社会和谐的精神凯歌。

最近，原创越剧《执着的父亲》在嘉兴大剧院隆重上演。这部小戏根据嘉善的好人好事改编，讲述了一位父亲两次救起一被遗弃的患有严重唇腭裂的女孩，并为了给女孩补唇走上了艰难的人生路。这些"最美"的形象和瞬间，绘出了一幅荡漾着"善文化"的幸福民生新家园的美景，正化成汩汩溪流，温暖着人心。

善念是一粒种子，善心是一朵花，善行是一枚果实。嘉善人在春节——这个展示中国传统民俗的盛大节日里，让"善文化"深深扎根于基层，播种在群众的心中，点亮心灯，温暖世道，不仅有利于打造当代美丽"桃花源"，实践"美丽嘉善"的愿景，同时还让嘉善的春节散发出了独特而迷人的魅力。

嘉善的"善文化"

嘉善县地处浙江省的东北部,因"民风淳朴、地嘉人善"而得名。它不仅有"与人为善、戒恶扬善、以和为贵、以善为美"的"善文化"的内在基因和历史积淀,作为嘉兴市的一个县,它还承袭了嘉兴那种包容并蓄的特质和乐于接受新生事物、适应潮流、风气开通的精神。

近年来,在推进现代新农村建设中,嘉善县紧扣中央关于社会主义新农村建设二十字方针,充分挖掘村庄地理位置、特色产业、自然资源、历史文化和制度体制等优势,并大力弘扬"地嘉人善、嘉言善行、善气迎人"的传统美德,用"善文化"打造和谐幸福家园,形成了具有嘉善特色的现代新农村模式。

"绣"美人生,善润心灵

编盘扣、手剪纸、绘农民画、刺十字绣……这些独具特色的民间传统手工艺,彰显了嘉善农民人善手巧的艺术魅力,反映了嘉善人民热爱家乡、热爱生活的崭新精神面貌。近年来，嘉善县高度重视提高民间传统手工艺的附加值，致力于发展传统手工艺创意设计产业并不断优化完善文化产业的发展环境，不仅解决了不少农民的就业问题，同时也为中国传统文化的延续做出了贡献。

其中的农民十字绣，作为大云镇江家村文化阵地的一大特色产业，已成为该村的一张金名片，并正在申请第五批嘉善县非物质文化遗产。2015年4月23日午后，记者来到江家村采访，只见村文化礼堂里，搭建了约六十平方米的十字绣展厅。该展厅内除了十字绣作品、技法的展览和介绍外，还配备了茶几、桌椅、书籍、花架等，成为绣娘们一起聊家常、一起学技艺的活动场所。

众所周知，十字绣是一种古老的民族刺绣，具有悠久的历史。它易学易懂，流行广泛，受到不同年龄人们的喜爱。"不知从何时起，十字绣犹如一股清新的风，流传在了江家村这片绿土上，妇女、小孩都喜爱上了用十字绣展现源远流长的善文化和花乡田园景象。"村党总支书记王国新这样告诉记者。

为推进"物质富裕、精神富有"建设，弘扬善文化精神，大云镇根据当地的实际情况，顺应时势，于2013年3月将"善文化·绣美社团"建设试点设立在江家村，并配备了十字绣展示厅、交流学习室，提供各类十字绣材料及工具，每月邀请县、镇级专业老师进行培训和指导，定期举行交流、评比和展示会，以进一步提升江家村十字绣文化的品质和影响力。

之后的短短一年多时间里，江家村十字绣文化氛围愈加浓厚了，吸纳了更多爱好者参与社团活动，村民们绣制和创作的两百多幅精美的作品，有善文化精神、百花美景、民族中国风、儿童漫画、壮丽山河等，这些作品不仅把现代的农家生活装扮得更加美丽，同时在共同绣制、交流和学习的过程中，更凝聚了邻里之间融洽的情感，形成了江家村文明和美的乡风，增进了百姓对美、对文化的向往和追求。

据陪同记者采访的县农办副主任王枕旦透露，目前，该镇已建成分社团七个，社团成员总数达一百四十多人，培训绣工四百余人次，正在筹划以"江南绣女"为品牌，建立农民十字绣经济合作社事宜，以政府引导推广十字绣，以大云旅游为依托拓宽销售渠道，利用电商平台以及在校大学生等资源，并聘请经纪人专门负责十字绣来料加工等开拓市场，促使大云农民十字绣走向市场，成为农民致富新途径。

面对记者的采访，村民沈桂芳说："我一直喜欢十字绣，喜欢十字绣精美的图案和绚丽的色彩。十字绣既培养耐心，又磨炼意志，看着通过一针一线、日积月累、坚持不懈地努力完成的作品，一阵阵幸福的感觉洋溢心头。"张丽华则称："村里的'善文化·绣美社团'为我们这群爱好者搭建了一个平台，大家聚集在一起，通过一针一线，描绘了一幅又一幅美丽的图画。生活的劲头和心情也都更好了！"

生态"碧云"，善待自然

"嘉善县，一个农业大县、产粮大县"，这是原来外界对该县的评价。这一评价，也是以前嘉善农业的真实写照。但如今，这评价已发生翻天覆地的改变。回顾之前的嘉善农业发展，农业、农村、农民三环相扣，十多年来的共同发展，使嘉善县农业发展的产业培育、品牌建设、品牌经营形成了良性循环，也为未来农业发展积累了宝贵经验，已形成以浙北桃花岛为代表的基地拓展型，以汾湖休闲观光农业带为代表的资源景观型，以祥盛休闲农业园、龙洲休闲渔业园为代表的特色产品型等多种休闲观光农业。

2015年4月23日下午，记者来到位于浙江接轨上海第一站大云镇的农业园区型典范——碧云花园。这个园区由观光农业、盆景杜鹃、水果采摘、拓展烧烤等休闲项目组成。园内鲜花遍野，由草地运动度假区、观光湿地景观区和特色农业景观区三个主景观功能区构成，通过在空间上形成的序列，将生产区包围起来，使生产区隐匿于良好的自然生态环境中，其生态基调和景观格局秉承历史和人文精髓，再现芳草茵茵、落英缤纷、阡陌交通、鸡犬相闻的美妙田园画卷。

经亲自驾驶观光车陪同记者采访的嘉兴碧云花园有限公司董事长潘菊明介绍，碧云花园建于2001年3月，是一家以花卉、水果、种子种苗等农业优势产业和休闲观光为重点的省级农业龙头企业。目前，在引进香水百合、观赏凤梨、大花蕙兰等高档花卉生产的同时，重点研究嘉善传统名花——嘉善杜鹃，建立了全国最大的东鹃品种资源圃，其东鹃的杂交育种处于全国领先地位。

至于为什么会想到创办这家农庄，这位建立了嘉善县第一家个人中日合资服装企业——大光服饰有限公司的老板笑而不语，带着记者来到了园内一个演艺台前，他指着正在播映的一部电影说："我是在上海世博会期间在美国馆看到的，影片里讲的那个女孩的养花经历让我深有感触。后来,我想尽一切办法,将它拷贝了过来。"随即,潘菊明董事长告诉记者,他创办这个农庄,源于对花的爱。

作为江南典型的生态休闲农庄,碧云花园还结合区位优势,通过不断提升和改造,从单一的农业生产用途向多个功能发展,融合了生产、生态、休闲、科研、婚纱摄影等功能,正逐渐形成"碧水云天的生态农庄,鸟语花香的人间天堂",既可欣赏泛舟唱晚、碧湖流芳等优美的自然景观,又能进行水果采摘、鲜花种植等农事体验,还能参与各类独具特色的拓展运动,极大地满足了不同游客群体的需求。

习近平同志提倡要"留得住青山绿水,记得住乡愁"。以碧云花园为代表的休闲观光农业,一方面实现了农业生产的良好效益和休闲观光的同步增长,较好地推进了清洁生产与生态文化相结合的基地建设,并且为周边农民提供了众多的就业岗位,引导并带动了嘉善农业休闲的蓬勃发展;另一方面坚守了人与自然和谐发展的方向,通过大力发展生态型农庄,积极传播生态知识和生态文化,提高了人们的生态意识及生态素养,塑造了生态文明。

"辣妈宝贝",善撒社会

挪步插秧、弯腰割稻、俯身翻谷……这些原本中国农民在田间地头重复了千年的机械动作,被十多位胖瘦不一、高矮不齐的中年女子,以排舞的形式搬上了舞台。其中,最前排的一个女子,将斗笠帽高高举过头顶，带着丰收时节的满足，回眸展笑颜。另一位年长的女子，双手舞动着斗笠帽，双脚轻踏着节拍，唱着："金闪闪的生活都由我们来主宰，让我们共同决定美好未来，走出属于我们村的风采……"

这是家喻户晓的天凝镇洪溪村的"辣妈宝贝"舞蹈队。近日，她们收到了来自西班牙龙达国际民间艺术节的邀请函，应邀于2015年8月26日至9月7日参加该艺术节的演出。"这个有趣的舞蹈是省文化馆专家根据农妇的特点，专门为我们编排的。""辣妈宝贝"队长、洪溪村党总支书记陈俐勤喜滋滋地告诉记者，"这将是'辣妈宝贝'首次走出国门参加演出，该艺术节也是首次邀请中国艺术团队参加演出。"

据悉，"辣妈宝贝"从2005年的腰鼓队演变而来，现在有二十五个成员，平均年龄四十五岁，由清一色的农村妇女组建。最初，基于社会管理而创建，在陈俐勤手里培育、壮大。这十年来，她带领队员们踮起脚尖，触碰梦想，让这支由"泥腿子"组建的排舞队，成了"下地扛得了锄头，上台跳得了舞蹈"的明星队，近年来走出嘉善登上全国各大卫视荧屏，在《中国达人秀》栏目一炮走红之后，又亮相中国最高梦想舞台——人民大会堂。如今，她们又将走出国门，向世界展示中国当代农民的精神风貌。

随着"辣妈宝贝"的名气越来越响，品牌效应也越来越大，洪溪村充分发挥文化品牌驱动优势，提出"以文化带动发展、以发展推动文化"思路，"洪溪辣妈宝贝"首次以品牌入股的形式，与实体企业合作，于2015年11月正式注册成立了嘉善辣妈宝贝服饰有限公司，实现了文化产业在集体经济发展上的成功"首航"，从文化大舞台"舞"上了经济大舞台。

从农村跳到城市,从田间地头跳进各大电视台,洪溪村"辣妈宝贝"始终涌动着一股澎湃的激情,奏响生命的强音,为新农村文化缔造了一串和谐的音符。它是嘉善文化品牌的耀眼明星,更是全县精神富有的真实写照。"辣妈宝贝"正在走向全国,走向世界,成为嘉善文化和经济双发展的又一张新名片。

采访结束,镇党委宣传委员李浩这样告诉记者,2004年前的洪溪村是一个干群关系紧张,村民上访时有发生的落后村,村级集体经济薄弱,各项工作停滞不前,严重影响到洪溪村发展。是舞蹈的魅力,带给了洪溪村新生的力量。如今的洪溪村,成了无一例上访的"和谐村",走向"物质富裕、精神富有"的现代农村。

据了解,嘉善民间文化繁荣,旧时流传的民间舞蹈有:马灯舞、龙舞、荡湖船、狮舞、蚌壳舞、旗伞舞、腰鼓、高跷等。民间歌谣也十分丰富,尤以田歌为甚。自从2008年11月被文化部命名为"民间文化艺术之乡"以来,嘉善县更加致力于民间文化艺术的发展和创新,充分挖掘、发挥民间文化的价值和作用,有效助推了公共文化服务体系建设,进一步保障了广大基层群众的基本文化权益,对加快社会主义和谐社会建设进程起到了积极作用。

宣传和弘扬"善文化"既是传承传统人文美德的需要,也是弘扬时代精神、引领道德价值取向、创新社会管理的需要。"厚德"和"扬善"作为嘉善精神的一个核心价值,既是对原有崇尚"善文化"的一种传承,也是对未来提升广大农民的素质和现代新农村的形象的一项内在要求。

通过短暂的一天半时间的实地采访,记者深切感受到嘉善在推进现代新农村建设中，通过对传统人文历史和地域文化特征的综合和凝练，融入"勤、孝、谦、和、思"的"善文化"精髓，不仅具有一定的时代性和前瞻性，也利于打造当代美丽的"桃花源"，实现"美丽嘉善"的蓝图。

衢州的"新风景"

衢州,是浙江母亲河钱塘江的源头,丘陵山地覆盖了其82.9%的面积,素有"神奇山水,名城衢州"之称。作为浙江的重要生态屏障,衢州自2003年起就在全省率先做出建设生态市的战略决策,加快绿色崛起的步伐。

蓝天作幕,绿野为席。衢州凭借着"钱江之源"、浙江"绿色屏障",把生态作为最大的资源禀赋,寻找、发现、展示乡村的内在美,着力打造"一村一景""一线一韵",经过十余年的努力,如今已打造出一批批有特色有亮点的美丽乡村。

2015年以来,衢州更是以"五大发展理念"为引领,坚持"绿色发展、转型发展、集聚发展"为主线,着力推进新农村建设管理方式与"三农"工作理念方法的转型,加速实现美丽乡村建设由"盆景"向"风景"转变,全面实施"一县一带"的建设。

春末夏初,万物葱茏。记者一行来到衢州,通过对衢江"'福源双溪'百里滨水长廊"、江山"'最江南'连片开发带"、开化"百里水岸风情带"等样板示范带的实地考察,了解衢州在为全省打造美丽乡村升级版中是如何发挥示范引领作用的。

相对于城市的繁华与喧嚣，乡村是寂寞和单调的。特别是现在的中国乡村，人员大量外出，家家院落荒芜，无论白天还是夜晚，整个村落都像一个沉寂的世界。然而，她仍是我们聚居的地方。中国悠久的农耕社会历史及特殊的现代化进程，让城市居民与农村有着千丝万缕的联系，对其有着天然的亲近感。农村，不仅是农民的家园，更是我们所有人的精神家园。

党的十八大以来，习近平总书记就建设美丽乡村、加强农村精神文明建设，提出了一系列富有创见的新思想、新观点、新要求。他强调中国要美，农村必须美，美丽中国要靠美丽乡村打基础，要继续推进社会主义新农村建设，为农民建设幸福家园；强调新农村建设一定要走符合农村的建设路子，注重乡土味道，体现农村特点，记得住乡愁，留得住绿水青山。

近年来，衢州市在浙江省委、省政府"建设美丽浙江，创造美好生活"的重大战略部署下，乘着"五水共治"共建生态家园的东风，以美丽乡村"四级联创"为载体，加快提升乡村休闲旅游发展水平，不断推进农民异地搬迁步伐，不断赋予美丽乡村建设更深的内涵、更多的内容、更高的要求，初步打造出富有衢州地方特色的"美丽乡村建设升级版"。

记者通过采访发现，经过这几年的努力，衢州农村发生了全新的改变。在这片希望的田野上，涌现出一个个"美丽乡村建设新地标""培育农村产业融合发展新平台""美丽人文展示新高地""乡村治理示范新样板""农村改革创新新活力"等"美丽乡村"。它们犹如一个个精致的"盆景"，点缀在衢州的山山水水之间，成为一道道亮丽的"景观"。

第一辑

生命不息，奋斗不止。为深入贯彻落实"城市景点化、郊区田园化、小镇特色化、乡村休闲化"的全域景区化发展思路，推动美丽乡村建设由"盆景"向"风景"转变，全力推动美丽乡村向美丽经济转化，整体提升衢州农业的竞争力、农村的美誉度和农民的获得感，衢州市委、市政府于2015年做出决定：全面实施"一县一带"建设，着力打造美丽乡村升级版。

记者从衢州市农办获悉，今后，该市将以"生态美、发展美、人文美"融合发展为导向，按照"突出重点、连线连片、集聚集成、共建共享"的要求，在各县（市、区）分别建成一条以上区域农业农村工作整体水平的集中展示带，全域景区化的先行启动带，宜居、宜业、宜游的样板示范带，统筹城乡一体化发展的创新引领带，为全面推进"三农"转型发展提供示范标杆。

相信在不久的将来，那一个个散落的"盆景"，将串联成一道道"景观"，形成一片片"风景"，并借此催生"美丽经济"，走出一条条促农增收的"美丽路径"，使衢州的农业变得更强、农村变得更美、农民变得更富，从而创造农民和谐美好的新生活，绘就一幅美丽乡村升级版图景，让衢州乡村"望得见山、看得见水、记得住乡愁"的梦想一步步变成现实。

常山的"时代场景"

　　素有"四省通衢、两浙首站"之称的常山，顾名思义是一座山城，但地处江南水乡的她，又不缺乏水，从而形成了独树一帜的"城荫山林中，水绕城郭间"的城市格局。也正因其山水优势，哺育了丰富的物产资源——胡柚、食用菌、油茶等闻名遐迩，青石、花石、砚瓦石等特色石资源品质优良；水资源总量十三亿立方米，地表水水质基本保持在Ⅱ类水标准，常年空气质量保持在二级以上，为国家级生态示范区和浙江省重要的生态屏障。

　　这一切除了坐拥独特的山水资源，还源于今日常山站在生态建设再出发的新起点上，提出了"实力工业、休闲城市、美丽乡村"的发展战略，按照"绿水青山就是金山银山"和省内领先、国内一流的要求，深入开展"共建生态家园、打造美丽乡村"行动，积极保护生态环境，争创绿色发展新优势，使绿水青山变成了核心竞争力。

点石成金，灵山奇石蕴财富

众所周知，已有近一千八百年建县历史的常山，历来就以出产奇石、美石、名石著称。早在北宋徽宗时期，常山"巧石"就因深得宋徽宗赵佶喜爱而声名远扬；作于南宋的中国第一部论石专著《云林石谱》曾以大量篇幅论及常山石。明朝永乐年间，常山石笋石在故宫御花园安家，后被郑板桥画入竹石图中；常山还有令世界瞩目的中国第一枚"金钉子"。

提起常山石，不得不提砚瓦山村。该村在北宋年间，即以盛产砚台和石材闻名。明清时期，砚瓦山的西砚成为朝廷的贡品，如今还留有明清时期官方开采的遗址——砚瓦洞。1919年，村民徐根位雇用十六位师傅开始开采花石。新中国成立后，开采业停止。1968年，上海花圃寻访花石到此，从此恢复开采。1981年，山地承包到户，花石开采由集体转为个人。20世纪80年代初，村党支部书记徐春阳和几名党员干部背着石头到全国各地跑市场，逐步打开了销路。

近些年，随着园林事业的发展，花石需求量日益增大，慕名到常山采购石头的客商越来越多，常山县因势利导，提出了打造"柚都石城"的口号，来自全国各地的各种观赏石和名石、奇石、巨石、怪石不约而同地在这里汇聚，成了名副其实的"石头宝库"，每天选购运送石头的车流、人流、物流络绎不绝。2008年，荣获"中国观赏石之乡"的称号，常山石头更是遐迩闻名。

常山的大山提供了丰富的石头资源，石头也给常山人带来了可观的财富。这里的石头产品，每件价格从几百元到几十万元不等，其中最贵的一块石头卖到了八十万元，寻常人家一般每年只要售出两三块石头，便可保生活无忧，常山石便成了名副其实的"致富石"。目前，像砚瓦山村，几乎家家户户都从事石文化产业，人均年收入超过两万元，远远超过浙江省平均水平。

然而，在常山的石产业一片繁荣的景象背后，却存在着资源稀缺性加剧、环境保护压力增大等诸多问题，石产业转型升级也就势在必行。常山县按照"环境整治与产业培育并重，自然、人文与经济协调，建设、保护和管理并举"的思路，加快了经济转型发展，改善人居环境，弘扬生态文化，促进和谐稳定，建设山清水秀、风情浓郁、民富村强、和谐安康的"两美"常山。

目前正在创建的中国赏石小镇，正是其中的典范。据常山县青石镇宣传委员黄贤安介绍，这个赏石小镇，计划总投资六十九亿元，规划占地面积约三平方公里，主要由"一园二带三区"构成：一园即占地面积逾千亩的中国观赏石博览园；二带是指320国道、48省道沿线（青石段）观赏石文化景观带；三区是指原石开采区、石产业配套功能区和石文化自然景观区。力争到2017年初步实现年接待游客八十万人次，带动小镇80%的农民创业增收等目标，最终打造国内一流的石文化生态旅游示范基地。

记者从砚瓦山村出发沿着长廊一路走，发现沿线很多景观节点已经建成。在赏石小镇核心项目中国观赏石博览园项目建设现场，记者看到一期奇石交易区八幢建筑的主体已封顶。该博览园的一位工作人员告诉记者，该园分二期实施，主要建设奇石交易市场、奇石馆、观赏石博物馆、奇石盆景苑、大师藏石阁、石佛寺、温泉度假村等,主打"市场+文化+旅游"的经营模式,开始从"卖石头"向"卖文化"转化。

"青石镇是常山县石产业重点镇,如今来青石镇的除了做石头生意的商人,更多的是慕名而来欣赏石头的游客。像砚瓦山村,目前已形成集中开采点三个,开办'石文化'主题农家乐八家,年接待游客超六万人次,乡村休闲旅游产值年增长20%以上。"常山县农办副主任郑君说。

传说晋朝初年,南昌人许逊被朝廷任命为旌阳县令,他看到很多老百姓的租税交不了,非常同情他们,用点石成金的法术,免去百姓的租税。"点石成金"这个古人的神话,今天在常山变成了现实,这里的石头,正被常山人赋予更多的文化和经济内涵,从而开辟出一条新的财富通道。

秀水如宝,休闲田头农家乐

徐村,位于县城城北,距县城中心四公里,我们驱车来到这里,已近黄昏。漫步于徐村,发现这里村道干净如洗,新楼错落有致,庭院整洁美丽,古树郁郁苍苍,记者仿佛置身于整洁宁静的世外桃源,悠然而自得。

据了解,徐村隶属金川街道,东临常山江,是常山县旅游休闲长廊的起点和重要节点。该村历史悠久,宋代著名历史学家范冲和翰林学士樊清均在这里定居生息,有"学士故里,绣溪徐村"之称,是市级生态村、常山县首批美丽乡村建设村。

在徐村村委会主任徐有德的带领下,记者来到了徐村的常山江江畔,那边有一棵古樟树苍翠挺立,枝丫向四周延伸。"这里的河水特别好,河边的一片河滩以前还是个码头,对岸和上下游的往来渡河都要经过这里,很多商船也会在这里卸货转运,可以说是古代的'高速公路出入口'呢!"徐主任说。

记者看到不远处的河滩上,人头攒动,游泳、嬉水、烧烤、沙滩排球等活动正让游客们玩得不亦乐乎。一位村民告诉我们,夏天一到,这两百多米的河滩,几乎天天爆满,这些客人基本上是开着私家车来的。"这里的河水特别好!"带着女儿来游玩的一位女士开心地说,这里的风景不错,能够让孩子零距离亲近自然。

站在江岸上望去,只见清澈的河水缓缓流淌,江畔绿树成荫,岸线自然,环境优美且分布有鹁鸪石、石龙、猪头石等奇石景观,与此间两岸的青山、翠竹、古树、人家和飞鸟,形成了一处极美的风景。特别值得一提的是,一条环村自行车绿道正在筹建,根据指示牌上的介绍,该绿道全长 2.7 公里,项目总投资 430 万元。

据徐村村党支部书记叶继强介绍,自"五水共治"活动开展以来,村里水变清了,环境美了,常山县为游客们准备了内容丰富的"拥抱绿水,亲近常山"系列活动,这使得过去荒废的古码头如今变成了游客们的戏水场,给整个村庄带来了一系列意想不到的"惊喜"——火爆的人气,不但让徐村名声大噪,更是给村民们带来了实实在在的经济收益。

在随后的采访中,记者了解到,在这个基础上,村民们结合村里原生态自然环境、景观景点等,纷纷发展亲水经济,打造休闲观光游场所；吴小平、吴小庆等七八位村民购置橡皮艇、沙滩车、烧烤工具等，搞起了亲水娱乐项目；叶丽红家新开了农家乐，生意红火；"哆来咪"农家乐老板徐荣丰则抓紧扩大经营项目，新增设了十个标准间，还准备采购快艇、游艇、摩托艇等，开展水上娱乐项目。

陪同采访的常山县农办副主任郑君告诉记者，近年来，常山县依托地处钱江源头的极具特色的产业资源、生态优势和人文特色等自然禀赋，农村环境面貌得到明显改善，经济活力和发展动力进一步增强，一个村点出彩、沿线美丽、产业精美的美丽乡村在常山大地上基本形成。据统计，2014年以来，金川街道实现乡村旅游收入两百六十余万元，接待游客四万余人次。

目前，金川街道充分挖掘治水的综合效应，以徐村"水岸风情"、十里山"荷塘好摄"、十五里"养育之恩"为主题的三大休闲旅游板块已基本打造完成。近期，街道正精心策划"富美金川、多彩乡村"一日游、十五里村"稻香节"、江南农耕器具展和农产品推介会等系列活动，实现以农带旅，农旅结合，吸引游客驻足金川，游玩常山。

围绕绿水青山的发展不能仅仅只是单一的、粗放的、不可持续的、低效益的经济收获，而应是综合的、精细化的、可持续的、高效益的经济增长。常山人深谙此理，并正在着力做好绿水青山就是金山银山的转化和融合文章，努力将山水资源转变为经济发展优势。采访结束时，常山县拉升绿水青山标尺的高度自觉，留给记者特别深刻的印象。

既要以高标准来保护绿水青山，更要让绿水青山源源不断地带来金山银山。让更高标准的绿水青山成为新常态,让绿水青山的核心竞争力得以充分体现。记者看到常山县正在这个方面不断实践,努力寻找,潜心探索……我们完全有理由相信,他们一定会找到满意的答案,走出一条生态竞争力强的绿色新路子,从而进入一个秀美的时代。

金华的"环境革命"

金华，自秦嬴政二十五年（公元前235）建县，已有两千两百多年历史，因"地处金星与婺女两星争华之处"而得其名。它地处金衢盆地东段，"三面环山夹一川，盆地错落涵三江"，空气清新，气候温润，山川秀美，四季分明，加上深厚的人文积淀，形成了宜居城市的独特魅力，是一个"很养人的地方"。

改革开放以来，金华市经济取得了长足的发展，农村经济发展也非常迅速，农民的物质生活水平有了很大的提高。然而，随着金华市经济的全面发展，民营经济深厚的广大农村的生态环境遭受了一定程度的破坏，特别是污染问题日益严重，这也成为阻碍农村经济快速发展的关键因素。

于此，金华市以2003年全省"千村示范、万村整治"行动为契机，从示范引领到全面推进，再到深化提升，扮靓了一个个村庄。特别是2016年5月，金华市委市政府下发文件全面开展治乱美化工作，推动乡村从"一处美""一时美""环境美"向"一片美""持久美""发展美"转型。

仲夏时节，桃李芬芳。记者一行赴金华农村采访，发现各地正热火朝天地"治乱美化"，使八婺大地的村庄环境有了翻天覆地的变化，脏乱、破旧、贫瘠、落后这些一度烙在人们印象中的农村标签已被改写，体现乡愁、乡情、乡音、乡美的农村特点不断彰显，一条条绿色发展之路正柳暗花明。

村庄整治，是社会主义新农村建设的核心内容之一，是惠及农村千家万户的德政工程，是立足于现实条件缩小城乡差别、促进农村全面发展的必由之路。而村庄治乱美化作为村庄整治中的一个环节，是改善农村人居环境、建设美丽中国的民生大事，也是建设美丽乡村、发展美丽经济的重要举措。

金华市经过十多年的村庄整治和美丽乡村建设，美丽乡村已从数量型向质量型转变。在这个换挡期，市委市政府决定在"环境卫生上彻底再拎一把，绿化美化上用心再描一笔"，便在2015年浦江召开的全市美丽乡村建设现场会上打响了"治乱美化"第一枪，紧接着在2016年5月正式发文全面推进……

由于在村庄治乱美化工作上，金华市委市政府"狠下决定""严明规矩"和"发动到位"，各地都快马加鞭地行动起来，在启动才半年多的时间里，已形成了县（市、区）全覆盖的局面，据市农办的一份数据统计显示，截至2016年6月底，全市已有一千七百八十八个村庄完成治乱美化工作，成效也逐渐显现出来。

金东区凭借一面"笑脸墙"激活了美丽家庭创建，借助一块"荣誉石"调动了社会各界参与治乱美化的积极性；永康市用一千四百多个景观小品改变了新农村建设"千村一面、富而不美、没有特色"的现象；武义县采取"一村一品"种果树的绿化模式，全面覆土绿化清理出的裸土地块、村内外空闲地和边角地……

第一辑

更难能可贵的是，金华市在实施村庄治乱美化工作过程中，充分尊重农村实际，倡导"厉行节约""自然生态"和"协调有序"等原则，强调"乡土味要浓""文化感要强""经济性要好"，让八婺大地上的每个村庄均具备地道的农村特色，无不体现着乡愁、乡情、乡音和乡美，彰显了浙中乡村新特色。

当然，村庄治乱美化，不仅是一场环境革命，也是一场乡风革命。对此，金华市委副秘书长、农办主任祝维伟告诉记者："为科学、规范、有序地推进村庄治乱美化工作，我们还要在提升农民社区精神、发挥农民主体作用、履行农民共建共享义务等方面下功夫探索，以全面提升金华美丽乡村的内涵美指数。"

确实，金华市开展治乱美化工作后，村庄变整洁美丽了，村里的老宅古建也焕发了新颜，迎来了绿道骑行、国际研讨、乡村游等活动；村庄环境变整洁有序了，农民依托原有的良好生态环境，在村里办起了民宿和农家乐以增收，让绿水青山变成了金山银山……更为重要的是，农民的素质也在潜移默化中提升。

采访结束时，记者深切感受到，金华市通过实施村庄治乱美化，正不断改善着农村人居环境，不断提升着农民的生活品质，全面推动了美丽乡村建设提档升级，加速了金华的美丽乡村从"一处美"向"一片美""一时美"向"持久美""环境美"向"发展美"转型，使八婺大地充满了蓬勃生机和无穷魅力。

浦江的碧水青山

浦江，位于金华市北部，历史悠久，山川秀丽，被宋代文人宋濂誉为"天地间秀绝之地"。然而，发轫于20世纪80年代的水晶业，让老百姓迅速富起来的同时，也给当地带来严重的污染。近年来，浦江县乘着"五水共治"的东风，铁腕治水、重整山河，并充分利用得天独厚的自然环境和文化积淀，着力打造美丽乡村精品线建设。

茜溪文化美丽乡村精品线便是其中的典范之作。

茜溪，一个富有诗意的名字，俗称朱宅溪，是壶源江的主要支流之一，干流长约十三公里，流经地正是210省道在虞宅乡的路线。作为浦江水晶加工业的发源地，虞宅乡自1990年起，不少村庄几乎家家户户有一台机器、一个加工作坊，随之遭殃的便是流经这些村庄的茜溪以及整个山乡。如今，经过近两年的精心打造，曾惨遭污染的虞宅乡已经涅槃重生。

马岭脚村:"野马岭中国村"

马岭脚村位于虞宅乡北部,西与建德交界,距浦江县城二十公里。初夏的一个上午,我们驱车沿着210省道来到村口,远远地望见这座建在山腰的古村,搭设的钢管支架遍地林立,安全网几乎围护了整个村子,其间数十名头戴安全帽的建筑工人在来回穿梭。等到了村口,记者从一位建筑工人口中得知,这些是浙江外婆家餐饮有限公司正在建造的民宿。

据悉,2014年年底,马岭脚村成功引进浙江外婆家餐饮有限公司,在基本保留马岭脚自然村原有村落外貌和文化沉淀的基础上,对该村落原农户房屋和土地进行整体改造。他们请来国内顶尖设计师,对全村一百七十多间破旧黄泥房重新定位设计,挖掘古村的古朴和厚重美,打造"野马岭中国村",将这里培育成中国民宿的风向标。

在马岭脚村,沿路随处可见数百年树龄的古树,村内一式泥房,依山而筑,错落有致。其间,也有上百年的四合院,彰显原生态江南村居的特色。整个小村山青水碧,鸟鸣谷幽,古色古香,宛如世外桃源。领路的村党支部书记胡建富告诉记者,他们村是一个有五百多年历史的古村,风景秀丽的马岭景区是国家4A级景区——仙华山的组成部分,集奇秀幽险于一体,其天下奇石美女峰和天然氧吧红岩森林公园独具特色。

记者沿着山路拾阶而上,来到半山腰一幢泥瓦房墙脚跟前,发现那里挂着一块木牌，上刻"水晶加工排污口旧迹"字样，木牌下有一个拳头大小的洞，四周还隐约留着白色水痕。胡书记笑着跟我说，此屋曾搞水晶加工。2014年，省里下决心整治水晶行业，此屋改作民宿，但县里为了教育和警示后人，特地在此立了碑。

在那幢泥瓦房前的空地上，记者见到了浦江县农办主任毛必喜。他兴冲冲地告诉记者，马岭脚村是茜溪文化美丽乡村精品线的源头村，前些年，随着村民陆续外出，年久失修的泥房开始倒塌，村里杂草丛生，一片破败景象。现在，他们将充分借助民宿项目的标杆效应，力争将茜溪沿线旅游资源由高端客户群向中、低端客户群辐射，并借此推动产业转型升级，扶持乡村旅游产业。

新光村："江南乔家大院"

记者走进位于浦江西北部的新光村，已是当天午后。据陪同采访的虞宅乡乡长吴爱丽介绍，新光村旧称廿五都朱宅新屋灵岩古庄园。站在村口，她指着村四面环绕着的山告诉我们，东面的是浦江绝景之一的朱宅水口，南面的是中华山、笔架山、元宝山和瞿岩古道，西面的是马岭景区和著名的奇石美女峰，北面的是青龙山、高坞，S型太极溪环绕古村。

听着吴乡长的讲述，我们来到了村文化大礼堂，资料显示，该村始祖灵岩公名叫朱可宾，曾在杭州、湖州一带经营木材、染料、茶叶等生意，富甲一方，号称朱百万。灵岩公等赈灾济贫、建桥修路、焚券免债，创办灵岩免费学校，设立全县秀才奖励基金……该村当时被称为浦江秀才的摇篮，浦江教育文化的次中心，并号称"金华第一村"。

这座灵岩古庄园，就是灵岩公荣归故里后，从杭州请来高人为其设计规划的，始建于1378年。据说，马岭最早的古道也是他出资修的。这座庄园现存十六幢一百六十余间古建筑，面积一万五千余平方米。置身其间，无不让记者深深地感受到这是一座汇聚杭派与徽派建筑精品的古建筑博物馆，这是一个充满浙商三百年传奇经历和故事的江南大院，这是一处感悟天、地、人的精神家园。

不过，让记者难以想象的是，几年前，这里80%左右的房屋都曾被水晶加工作坊占据，外来人口众多，通宵达旦的机器轰鸣给村民带来了经济收入，但水晶污染也侵蚀着百年的古建筑和茜溪水。面对如此惨状，新光村以"五水共治"为契机，取缔或搬移了全部水晶加工点；对古庄园进行了修缮，让古建筑重焕光芒。这不仅使其有了"江南乔家大院"的美誉，也使新光村成了浙江省历史文化名村、浙江特色旅游村、首批中国传统村落。

"那水晶产业整治后，厂关了，人走了，经济收入没了，怎么办？"面对记者的疑惑，吴乡长轻松地说，在茜溪文化美丽乡村精品线建设的推动下，新光村凭借优美的自然风光和深厚的人文历史，经过积极的招商引资，成功完成了自驾游基地的签约，投资两千两百万元打造成吃、住、行、娱功能完善的全省自驾游样板基地，串联省内后续将投入建设的五十个自驾游基地，形成环浙江自驾游产业带。

坞坑村:"园林风情乡村"

我们告别新光村,还没进入坞坑村,便被那里的风景挡墙吸引了。陪同采访的浦江县农办副主任俞有序说,坞坑自然村系茜溪美丽乡村精品线的源头村之一,目前以田园、水域、民宿、民食为主题,全力打造浦江第一园林风情乡村。这五幢徽派风景挡墙与"翡翠池"以及"生态田野、休闲农庄"等,都是乡里投资一百余万元建设的,主要为该村的观光旅游提供有力支撑。

在采访过程中,记者了解到,虞宅乡作为全县水晶产业发祥地,经过近三十年的发展扩散,水晶产业成为乡主要支柱产业,截至2013年年初,坞坑村全村三十七户基本都在从事水晶产业。部分村民出于水晶加工、出租盈利等目的,私自在房前屋后进行了改建、扩建,甚至占用耕地乱搭乱建呈愈演愈烈之势。

2013年,坞坑村以茜溪美丽乡村精品线建设为契机,全部取缔乱搭乱建,并经中国美院设计研究院设计,对全村房屋实施立面改造,统一粉刷为徽派风格,对村内门前屋后实施了"三线"(低压线、广电线、电信线)改造工程。投入六十余万元完成坞坑自然村樱园与侯园建设,两个观光园分别坐落于坞坑自然村的西面与东面,使该村面貌焕然一新,成为名副其实的宜居村落。

记者看到,如今的坞坑村更像是一个大公园,村边的候车亭是仿古的;村民造房子都采用统一的徽派马头墙。正值春夏之际,村中的侯园内开满荷花,樱园内种着樱花,两园相映成趣,看上去煞是漂亮。这里是茜溪最宽的流域，河道两旁的原木栏杆很是精致。听该村一位村民说，今年夏初开始，就有不少周边市民慕名来溪里游泳，有时一个周末有四五百人。

当记者问关停水晶加工点后，村民的收入来源靠什么？俞主任告诉记者，茜溪变清后，吸引了不少游客前来游玩，这不仅带动了村里的旅游发展，部分村民开起了农家乐，生意不错。同时，村里的三百多亩林地也参股林地股份合作社，吸引了投资商种植香榧，村民收入明显提高。"这个村，我们下一步打算建设成以山区休闲农家乐为主体的集旅游、休闲、食宿和购物为一体的美丽乡村。"俞主任最后强调道。

杭州有西溪，浦江有茜溪。茜溪文化美丽乡村精品线，由沿溪十个古村串珠成链。由于时间的限制，记者未能完整领略整条风景线。但通过对上述几个古村的采访，记者发现洗去了水晶带来的污泥，茜溪两岸的古村落、游步道、踩水车和自然山水等旅游元素随处可见，一拨拨游客你来我往，农家乐、民宿、观光农业不断涌现，铺就了一条"既要金山银山，又要绿水青山"的可持续发展之路，实现了从美丽乡村向美丽经济的华美转身，生态经济成为浦江经济增长的新亮点。

台州的"新硬气"

一听人提及台州，就会联想到"硬气"，这想必跟鲁迅先生的文章不无关系，记得鲁迅先生在《为了忘却的记念》中曾这样写道："他（即柔石——引者注）的家乡，是台州的宁海，这只要一看他那台州式的硬气就知道，而且颇有点迂，有时会令我忽而想到方孝孺，觉得好像也有些这模样的。"

鲁迅先生在文中提到的俩人，确实都是以硬气闻名的。先说方孝孺吧，当着众朝臣大骂朱棣是"篡位谋王"的乱臣逆子，大呼"死即死耳，诏不可草！"这样的硬气无疑是绝无仅有的。至于著名的"左联五烈士"之一柔石，其他的暂且不说了，单就"被国民党秘密枪决，身中十弹"，便可佐证其硬汉本质。能中九弹而不死，硬气程度可想而知。

最近翻阅有关台州的资料，见到这样一段文字："台州的东北和西北背靠天台山和括苍山。台州的山，峻峭、幽深，多奇岩怪石。天台山和括苍山脉是浙江东南两大名山，也是台州文化的源头之一。台州人的质朴和硬气来源于山。"也许正因为这样的地理环境，造就了方孝孺、柔石的坚硬个性，而方孝孺、柔石这样的铁骨硬汉，又反过来影响着台州后人。

2006年5月20日至25日，笔者应邀参加第四届浙江作家节"台州风骨"采风活动。在整整五天的行程中，尽管由于区域的历史变迁——方孝孺、柔石的出生地宁海，目前已划出台州归属宁波，期间几乎无人提及这两位著名人物，但其印刻在这方土地上的"硬"记，依旧是那样的深刻和鲜明，让我们无不深切地感受到。

中国飞跃集团创始人邱继宝，一个农民的儿子、曾经的补鞋匠，二十四岁开始真正制造缝纫机，为了让社会认可自己的产品，背上自己生产的缝纫机到处推销。1988年的秋天，为使自己的小厂起死回生，千里迢迢去参加"广交会"受阻，不顾一切爬墙进去……

创造纤维艺术神话的梁绍基，三十八年前放弃上海的都市生活，怀着对纤维艺术的追求，来到台州的天台山下，在当地人不解的目光下，过着清贫如洗的日子，几十年如一日摆弄着他的纤维艺术品，恪守着他的"人的生命不可承受物质之轻"的艺术哲学。

吉利集团董事长李书福，高中毕业后找不到工作，从买了一个照相机替人拍照开始，凭着"四处都是山，当没有路的时候，我们台州人就是钻山打洞，也要闯出一条生活之路"的决心，经过二十年的不懈努力，成就了中国第一家民营汽车制造企业的梦想。

音乐老人钱梅桔，退休后找到台州群艺馆，二十多年如一日在那里授课，为群艺馆挣下了四十多万元学费，但她却一分钱不收，全部奉献给了集体，她说，一辈子不知教了多少学生，也没挣过什么钱，教书就让她快乐了一辈子。她又说，一个人活着就是要工作。

玻璃雕刻艺术大师吴子熊，从小就是一个孤儿，没上过正经的学校，在四十多年的时间里，致力于在玻璃上创作他所理解的艺术，使那些作品融合了中西文化的艺术特征，蕴含了强烈的艺术生命力；并投资一千八百万元创建了中国第一家私人玻璃艺术馆。

……

正如鲁迅先生评价柔石和方孝孺："这只要一看他那台州式的硬气就知道，而且颇有点迂。"上述几位当今台州的杰出人物，其性格中也不无"迂"的成分：为了参加广交会，不顾一切爬墙进门；放弃都市的富足生活，来乡下搞纤维艺术；一个照相馆老板，梦想着去造汽车；授课二十多年，竟然不收一分钱；投资数百万欠了一屁股债，创建私人玻璃艺术馆……

这些人的举动在常人看来，显然是不可理喻的。然而，他们不顾世俗的目光，我行我素地走自己的路，坚持不懈地朝着目标奋进，最终走向了属于自己的成功。这不光需要血汗的铺垫，更要足够的硬气的支撑。而倾注在他们骨子里的"台州式的硬气"，显然跟柔石、方孝孺的血液里流淌的硬气是一脉相承的，尽管由于时代背景的迥然不同，其表现方式已大相径庭。

也正因为这种"台州式的硬气"的世代传承，使台州这个曾经偏僻、蛮荒的流放地，发展成了日益被世人瞩目的沿海经济强市——民营经济占整个经济总量的95%以上，国有经济总量不大但实力很强。近年来，以汽车、摩托车、工业缝纫机、模具等产业为标志的制造业迅速发展壮大，市场繁荣，民营企业数量居浙江省首位。

如果以前的台州还只是"峻极之状，嘉祥之美，穷山海之瑰富,尽人神之壮丽"(东晋·孙绰)、"台州地阔海溟溟,云水长和岛屿青"(唐朝·杜甫),那眼前的台州在新一代台州人秉承了先辈的硬气和灵气后,用自己的方式不断创造物质和精神财富,已实现了"座座高楼直插云天,处处建设工地正忙"的经济和社会的全面飞跃。

第四届浙江作家节召开之前,关于为何要将主题定为"台州风骨",省作协主席黄亚洲曾这样解释:"是因为台州是浙江的一块热土,近年来民营经济涌现出的开拓力非常令人瞩目。"省作协专职副主席王旭烽则是这样阐述的:"鲁迅先生曾评价柔石有一股台州的硬气,借鉴这种'硬气'的文学印象,最后我们敲定了'台州风骨'的采风精髓。"

这次"台州风骨"的采风活动中,让我们深切感受和领悟到的也正是新一代台州人所体现的这样一种优秀品质与道德风范:粗犷狂野,机智灵活;勇于闯荡,敢于冒险;自强不息,崇尚气节。如果一定要给这种优秀品质与道德风范下一个恰如其分的定义,那就是——"台州式的新硬气"。

台州的农村电商

台州，位于浙江中部沿海，东濒东海，南邻温州，西与金华和丽水毗邻，北与绍兴、宁波接壤，居山面海，平原丘陵相间，形成"七山一水二分田"的格局。在新时代的晨曦里，台州人闻鸡起舞、敢拼敢闯，诞生了工商注册的中国第一家股份合作制企业，走上了一条"民营为本，本立市兴"的发展之路，使台州这个曾经偏僻、蛮荒的流放地，发展成沿海经济的强市。

然而，随着全国各地纷纷解放思想，大力发展市场经济，台州的改革开放先发的优势逐渐被削弱，而人才技术、经营理念、交通区位等劣势更加凸显。特别在农村，农民收入增长几乎全部来自于民营企业，随着经济增速放缓，经济下行压力依然较大，民营企业经营困难增多，用工环境和工资水平皆不明朗，农民就业机会更加不均衡，工资等各项收入增长有所减缓。

最近几年，台州市委、市政府高度重视农村电商创业就业工作，将其作为落实"电商换市"、增强农村经济活力的一项重点工作来抓。特别是2015年以来，台州市深入挖掘本地资源，创新营销策略，把电子商务运用到农村新兴产业发展的各个环节，促进农村一二三产业深度融合，实现更广泛的发展，创造更丰富的就业渠道，以繁荣农村经济、增加农民收入。

盛夏时节，记者一行冒着酷暑赴台州采访，发现该市正以打造电子商务专业村为主抓手，不断强化政策引导，跟进培训，完善服务体系，培育了一批电商龙头示范企业、示范园区、电商专业村，以及电商创业创新典型，提高了农村电商消费、农产品网络销售、农村创业致富水平，使电商成为当地乡村经济发展的重要引擎，走出了一条具有鲜明区域特色的新路子。

阿里巴巴创始人马云曾说："在农村，贫穷，不是我们农民不勤奋，而是农业文明和商业文明没有同步协同发展，农业文明没有跟上商业文明的发展。贫困，也不是贫困县、贫困村不努力，而是发展的模式没有跟上。"他认为，过去要想富先修路，现在要想富先要成立农村电商。

所谓农村电商，是通过网络平台嫁接各种服务农村的资源，拓展农村信息服务业务、服务领域，使之成为遍布县、镇、村的三农信息服务站。并直接扎根农村和三农提供服务，能够降低农村商业成本、扩大农村商业领域，使农民成为最大的获利者，让商家获得新的利润增长。

鉴于发展农村电商的重要性，2015年10月14日国务院常务会议认为，要通过大众创业、万众创新，发挥市场机制作用，加快农村电商的发展，把实体店与电商有机结合起来，使实体经济与互联网产生叠加效应，从而有利于促消费、扩内需，推动农业升级、农村发展、农民增收。

对此，台州市委市政府顺势而为，自2015年以来，深入挖掘本地资源，创新营销策略，采取"产业+""营销+""服务+"三大培育模式，扶持发展电子商务专业村，开辟农村创业致富新渠道。据有关数据统计，全国首批两百一十一个淘宝村，该市就占四十二个，数量居全国第五，全省第一。

记者在采访中了解到，该市在扶持发展农村电商上，对接特色产品、农家乐、土地认种，并策划农事节庆，借力网络节会，开展网上众筹，夯实扶持"村淘"基础，培育"村淘合伙人"，打通服务"村淘最后一公里"，将"淘宝村"做"特"、做响、做强，使农村电商成乡村经济新引擎。

确实，扶持发展农村电商，不仅能够带动农产品销售，减少中间环节，降低销售成本，提高农民收入。同时，也能扩大农民的就业机会。此外，还能促进城乡统筹发展，正如浙江省社科院农村发展研究中心一位专家说的："以前农村居民只能到大城市买到的商品，现在在家门口就能买到了。"

而事实上，台州市通过大力扶持发展农村电商，不仅丰富了乡村生活和提高了农民收入，农村的社会结构也得到深度变革，"空心化""空巢"现象、留守儿童等问题都有所改善。同时，全市各地淘宝村均出现了就地城镇化趋势，美丽乡村建设日新月异，焕发出了蓬勃生机。

临海的蜜橘

1949年12月,毛主席第一次出访苏联,在莫斯科克里姆林宫,他与斯大林并排坐在沙发上,茶几上就放着一盘黄岩蜜橘。毛泽东递上一只给斯大林说:"这是中国最好的橘子,不要看它个小,但非常甜。"斯大林接过橘子,剥开橘皮,掰了半个放到口中细细品味,一边点头,一边通过翻译对毛泽东说:"黄岩蜜橘是橘中之王。"这是《台州文史资料第三辑·黄岩柑橘史话》中,一段关于斯大林评价"橘中之王"的记述。

不过,如今台州柑橘的主产地已经不是黄岩,而是与黄岩一墙之隔的临海。据悉,临海全市目前有柑橘基地十八万亩,从沿海平原至西部山区已形成连绵相续的"百里橘带"和涌泉万亩优质果基地。并且以其"果形整齐、色泽鲜丽、皮薄肉嫩、化渣汁多、风味浓郁"为特点,"剖绿喷香雾,入口甘琼浆",无论是形、质、色,还是香、味、价,均刷新了世界柑橘史的记录,成为当前临海的一张金名片。

一

临海，素有"江南橘乡"之美誉，其蜜橘的栽培历史，可以追溯到一千七百多年前。三国时孙吴沈莹的《临海水土异物志》中谓："鸡橘子，大如指，永宁界中有之。"南宋韩彦直撰《永嘉橘录》三卷，以包括涌泉在内的永嘉区域的温州蜜柑为例，从品种、栽培、管护、加工一一道来，为后来树橘者奉为首部圭臬。元代林昉《柑子记》云："（宋）高宗宅钱塘，始锡贡台柑。"可知在唐宋时期，台州已有献贡柑橘的贡赋，其栽培已经盛行。

在国际柑橘界，流传着这样一句话："中国无核蜜橘在临海，临海无核蜜橘在涌泉。"初秋时节，记者一行来到中国无核蜜橘之乡临海的主产区涌泉。这是一个历史文化古镇，境内有延恩八景（延恩古寺、古道林荫、西山瀑布、龙珠宝塔、仙人古井、小溪玉带、龙角石笋、金钟戏水）、南屏书院、兰田奇观、十八龙潭等景点。陪同记者采访的涌泉镇旅游办主任杨钧说，每年橘花盛开时，漫山遍野的橘花白里透黄，清香四溢，橘子成熟时，黄澄澄金灿灿的橘子，让人馋涎欲滴，处处呈现出"惟有橘园风景异，碧丛丛里万黄金"的壮丽景观。

据了解，涌泉为种植柑橘老区，20世纪初出现规模种植，已称"涌泉蜜橘"。30年代前后，泾东村村民冯尧西用一千五百公斤稻谷，从日本买来一株无核蜜橘苗栽植；管岙村村民褚民生也引进温州蜜柑，在村里栽种。40年代，前坊村村民冯桥美在日本留学期间带回脐橙苗，种植在自家的地里。1944年，时任浙江省第六区（台州）行政督察专员公署副官的梅岘村村民马贤忠从宁波奉化大丽园农场引进了200棵无核蜜橘苗，由其两兄弟分别栽种在村里的双墩、西桥头地块，从此开了台州批量种植无核蜜橘之先河。

  关于涌泉无核蜜橘的种因，还得从明代永乐年间说起。当时，有一个法号智惠的日本天台宗僧人来到祖庭天台山国清寺留学求法。一天，他购食天台山柑橘之后，被其吸引，遂携带回国，在九州大仲岛（今鹿儿县长岛）寺院内栽培，后变异为无核。因为是从中国引种，且糖度远高于其他水果，故称"唐蜜橘"。由于日本僧人回国时多取道温州而又名"温州蜜柑"。此后，"唐蜜橘"传入世界各地，大约在20世纪初，又重回娘家母体。据史载，涌泉的无核蜜橘即是温州蜜柑的俗称。

  自1984年开始，临海柑橘生产向基地化、产业化、品牌化方向发展，现已成为全省规模最大的无核蜜橘生产基地。从1989年起，临海柑橘屡次在省部级以上评比会上夺魁，声名鹊起。全国首家"优质柑橘生产技术引智成果示范基地"，国家"948"项目实施区之一，全国最早的柑橘专业研究机构，国内外有重要影响的省柑橘研究所试验基地，农业部宽皮柑橘项目实施基地等在此建立。

二

  《晏子春秋》里有这样一段话："江南之橘，生于淮南则为橘，生于淮北则为枳，叶徒相似，其实味不同，所以然者何？水土异也。"临海的气候温暖湿润、四季分明，土壤肥沃，适合柑橘的生长。据当地一位柑橘专家介绍，临海所种的无核蜜橘良种，其实各地都有，纯属普通。但这大路货，偏偏遇上了临海独特的土地条件、精心的栽培技术、强烈的品牌意识。于是，各种因素融汇合力，即形成无核蜜橘家族中的极品。

据悉，在20世纪70年代，临海就已经是全国柑橘生产县，但当时主要都是以追求产量为主。临海蜜橘的声名鹊起，始于20世纪90年代中后期。临海市林业特产局金国强回忆，1999年临海蜜橘赴京参加全国农博会，当时临海蜜橘还没知名度，每公斤七元的价格也让参观者望而却步，他索性拿着橘子让参观者免费品尝。隔日，蜂拥而至的参观者将橘子抢购一空——购买者均为尝过临海蜜橘的回头客。临海蜜橘以其独特的口感和品质，赢得了消费者的认同。

2000年前后，在政府的主导下，临海申报了临海蜜橘的地理标志证明商标。从此，临海蜜橘以统一的品牌向外推广。对此，台州忘不了农业发展有限公司董事长林东东告诉记者："几年前，临海柑橘也曾走向品牌化，越来越多的企业或合作社开始注册自己的商标。然而，多品牌带来的管理混乱、恶性竞争等诸多不利因素渐显。为形成合力，以整体形象参与市场竞争，临海市统一申请了'临海蜜橘'证明商标。"

"临海蜜橘"证明商标从注册起，临海就开始实行统一品牌宣传，充分利用各种宣传媒介，发挥广告效应。由市政府出资六十多万元在甬台温高速公路临海段、104国道、83省道建立三个大型高架广告牌，专门用于品牌宣传，其中8月至次年2月为临海蜜橘宣传期，宣传内容突出证明商标品牌，利用高速公路的宣传优势，扩大证明商标产品的影响面。

更值得一提的是，临海还结合江南长城节举办"中国无核蜜橘节""临海蜜橘论坛"等活动，结合旅游观光活动进行品牌推介。众所周知，临海古城墙始建于晋，成于隋唐，号称"江南长城"。抗倭英雄戚继光曾以江南长城为据点，在这里"九战九捷"。经修缮之后的古城墙，逶迤曲折于北固山的绿荫之中，昂然屹立于秀水灵江之滨，山水城浑然一体，雄伟奇壮，成为江南一大美景。它既是临海的象征，也是台州的王牌景点。

品牌影响力提高了临海蜜橘的附加值。仅涌泉镇就有上千人在全国各地贩卖柑橘，全国各地的消费者就认准了临海蜜橘的品牌。即使在全国遭遇卖橘难的年份，临海蜜橘依然成为市场的抢手货，价格最高的时候卖到每公斤七十元，成为中国柑橘"第一贵"。如今，临海不但成了中国无核蜜橘之乡，还是全国无公害柑橘生产示范基地县，这里有名扬四海的主导产品"早熟宫川"，还有一望无际的橘海，更有全世界最优秀的橘农。

三

关于"柑橘"的由来，流传着这样一个传说：东海边有一位老药农，某年秋天来到一个无名岛，见到一棵长满金黄果子的绿树，他随手摘了一个放到嘴里，感觉汁多味甜，香气扑鼻。老药农高兴极了，把树上果子统统摘下带回家。村里人听说他发现了金果，纷纷登门拜访看稀奇，老药农就拿果子招待。几天后，奇迹出现了，邻居两个面黄肌瘦的孩子，脸色变得红润。老药农心里琢磨，这果子还是良药呐。从此，人们便将其奉为吉祥之果，称为橘果。

近年来，临海在创柑橘品牌和保护柑橘品牌后，努力做大、做优、做强柑橘产业，以柑橘增效、橘农增收为目标，以质量、安全为中心，以"精品基地建设"为突破口，大力实施科技兴橘战略，着力发展现代柑橘业，目前已取得了明显的成效。另外，临海还进一步拓展柑橘产业的思路：抓产业链的延伸。每年投入大量资金，用于柑橘园区的基础设施建设。园区有四通八达的水泥路，有点缀其中的特色竹木牌坊、观光长廊等旅游休闲因素。

随着"岩鱼头""忘不了""山路弯""三条岭"等一批农业品牌在国内外打响，临海无核蜜橘的销售网络已到达俄罗斯、加拿大及国内的北京、上海、沈阳等地。据了解，最初的岩鱼头橘场只有四十五亩，现在扩建后也仅仅有一百亩。物以稀为贵，"岩鱼头"蜜橘品质好，价格也是全国最贵的，平常每公斤五十元，春节期间高达每公斤七十元。不要说贵，还从来不接受预订，每当橘子成熟时，橘场外就停满了各地慕名而来的购买者的车，真可谓"数量有限、售完为止"。

临海的果园采摘游、体验游也已兴起。当地一家柑橘专业合作社负责人告诉记者，这几年过得特别充实，他和几个农户成立了一家合作社，他主要负责销售。忙的时候，要经常接待采摘游的客人——上午带着他们去采摘橘子，中午安排农家乐吃饭，下午带到兰田山上游玩，还要不停地介绍当地的乡土风情和历史文化。他还向记者透露，2015年的柑橘成熟季节接待游客三千多人，收入十余万元。

与此同时，临海还鼓励民间资本投资建设农业休闲农庄，如总投资一千多万元的南屏农庄。农庄位于涌泉镇的南屏山上，这里一年四季都有不同的水果出产。在这里不仅能吃到农家特色菜，还能住宿，所以开业以来，客人趋之若鹜，生意就如熟透了的临海蜜橘：红红火火。"目前，该镇正在积极争创全国环境优美乡镇，申报全国农业观光示范点。"临海市农办负责人说这句话时，满脸欣喜。

古城秋韵，橘海流金。记者在采访中感受到，临海这座融千年古城深厚底蕴、江南名城秀丽山水、现代城市繁荣昌盛为一体的古城新市，目前正通过"临海蜜橘"这一枚枚象征着甜蜜和吉祥的果实，展现着其自然景观、风土人情和社会经济；诠释着当地人们的勤劳、善良、淳朴的美德，以及临海的发展变化；歌颂着临海人热爱家乡、建设家乡的美好愿望和拼搏进取精神，同时也为丰富临海蜜橘文化内涵，创建临海品牌书写着美丽梦想。

绍兴的乡村景观带

绍兴，地处长江三角洲南翼，介于浙江省中北部杭甬之间，迄今已有2500多年建城史，是一座集水乡、桥乡、酒乡、书法之乡、名士之乡于一体的历史文化名城。她以历史悠久、文化底蕴浓厚、风光秀丽、物产丰富而著称于世，素有"文物之邦、鱼米之乡"之美誉，不仅是古越文化的中心，也是当代中国人的精神家园。

近年来，绍兴市委市政府积极践行"绿水青山就是金山银山"的理念，以"生态文明建设"为统领，将市及区、县（市）主要通道两侧和三区交界边线、沿风景区、沿产业带、沿山水边、沿人文古道作为区域重点，结合乡村旅游，开展"美丽乡村景观带"建设，扎实推进示范县建设，加快建成"美丽浙江"的"绍兴样板"。

金秋时节，景色宜人。记者一行来到绍兴市下辖的越城区、柯桥区、诸暨市等地采访，发现在这片古越大地上，一条条由山水资源、人文景观、特色小镇、乡村民宿串联而成的"江南风情走廊"已逐渐成形，呈现出一幅"水网纵横人自在，古韵新风最江南"的美好景象，一个个绿色富裕、乡风文明的"美丽乡村"正迎面而来……

众所周知，随着"美丽乡村"建设的全面实施，全国各地创建了一系列的"美丽乡村"。它们如珍珠散落于各地，逐渐出现了"重复建设""势单力薄""停滞发展"等问题。对此，各级政府部门和规划单位纷纷探索乡村发展之路，提出了以"景点为标准，以产业为重点，以增收为根本"，将各个乡村的"景观"有机地"串点成线，以线带面，整体推进"的发展轴线——"美丽乡村景观带"。

近年来，绍兴市认真贯彻落实浙江省委省政府关于建设"美丽浙江"的工作要求，着力推进"美丽乡村"建设，努力打造"村美人更美"的农村新家园，使一大批"美丽乡村"先进乡镇、精品村、历史文化村落、乡村旅游示范点和特色产业基地初具规模，迫切需要将一个个美丽的"盆景"串连成一片片美丽的"风景"，实现"美丽乡村"全域化。于是，启动了"美丽乡村景观带"的创建。

而作为首批国家级历史文化名城的绍兴，迄今已有约9000年历史，历史上曾经两度为都，从传说中的大禹治水，到"卧薪尝胆"的越王勾践，再到文学巨匠鲁迅，中华五千年文明史，都可以在此找到遗存、得到印证，是"一座没有围墙的历史博物馆"。其灿烂悠久的文化传统，为绍兴文化特质的孕育、滋生，提供了丰富的精神营养，积淀了深厚的文化底蕴，并呈现出了独特的地方风采。

"'美丽乡村'，需要文化之魂。"绍兴市农办副主任钱增扬告诉记者，"美丽乡村"体现的不只是一种生态环境的理念，更是一种生活方式。它建设的过程，不只是"物理空间"的建设过程，还包括"文化空间"，或者说"精神空间"。所以，绍兴在"美丽乡村景观带"建设中,充分利用各地丰厚的文化资源,通过挖掘特色、寻求融合点和彰显元素,来丰富和提升它们的内涵,使其更具魅力。

在采访中,记者看到绍兴各地政府确实把古村、古居、古建、古树名木等历史文化遗迹遗存以及黄酒文化、茶文化、"三乌"文化、孝德文化、唐诗之路等元素都作为了"美丽乡村景观带"的重要内涵与特色,努力让农村历史文化"存"下来,让农村人文景观"活"起来,让游客"望得见山、看得见水、记得住乡愁",确保以"乡愁"的记忆凝聚流动的人群,确保将文化遗产传承给子孙后代。

与此同时,绍兴各地还通过打造集"人文线""产业线""致富线"为一体的"美丽乡村景观带",更好地利用和展示了乡村资源,促进了三产融合发展和新型业态的培育,联合发挥了"农村农业观光""乡村休闲游""养老养生"等综合功能,有序、整体、系统、科学地巩固了"美丽乡村"建设成果,加快了当地社会、经济、文化发展和城乡统筹发展,使"美丽乡村"建设进入了更高层次的发展阶段。

今年正值"十三五"开局之年,绍兴市按照"重构绍兴产业、重建绍兴水城"的战略部署,全市上下正以打造"美丽乡村升级版"为总抓手,通过积极打造"美丽乡村景观带",让古越大地上的"美丽乡村""串珠成链",构建着一条条纵横交错的"美丽经济人文走廊",开启了"绿水青山就是金山银山"的"宝藏之门",使广大农民迈上了"生产发展""生活富裕""生态良好"的文明发展之路。

上虞的母亲河

"……越窑青瓷惊世界,梁祝化蝶成佳话,唐诗足迹印古道,曹娥江畔我的家。哎嗳……哎……虞舜传美德,乡贤家常话,清波守护曹娥庙,孝德诚信立天下……"2015年6月中旬,记者循着这首名为《曹娥江畔我的家》的美妙的歌声,来到了素有"浙东重镇"之称的上虞,实地采访这条几千年流淌不息、孕育了卓绝的越文化、沉淀了辉煌的上虞史、造福了一代又一代上虞人的母亲河——曹娥江。

孝德之源

曹娥江,古时借舜帝之名称为"舜江",别名剡溪、上虞江。至于为何从掷地有声的"舜江"改成今名,据传东汉时有一个上虞人叫"曹娥",其父溺于江中,数日不见尸体,当时曹娥年仅十四岁,昼夜沿江号哭。过了十七天,在五月五日投江,五日后抱出父尸。就此传为神话,继而县府知事令度尚为之立碑,让他的弟子邯郸淳作诔辞颂扬。因此所住之村镇，即更名为曹娥镇，殉父之江为曹娥江，并建以寺庙慰其孝心。

诞生于上虞的舜，在"父顽，（继）母嚣，弟傲"，几次欲害死他的情况下，依然百般忍让，以仁义孝悌之心感化家人；以孝感动天的少女曹娥，投江救父，尸负父出。在中国传统的《二十四孝》中，虞舜和曹娥都排于男女首位，奠定了上虞中华孝文化第一高地的地位。每年五月，上虞民间都要为纪念孝女曹娥组织规模宏大的曹娥庙会，顶礼膜拜。"百善孝为先"，上虞将孝女曹娥的故事和舜的孝德相结合，衍生为孝文化，影响着一代又一代的上虞儿女。

据悉，上虞为了申报中国孝德文化之乡，受命接下原始材料起草工作的当地文化人陈秋强先生在一个月时间里，翻遍了万历《上虞县志》、光绪《上虞县志》和从各处搜集来的线装书、旧家谱，一页一页找寻其中的孝德故事，挖掘出上虞历代孝德乡贤五十一个、孝德遗迹十七处，以至于中国文联领导在验收时感慨道："中国孝德文化之乡，非上虞莫属。"

记者在采访中了解到，在当下的上虞，孝德文化已深深浸润并日益成为乡村治理的重要力量。如今，越来越多的上虞人在"虞舜精神""曹娥精神"的带动下勤奋进、明感恩、懂回馈。到目前，上虞有全国道德模范提名奖两人、全国"见义勇为"英雄模范一人，还涌现了一批道德模范、省道德建设先进个人、浙江骄傲、浙江孝贤等。上虞还通过各行业、各领域持续性开展各类评选，挖掘出一千两百余名先进典型。

曹娥江，这条虞舜"孝感动天"和曹娥"投江寻父"的孝德文化之源，四千余年间江畔的虞舜后人依江而居，不断演绎着虞舜"德文化"、曹娥"孝文化"的千古美传，犹如一条精神之河，承载着"崇孝守信、务实创新"的精神，弘扬正能量，引领核心价值观。

美丽之旅

曹娥江是上虞人民的母亲河，浸润着虞舜传说的文化积淀，历来有"虞山舜水"之说，具有鲜明的地域特色。近年来，上虞以曹娥江水上旅游为纽带，带动整个曹娥江滨水地带及其周边旅游区的开发和建设，走出了一条观光与休闲、山水与人文、动态和静态、虚幻与现实相结合的具有上虞地方特色的道路。

曹娥江畔的东山是东晋谢安归隐和励志报国之处，作为江东新一代青年名士领袖，谢安与名士王羲之、孙绰、名僧支遁等云集与此，"出则渔弋山水，入则言咏属文"。自唐朝以来历代诗人追随先贤、寻访故地，包括李白在内的三百位唐代诗人曾荟萃于此，留下了无数脍炙人口的美妙诗篇，由此形成了以杭甬运河和曹娥江连接，以东山为核心、由萧山西兴、绍兴鉴湖、上虞曹娥江、嵊州剡溪、新昌大佛寺和天台石梁等重要节点组成的浙东水上唐诗之路。

曹娥江沿江风景秀丽，古迹星罗棋布。在百官有舜井舜迹和青山环抱的驿亭镇白马湖；沿江有祝英台的家乡祝家庄；东晋名相谢安曾经隐居的东山，更是名享中外，"东山再起"被传为千古佳话；曹娥江畔的曹娥庙是为纪念古时孝女曹娥而建，被誉为"江南第一庙";上浦一带的古窑址,则被誉为世界青瓷发源地;凤鸣洞和北撤会议旧地等胜景,更是不一而足。

记者行走在逶迤灵逸的曹娥江畔,只见生命气息从江水和绿底上升腾,笼罩着诗书版刻的石雕群造就了一道瑰丽的生态人文长廊,在生命的活力中融进了浓浓的历史和文化……这是上虞城市防洪景观带(十八里亲水型绿色文化走廊),主要景点由"舜会百官""东山雅聚""春晖集贤"三组反映上虞历史上三次名人大聚会的大型雕塑群和王羲之《上虞帖》碑廊、"娥江彩虹"大型钢廊架等组成。

特别值得一提的是,曹娥江的灌溉和上虞的气候条件为各种时令水果的生长提供了绝佳条件。经陪同记者采访的绍兴市农办综合处副处长沈宇青介绍,独具特色的水果资源是上虞的宝贵财富,也是发展旅游的优势资源。游客走进上虞,就会发现这里几乎每月都有瓜果,沿江两岸的乡村风光旖旎,生态环境优越。游客深入基地,采摘水果休闲旅游,就能悠然享受一曲甜美的"四季仙果之歌"。

黄金水道

曹娥江作为绍兴市最大的河流之一,也是汇入钱塘江的最后一条重要支流。在上虞境内,它沿江自上而下穿过章镇、上浦、梁湖、百官、曹娥、道虚、崧厦和沥海共八个乡镇街道,总长约八十五公里,流域面积约七百平方公里左右,给上虞人民的生产、生活带来了巨大的影响。

为了增强防潮、防洪、治涝、水资源开发利用、水环境改善和航运等综合利用功能，曹娥江自虞舜、大禹治水到开凿萧绍运河、浙东运河，构筑百沥海塘、萧绍海塘，实施海涂围垦，在水利史上留下了一串串坚实的足迹。特别是新时期，曹娥江更是以崭新的方式，频频在治水史上留下了"浓墨重彩"。

众所周知，曹娥江上游源短流急，下游受钱塘江潮汐顶托，形成区域"南洪北潮"的格局，海水倒灌、泥沙淤积、内河成涝。为根本上将钱塘江涌潮锁在外面，国家批准修建曹娥江大闸枢纽工程。该工程于2005年年底正式开工，2011年5月通过省发改委组织的竣工验收。

这个集挡潮泄洪闸、堵坝、鱼道、导流堤、闸上江道堤脚加固、上部建筑工程、环境与文化配套工程等于一体的"中国河口第一大闸"建成后，使曹娥江河口段变为内河，江水变得温婉宁静，曹娥江流域也从此告别了千年潮涌的历史，开启了河湖体系的崭新时代，保障了浙东地区经济社会的可持续发展。

与此同时，为缓解虞北平原的农田干旱、改善曹娥江及虞北河网的通航条件和挡潮蓄淡、提高饮用水水质，绍兴市还实施了"曹娥江引水工程"。这项工程全长二十六公里，东西向横穿上虞区、柯桥区和越城区，流经市区后，再向北汇流入曹娥江出海，年引水量约2.5亿立方米。

2011年，为充分利用曹娥江这一独特资源，上虞开始筹划"一江两岸"建设，让他们的母亲河从"绕城而过"变为"穿城而过"，将城北新区、经济开发区、老城区以及高铁新城等有机融合起来,通过滨江主轴的景观设计使曹娥江两岸形成了充满生机和活力的城市主脉。对于此举,上虞区农办副主任董伟峰如此阐述道:"这样一来,拉大了城市框架,提升了城市品位,展示了上虞由龙山时代、转入曹娥江时代、进而迈向杭州湾时代。"

  水是生产之基,水是生态之要,水是生命之源。采访临近尾声,记者站在上虞这块热土上,望着风光秀丽、源远流长的曹娥江,深切地感受到了这条永不知累的大江与负重奋进的上虞人是那样的根脉维系,是那样的情缘牵扯,耳畔油然回响起《曹娥江畔我的家》的那段歌词:"哎喽……哎,筑一款岁月好日子,曹娥江畔我的家,虞舜后人天地宽,曹娥江畔我的家,曹娥江畔我的家。"

诸暨的"康庄大道"

放意在林表，飘然更自由。

挂烟群木冷，啼月一山秋。

枭枭清风裹，凄凄碧涧头。

三声融妙听，行客若为愁。

这是宋代诗人释仲皎题东白山啸猿亭的诗。由于年代久远，我已无法知悉啸猿亭位于东白山何处。但这首诗描绘的那种偏僻，用在同处东白山上的日溢村同样贴切。

东白山位于浙东，系会稽山脉主峰，也是诸暨市的最高峰。其主峰古称"太白"，高1194.7米。相传，唐代大诗人李白曾登临此山，故又称"太白尖"。它巍然独立，可算是浙东群山之雄。这里的十一个自然村，就像十一粒芝麻，撒落在它的高山峻岭上。

2012年冬季，因参加省委宣传部和省交通厅联办的"相约农村路"采风活动，我们在一个晴朗的午后，驱车从东白山脚沿农村公路盘旋而上，一路层林叠翠，古藤虬结，石桥幽泉，珍草奇花，陶陶然抵达了位于诸暨市东白湖镇东部诸嵊交界处的日溢村。

驻足日溢村，茫茫云海尽收眼底，群山如叶叶扁舟，游弋于云的浪涛之中，一种"一览众山小"的豪情油然而生。倘若单从游玩的角度而言，真不失为诗意的享受。这里有修竹茂林，荫凉爽气。春宜采茶，夏可避暑，秋有香榧，冬赏冰雪，是一个适合观光游览的好地方，置身其间，如入桃源胜景。

然而，生活毕竟不同于游玩。在享受诗意的同时，也意味着遭受贫困。日溢村这个偏僻的小村庄，有十一个分布在高山峻岭间的自然村（其中有几个自然村在海拔六百米以上）和11.41平方公里的村域面积，交通闭塞、物资困乏，是当地有名的贫穷山村。

据村中一位年长者回忆，1967年前，日溢村仅有一条羊肠小道与山下连接。这条路曾是一条狭窄的泥沙路，从村里盘绕着山腰蜿蜒至山脚下，是靠一双双穿着草鞋的脚走出来的。"上山""下山"，曾是日溢村人的一件苦差事。当年，从日溢村到诸暨县城，来回一趟就需要一整天的时间。

因为交通的不便，村民的主要经济来源——满山茶叶、竹笋和香榧等农产品不能及时销到县城去，堆积在村民的家里，时间一长便变质变味，给村民带来了很大的损失。更有甚者，村里的学生去上学，每天要步行二十多里山路，特别是遇到恶劣天气，真是苦不堪言。在这样闭塞的穷山沟里，青年婚嫁和病人就医等都变得异常艰难，更不要说办企业发展经济了。

为了改变这种窘况，从1967年起，日溢村人在时任区委书记的同村人樊根木的带动下，勒紧裤带筹集资金，靠着几把锄头，凿山岩、铺山泥、砌石坎，铺设了一条盘山石子路至村口，村民可以推着手拉车拉农产品下山出售，一次就能运上几百斤。但由于山高坡陡，运货上下山不仅费力费时，险象环生。

交通是经济社会发展的"先行官"，农村公路交通是解决"三农"问题的生命线。2003年，党中央、国务院、交通运输部开始高度重视农村公路工作，浙江在省委、省政府和交通运输部门的决策部署下，开展了以通乡通村公路为重点的大规模农村公路建设。这一惠民政策，宛如一束阳光照到了日溢村。日溢村在国家的补助下，村道逐步拓宽。

到了2006年，撤村并村后新组建的日溢村，在以邵信善书记为核心的村两委的率领下，积极争取政府立项、社会捐助、国家补助和村民集资等途径，自2007年至2010年间筹集资金三百五十多万元，新建了联网公路二十多公里，使自然村联网公路村村相通，彻底改变了交通不便、信息不灵的现状。与此同时，颠簸的山林小道，都变成了平坦的水泥马路，汽车可以直接开到家门口，私家车也在不断增多。

据村主任黄仁培介绍，现在日溢村有四百二十一户人家，约一千三百人，私家车有几十辆，上下山不再是一件难事。以前去一趟城里要一整天，现在只需要两三小时就够了。村里大部分年轻人坐车走出了大山，到城里的大企业上班，在城里做生意。一些大半辈子没出过大山的老人，也能够去山下的世界走一走、看一看了。

日溢村地处高山峻岭，"天高皇帝远"，但有着得天独厚的生态资源。山林资源是一笔宝贵财富，交通不便曾经似一堵巨大屏障。现在，"车能开到家、货能运出村"的通村公路建成了，极大地提升了村民参与外界市场竞争的机会，使他们的茶叶、毛竹、冬笋、香榧等特色农产品能够通过这条道路运输到外面的市场，为家庭创收。

　　日溢村的农村公路造好了,但全省的康庄工程还在继续。陪同我们采风的诸暨市交通运输局建设管理科副科长高凯告诉我们,到目前,我省已初步建立"农村公路网,安全保障网,养护管理网,运输服务网"的农村公路"四张网"。今后,将全面推进农村公路工作由过去以建设为主向"建、管、养、运"一体化协调发展方向转变,由提供基本出行条件向保障安全便捷出行、提升整体服务能力转变。这意味着,不久的将来,全省所有农村都将拥有通往精彩世界的康庄大道。

宁波的"四大行动"

宁波，地处东南沿海，位于中国大陆海岸线中段，是京杭大运河南端出海口，属于典型的江南水乡兼海港城市。早在七千年前，先民们就在此繁衍生息，创造了灿烂的河姆渡文化。这里人文积淀丰厚，历史文化悠久，曾连续四次蝉联"中国文明城市"，2016年被评为"东亚文化之都"。

自改革开放以来，宁波经济持续快速发展，成了国内经济最活跃的区域之一。但农村陈旧面貌改变不快、基础设施依然落后、布局不够合理、环境不够干净、村容不够美观等现象仍然存在。对此，去年9月宁波市委市政府为"提升农村品质、建设美丽乡村"，着力推进"四项专项行动"。

初冬时节，橙黄橘绿。记者一行赴宁波市下辖江北区、奉化区、宁海县、象山县等地采访，所到之处路面无垃圾、河面无漂浮物、田面无废弃物、庭院无乱堆放，每个村庄均呈现出"安居、宜居、美居"的新风貌，让农民尝到了城乡统筹发展的甜头，像城里人一样生活的梦想正在成为现实。

由于我国采取城乡二元管理体制，造成了城乡居民在收入、社会福利、财产、生活水平等方面的明显差距。城市,作为"富足的标志"和"文明的象征",像一颗璀璨的明珠,与相对贫穷落后的乡村,形成了巨大的落差。像城里人一样生活,便成了世世代代的农民最为美好的向往。

毋庸置疑,一个美丽宜居且具生活品质的城市,必然是城乡统筹协调、城乡一体发展、城乡互促共进、城乡相得益彰的城市。宁波市委市政府深谙此理,自"十二五"以来,继续深化"百千工程",努力创建"美丽乡村",让农村建设步伐不断加快,统筹城乡发展走在了全省前列。

然而,宁波当前广大农村建设发展中存在的问题依然突出。为了更好地顺应人民群众新期盼,宁波市农办根据去年9月全市"提升城乡品质,建设美丽宁波"的总体部署,有针对性地制定了"提升农村品质,建设美丽乡村"的三年行动计划(2015-2017),着力推进"四项专项行动"。

这"四项专项行动",包括"农村环境卫生整治行动"、"农村生态环境建设行动"、"农村安居宜居美居行动"、"美丽乡村示范创建专项行动"。宁波市农办副主任卞银江介绍,这项工作推进一年多来,在市级有关部门配合支持下,各地各级共同努力下,目前已取得了一定的成效。

在采访中,记者看到宁波"美丽乡村"升级版逐步建成,城乡基础设施配置和公共服务保障不断协调均衡,城乡发展一体化体制机制更加健全,全市正朝着"让农业成为有奔头的产业,让农民成为体面的职业,让农村成为安居乐业的美丽家园,让农民群众有更多的获得感"的方向前进。

城市生活，对于农村人来说，是他们的追求，更是通往幸福的道路。如今，宁波市委市政府主动顺应时代潮流，以"四大行动"为抓手，深入推进城乡统筹发展，全力打造"美丽乡村"升级版，让广大农民在农村这片广袤的土地上，正"足不出户"地构筑原本属于城市人的美好梦想。

鄞州的乡村蜕变

曾经，这里的村道又窄又小，露出土坯的泥墙房比比皆是。村中心更是20世纪五六十年代的连片泥房，不仅大多数房子是危房，路窄难行，还导致环境脏、乱、差。一到夏天，村民门口池塘就成了臭水塘，苍蝇、蚊子四处飞。

如今，展现在我们眼前的是拓宽到四米的平坦整洁的水泥路，主干道旁竖起了一盏盏路灯，一幢幢粉刷一新的楼房，房前屋后郁郁葱葱的绿化苗木，一弯清澈的溪水绕村而过，一个宽敞的健身广场，一到晚上许多村民在上面跳着舞……

这是宁波市鄞州区某个村庄"旧貌换新颜"的成果，也是浙江省旧村改造新村建设过程中无数个案例之一。记者从相关部门获悉，最近十多年来，经过全省各地连续三届党委、政府的不懈努力，浙江已有2.8万个建制村实现了类似的"蜕变"。

旧村改造新村建设的主要工作内容包括：村域规划编制、居民点改造建设、基础设施改造提升以及产业结构提升等。它是推进郊区城市化的一项重要内容，是实现农村现代化、加快城乡一体化发展的客观要求，也是促进农村可持续发展的重要途径。

浙江自改革开放以来，虽然经济发展速度位列全国前茅，农村工业化、市场化、城镇化发展迅猛，农村走上了小康路。但存在着自然村落较为分散、行政村建制较多以及农村环境卫生较差、基础设施建设投入不足、公共服务设施不配套等问题。

这些问题严重制约了浙江农村的城市化发展，也不利于农民生活品质的提升。对此，浙江省委于2003年做出了实施"千村示范、万村整治"的重大决策；2010年又进一步做出推进"美丽乡村"建设的决策；2014年更是审时度势，提出打造"美丽乡村"升级版。

2016年的初春，记者深入宁波市鄞州区各乡镇，实地了解该区旧村改造新村建设的情况，希望通过这个旧村改造新村建设的典范，来探寻浙江乡村最近十多年的蝶变之路。

鄞州，是我国最早的建制县之一，有着两千两百多年历史。跨入21世纪，面对城市化浪潮，它已实现从传统农业县向经济大县的蜕变。特别是2002年撤县设区后，鄞州从此告别了"有县无城"的尴尬，吹响了建设现代新城、都市新城的号角。

但不容忽视的现实是：鄞州长期处于有县无城的局面，境内80%地区是农村，72%人口是农民，50%面积是山区半山区。如何实现城乡统筹，成了其必须面对的新课题。更加无法回避的是农村建设落后，整体"脏乱差"。村庄改建便成了农民最大的期盼。

2002年，鄞州在全国率先设立"新村建设办公室"。当年底，召开新村建设动员大会，决定在农村全面开展旧村改造、新村建设，力争通过若干年努力，让几十万农民过上城里人一样的生活。于是，一场轰轰烈烈的农村住房革命拉开了序幕……

记者来到"深藏"于海拔八百多米的杖锡山麓下的章水镇李家

坑村，据该村村主任介绍，他们村由于地处偏僻，交通不便，村民和村集体收入单一，经济欠发达。自从区"三改一拆"行动开展以来，他们村凭借自己独特的晚清民居和村落风貌进行了拆改。

现在呈现在记者眼前的有三百八十年历史的李家坑村，在保存自然风貌和山水风光的基础上，集旅游、休闲、养生、宜居等功能于一体，彻底摆脱了"有丰富资源、不能开发利用，看生态美景、过艰苦生活"的窘境，成了新农村建设的亮丽风景线。

在地处鄞西半山区的龙观乡李岙村，记者看到的是一整片白墙黑瓦的联排小洋楼，与近在咫尺的青山绿水非常搭调。再细看，每栋小洋楼顶上的瓦片反射着阳光，显得格外亮眼。该村村支书告诉记者，这片新房是在原来老屋所在的位置上全部推倒新建的。

当记者问及屋顶上发光的瓦片时，他笑着说："这是我们的核心科技。"原来，鉴于李岙村光照充足的优势，他们借助旧村改造的契机，由村集体经济投资，实施了"新能源建设"——建成了一个300千瓦分布式光伏电站，找到了一条发展集体经济的新路。

位于宁波市东南的云龙镇上李家村，真不愧为全球环境保护五百佳村，这里环村河道水清鱼欢，河岸路旁绿树成荫，村前公园万花锦簇，新型农居错落有致，花园亭台相映成趣，农民安居乐业。值得一提的是，该村不仅生态好，还是鄞州的经济强村。

"是新村建设、旧村改造带动了上李家村的新一轮发展。"该村村支书说。为了改变村里的面貌，2008年新班子上任后，对村牧场区进行了整体搬迁，并利用村原牧场、猪场、鸡场改建成1.3万平方米标准厂房和三千平方米廉租房，壮大了集体经济。

……

记者从采访中了解到，自2002年开展旧村改造新村建设，鄞州全区以"美丽镇村、幸福家园"建设为抓手，已完成农村拆旧1001万平方米、建新1562万平方米，一批都市新村、经济强村、田园靓村、生态美村、文化名村在鄞州大地上纷纷涌现。

更让记者觉得难能可贵的是，在旧村改造新村建设这么多年来，鄞州并未发生过一起腐败事件，保持着零强拆、零上访、零事故的奇迹。鄞州区农调队的一份调查数据显示：90%的农户对新村建设表示赞成，43.3%的农户积极响应。

对此，鄞州区农办主任钱孝平认为，这主要是他们创建的"多种改造模式""民本机制"和"配套制度"，顺应了富裕起来的农民改善居住条件、改变落后面貌的迫切需求，积极发挥了农民主体作用，为着力建设美丽镇村、打造幸福家园打下了坚实基础。

众所周知，旧村改造新村建设，主要是为了改善农村基础设施和农民生活环境，提高农民生活质量；增加农民收入，提高农民社会保障水平；加强农民住宅建设的安全管理，增强农村地区抗灾防灾能力；加强农村基层政权建设和社会事业发展，构建和谐社会。

通过对鄞州的采访，记者深切地感受到，浙江这些年显然一直致力于这些目标，不断加强农村建设规划编制、严格执行农村宅基地管理政策、加强农村环境整治、全面开展历史文化村落保护利用、加快中心村培育建设、推进改革创新，使广大农村发生了翻天覆地的变化。

村庄基本达到"布局优化、道路硬化、村庄绿化、路灯亮化、卫生洁化、河道净化"的效果。农民因住进新农居和新社区或修缮后的历史文化民居，充分享受了城乡均等的公共服务，自身文明素养和道德水准也同步得以提升。

农民通过拆旧购新，新村购置价格按综合成本价供应，与市场价相比差价悬殊，为农民提供了一笔丰厚的财产性收入。在此基础上，农民利用周边环境的改善和配套的完善，大力发展农家乐、民宿经济，找到了增收致富的新途径。

好多离城区近的村庄，新村建成后，广大农民搬入集中住宅小区，村里通过合并空心村、整理宅基地、拆除废旧场所等建造标准厂房，引进企业；将临街的房屋开辟为店面房发展商铺，为村级集体建立了长期稳定的经济来源。

有些区域采取城中村改造、小型村合并、自然村缩减、空心村拆除等措施，使农村住宅与人口加快向城镇和中心村集聚，幼儿园、小学、超市、文化中心等配套紧跟，城镇建设框架由此拉开，规模扩大，功能得到了有效提升。

旧村改造新村建设依靠广大农民群众的广泛参与和聪明才智，又反过来推动着整个社会民主法治建设的进程，基层民主形式更加丰富，民主议事决策制度更加完善，行之有效的民主管理、民主监督形式更加明晰，干群关系更加融洽。

……

采访结束，记者欣喜地发现，旧村改造新村建设，让以鄞州为代表的浙江收到了惠民、安民、富民、新民的好效果，走出了一条从村庄整治、美丽乡村、美丽浙江再到美好生活的道路，使全省众多"回不去的故乡"纷纷破茧成蝶，蜕变成了一个个令人向往的"可以寄托乡愁的故园"。

曹村的"神灯"

临近春节的日子里,记者奔赴温州采访文化村。在瑞安采访期间,市农办相关负责人了解到我们的来意,一致力荐马屿镇曹村社区。

曹村,位于瑞安市境内,地处飞云江下游南岸,是一个典型的环山型村,一个拥有悠久历史的地方。据陪同采访的人员介绍,后晋年间(936—947),曹氏第十一世祖曹霭、曹霅、曹昌裔三兄弟为避闽乱,从福建长溪迁居许峰。经过两百多年的繁衍,发展成为一支庞大的家族,从此许峰就叫"曹村"。

南宋绍兴二十七年(1157),曹逢时首登进士第,曹村文风渐盛,一时人才辈出。据《曹氏族谱》统计,"登进士甲科者29人,武进士者6人,特奏名进士者21人,太学进士者38人,武学进士者6人,乡贡进士者9人,胄贡进士者35人,漕贡进士者16人",故被今人誉为"中华进士第一村"。

我们一行驱车抵达曹村,径直来到了文化大礼堂,只见狮子、麒麟、大象、梅花鹿、金钱豹、老虎、四不像、独角兽造型的"八蛮"彩灯，以及其他不同种类的彩灯，错落有致地摆满了好几百平方米的文化大礼堂，那场面气势恢宏，具有强烈的视觉冲击力，令人震撼！

据曹村老年协会的负责人介绍，这"八蛮"彩灯，是请外地的彩灯师傅特地制作的，每只都有两米多高，将在正月十五元宵时亮相曹村传统灯会。据说，"八蛮"是指在温州一带流传的八种瑞兽，"八蛮"彩灯的展示过去一直是曹村灯会时祈福的重头节目，其后中断了半个世纪。现在村民把民间工艺重新发掘出来，以丰富春节元宵灯会。

曹村的舞龙队是在20世纪40年代前后，由村中的马灯班改组而成的。每逢春节至元宵挨家挨户地舞，舞到哪里，哪里的人们就感到吉祥如意。"文革"开始后，全国搞"破四旧"，许多传统民间活动都被取消，舞龙队自然也在劫难逃。1973年后，才每年在水口宫、溪尾宫、盘古爷殿前舞三次。直到十一届三中全会前夕，舞龙队又重新组建起来，并到邻近地方巡回表演。

如今，由于年轻人外出经商、求学和怕吃苦等原因，舞龙队的队员年龄虽然比过去明显偏高，但舞龙队已不只局限于春节到元宵节挨家挨户地舞，他们走出曹村，为温州、瑞安、莘塍等一些大型的企业、商家开业、落成等庆典活动舞龙，并登上了瑞安建市十周年、市体育馆落成、市第四届文化艺术节等大雅之堂，让更多的人饱览传统民俗文化的魅力。

我们一边听着曹村老协负责人的介绍，一边拾级而上来到文化大礼堂的二楼，只见古朴肃静的楼上，辟有一间二十来平方米的灯展室，一脚跨进去，眼前仿佛展开了一幅延续千年的花灯历史，展室的四边墙上全部镶着玻璃镜，天花板上悬挂着近百盏花灯。这些花灯有圆有方、有红有绿，灯身刺着花鸟虫鱼、亭台楼阁以及山水等图案，在四边玻璃镜折射下，整个展室流光溢彩，艳丽无比，宛如灯海。

这时，这些花灯的制作人池仁千师傅告诉我们，这种灯学名叫无骨花灯——整盏花灯没有一根骨架，只用彩色纸片，按所需造型裁剪折叠，用缝衣针一针一针刺出精美的花纹图案，反复糊裱而成型。这个展室内一共有八十五盏，代表着曹村八十二名进士和福建迁居曹村的三位"老太祖"——昭德王、昭泽王和昭显王。不过，这里的人更愿称这种灯叫"神灯"。

在随后的采访中，记者了解到，关于这种"无骨花灯"的起源，在曹村还有一个传说。宋朝，曹氏先祖曹仁贵在温州任兵马司。其孙曹逢时天资聪慧，好学长进，"堪与培养"。

为鼓励孙子"学而优则仕"，早得功名，曹仁贵多方寻访，在乐清找到一位经学名师，就送孙子到乐清私塾中拜这位名师，并在清净处为孙子租下房子。曹逢时刻苦勤奋，常在名师私塾读到半夜三更才回住处。往返路程不短，夜深伸手不见五指，如何行路？神奇的是，每当曹逢时一出塾门，就会有一老人提着灯笼照亮其回家的路途，避免跌跌撞撞。据说那灯"红如日，亮如电，轻如蝉翼"。当曹逢时顺利回到宿处时，转身想作揖道谢，那老人和红灯却总是突然离去。

另一个版本说没有老者，只有一盏神灯漂浮在曹逢时左右，护送其回家。

曹村元宵灯会这种群众性民俗节庆活动，据说始于南宋绍熙年间（1190）。当时，曹村的曹叔远十九岁得中进士，回乡探亲时，乡民和族人制作了一组福星灯，挂在村口的一座金锁桥上以表示庆贺。也有说早在南宋绍兴廿七年（1157），曹叔远的父亲曹逢时得中进士，荣归探亲时轰动曹村，乡人、族人就制作各种彩灯悬挂在村头迎接。挂灯的那天正是正月十五元宵节，从此每年的元宵节，村里都例行挂灯且越来越多，这个习俗便传承下来。

曹村自南宋以来陆续出了八十二位进士，乡民们认为元宵放灯吉利，能给曹村人带来好运，故每年的元宵节家家户户都制作花灯。曹村元宵灯会以闹花灯历史久、灯彩多、造型独特而闻名温州地区。在元宵节前几天，曹村大街小巷便开始张灯结彩，家家高高地挂起大红灯笼，户户迎接前来观灯的亲友。村民们兴致盎然地忙碌着，筹备元宵灯会。

到了灯会那天，华灯初上，村民手提、肩背、杠抬着各式各样的彩灯，列队成行依次出游，过街穿村。随着队伍的前进，各类灯彩争奇斗艳，各显风姿。参加表演人员达数千人，有许多队列长达三四里，浩浩荡荡，蜿蜒行进，各村、各街道都有自己的特色。其中有代表性的灯队如舞龙、舞狮、马灯、高跷、旱船、马架、七星、八蛮、鳌鱼、抬阁、腰鼓队，各灯队之间均配有乐队。

由于采访之日离元宵节尚有一段距离，很遗憾无缘目睹曹村元宵灯会的盛况，但记者已想象到了街上灯火粲然，人潮涌动，礼炮齐鸣，锣鼓喧天……"谁家见月能闲坐，何处闻灯不看来"（唐诗人崔液《上元夜》）的家家户户老少同乐、万人空巷的热闹场面。

曹村元宵灯会至今已有八百多年历史了，显然已成了曹村的文化符号。特别是近二十来年，元宵节放灯越发热闹了，唯独1997

年元宵节前夕，得知一代伟人邓小平同志逝世的消息后，乡人们赶忙把早已挂好的花灯悄然收起，震耳欲聋的鞭炮声也戛然而止，那是一个没有花灯的元宵节。

近年来，瑞安市紧紧围绕创建全国文化先进市的总体目标，通过谱好"服务曲、培育曲、引导曲"，深入开展各项文化活动，进一步丰富和活跃广大群众的精神文化生活，取得明显成效。原本文风兴盛的曹村，在政府的积极倡导下，元宵灯会更是办得有声有色，丰富多彩。

"神灯现，名士出"只是曹族先人编织的一个美丽传说，目的除表示对先祖曹逢时的尊崇，还为激励子孙刻苦读书求上进。因为"灯"与"登"同音，谐"登科及第"之意。但如今，曹村花灯在元宵佳节年年高悬，无疑是一种力量的震撼，是一种精神的传递，是一种文化的推崇，更是曹村永远的温度。

冯宅村的"孝悌"

"村头铺绿茵,树下听鸟鸣,桃花红遍了冯宅村,心旷神怡如画屏……池塘莲花正出水,彩蝶飞舞牵梦魂……源远流长儒家风,千载古村来传承……"在平阳县万全镇冯宅村的文化大礼堂里,一部名为《追梦》的MV正在尽情演绎。村党支部书记郑有才告诉记者,这是他们的村歌。

冯宅村,位于万全镇宋桥片南翼,距平阳县城昆阳五公里,建村已有七百多年,依水而建,环境优美,民风淳朴,村内古榕葱郁,是典型的浙南水乡。近年来,冯宅村坚持"因村、因物、因时"制宜,通过"扬孝风、讲孝德、树孝贤、做孝事、定孝制"五项措施,使仰孝、学孝、行孝蔚然成风,成了远近闻名的"孝心村"。

"孝"与冯宅村有着很深的渊源。据《冯氏族谱》记载,冯氏一世开山祖德四公是孝行榜样,宋末元初,尚处幼年的他因家遭横祸,遂领父母命,携数百金,随岳父栏杆桥伍氏端三公至四都盘浦择地而居。成人后,他一生奉孝端三公,并留下遗言:"冯氏后人要世代与栏杆桥伍氏为亲为友,无论大小事端,不可反目。"去世后,其墓傍于端三公墓下坎。

除此之外,《冯氏族谱》还另有记载,八世祖天演公平生以孝感人,以悌动人,族人邻里莫不以为榜样。其一生致力于公益事业,族人邻里空前和睦,族众无不欣然。晚年叮嘱门下子孙:"栏杆桥伍氏为我冯氏祖代宗亲,杂居四都各村之他姓子孙或先或后亦皆与我冯氏门下有过姻亲之实,故我冯门在生子孙世世皆宜善待之,以承续祖辈敬宗睦邻之风。"

也正因为如此,"敬宗为尺,睦邻为度,发达之日,勿忘先祖"成了冯宅先人的遗训,冯宅村后人代代谨遵,使得孝文化世代相传,源远流长。据郑有才书记介绍,为了丰富群众文化生活,构建群众精神家园,该村自2009年提出打造孝心村以来,以"传承孝悌、祥和冯宅"为主题,积极举办各类群众文娱活动。

为传承民俗,共庆佳节。每年春节期间,冯宅村人用自编自导自演的方式,举办"美丽冯宅,孝行天下"文艺晚会。晚会上,无论是热情洋溢的健美操展示,还是青春无限的现代舞蹈表演;无论是朗朗上口的《子弟规》诵读,还是真情流露的新歌联唱;无论是幽默搞笑的三句半,还是技艺精湛的杂技,都根据冯德四公恪尽孝道故事和现在的孝德故事编写,寓教于乐,在全村上下营造和谐向善,讲文明、知礼仪的道德风尚。

为弘扬中华民族传统美德,传承当地特色乡风民俗,冯宅村以端午节为契机,组织村民开展"划龙舟""拔河""财源滚滚"等团体比赛,举办"传统文化"系列演出。同时,通过三八妇女节、九九重阳节、中秋节等节日举办"孝文化"主题晚会,创作冯宅孝德文艺作品等,以增进群众感情,增强集体的向心力与凝聚力,培养传承人文特色与延续国学经典的社会责任感。

为表达冯宅人敢于有梦、勇于追梦、勤于圆梦的执着精神,冯宅村拍摄了村歌《追梦》MV,这不仅承载着冯宅村的梦想,展现了冯宅村从空壳村发展到现在的历史进程，同时也昭示着他们将继续向着打造美丽乡村、旅游乡村、孝心村的道路上前进。

通过音像资料，记者观赏了2014年7月冯宅村在文化礼堂内举办的村歌《追梦》MV开机仪式暨《弟子规》学校开班文艺晚会。晚会现场，女声独唱《不能尽孝愧对娘》体现了冯宅植根孝悌文化，构建群众精神家园的美好愿景；一群孩子吟诵《弟子规》，营造了弘扬国学文化，传承国学精髓的浓厚氛围。整场晚会以"孝"为题创新编排，节目内容与呈现方式十分接地气。

为强化传统礼仪的思想熏陶和文化教育，冯宅村还以"乡村舞台"为阵地，广泛开展迎新祈福、重阳敬老、儿童开蒙、成人仪、新婚仪等礼仪活动，并组织开展"制村规、说族训、晒家风、唱村歌"等活动，展现新时代农村新风貌。同时，恢复了杀大猪、捣年糕、剁肉饼、熬皮冻等早年流传于万全镇一带的年俗文化活动，并重拾写对联、活字印刷、做糖画、捏糖人等传统技艺。

采访临近结束，记者来到冯宅村依河而建的一条二十四孝长廊边，只见栏杆上刻有《弟子规》《三字经》《育儿经》；文化长廊的天花板上绘制着精美的二十四孝图和精湛的书画作品。郑有才书记告诉记者，观者抬起头才能看见这些孝文化，这也是为了提醒大家必须"仰头致孝"，从而将传统美德更好地延续下去。

当我们杂志社一行驱车离开冯宅村时，耳畔仿佛传来了一阵该村创办的全县第一家《弟子规》学校里那些穿着汉服的儿童清脆而响亮的"弟子规，圣人训，首孝悌，次谨信"的朗读声。冯宅村围绕"传承孝悌、祥和冯宅"的主题来打造其特色文化，让我们经受了一次孝文化的洗礼。

杭州的风情小镇

杭州，地处浙江省北部、钱塘江下游、京杭大运河南端，是浙江省省会。早在8000多年前，就有人类在此繁衍生息；距今5000多年的良渚文化，被史界称为"文明的曙光"。她以"东南名郡"著称于世，有着"人间天堂"的美誉。这里，山色藏幽，湖光翠秀；这里，史脉悠远，文风炽盛，13世纪意大利旅行家马可·波罗曾赞叹她为"世界上最美丽华贵之城"。

凭借其深厚的文化积淀和丰富的山水资源，2009年以来，杭州市委市政府以提高社会主义新农村建设水平和城乡居民生活品质为目的，通过产业提升、旅游拓展、文化挖掘、村庄整治、土地整理、生态保护等项目的综合实施，因地制宜打造一批杭州地方特色鲜明、田园城市内涵丰富、生态功能健全、江南风情独具的宜居、宜业、宜游和宜文的"风情小镇"。

时值初秋，金桂飘香。记者一行通过对杭州市下辖的富阳区、桐庐县、建德市等地采访，发现杭州各地正依托当地独特的自然风貌、乡土情怀、人文气息和文化特色，根据不同区域、不同小镇的基础和特点，打造出了一大批类型有别、韵味各异的"风情小镇"，使之成为了当地居民安居乐业的好地方、国内外游客休闲旅游的好去处、展示统筹城乡发展成就的好窗口。

风情小镇，顾名思义是具有特定风土人情的人口较集中而有商业活动的居民点。它是以文化传承为基点，交通畅通为基础，旅游资源为条件，生态文明为要素，观光体验为形式，品牌营销为手段，品质生活为目的的新农村新业态。

创建"风情小镇"，是一项城乡区域统筹发展和新农村建设的精品工程，是打造美丽乡村建设的一个重要载体和抓手。它对农业转型升级、农村生态文明、农民增收致富、城乡融合发展、乡村有机更新等，均具有重要而深远的意义。

杭州深谙此理，从2009年起以"宜居、宜业、宜游、宜文"为标准，以改善农村生产生活环境为前提，以"生态、休闲、旅游、观光"产业为基础，因地制宜，建组织、编规划、制计划、落资金、抓推进，开展"风情小镇"创建工作。

为了做到以新取胜、以特色取胜、以品牌取胜，杭州市各地结合自身实际情况，开展了形式多样的创建活动，开启了"古村落保护"模式、"生态旅游"模式、"文化创意"模式、"新农村建设"模式和"项目带动"模式等几大模式。

他们充分依托当地的自然风貌，尊重"风情小镇"的文化传承，遵循"道法自然、因地制宜、可持续发展"的原则，通过近七年时间的精心打造，已有29个区域、村（镇）达到市级"风情小镇"创建要求，被命名为杭州市"风情小镇"。

记者在采访中了解到，杭州市规划建设"风情小镇"，通过"住、购、食、娱"等元素的建设，使之成为旅游、休闲、养生、度假、创意等新兴产业培育的新载体和旅游经济发展的新引擎,极大地促进了农村经济发展,提升了农民生活品质。

确实,由于高速的经济发展和城市化进程,有越来越多的城市游客向往"都市农夫"生活,喜欢上了"绿水青山"。而杭州市创建的彰显了浓厚乡村个性魅力和文化特色的"风情小镇",无疑成了现代都市人期待的"田园"、向往的"天堂"。

"杭州市委、市政府深入开展市级'风情小镇'创建工作,让它不但成为了美丽乡村建设的精品样板,而且成为了农村生活污水治理的精品样板、'四边三化'的精品样板、'三改一拆'精品样板。"杭州市农办一位工作人员告诉记者。

显而易见,随着创建工作的不断深入,杭州"风情小镇"的经济、生态和社会效益正日益凸显,它不仅成了杭州全市美丽乡村建设的标杆示范、乡村旅游发展的重要目的地、农村新型经济业态发展的重要载体,也成了美丽杭州的"金名片"。

上城的餐饮文化

自从央视推出一档名为《舌尖上的中国》的纪录片后,"舌尖"这个词在极短的时间内在大陆迅速走红,现在凡是跟"餐饮"沾上边的,必定也要跟"舌尖"结下缘。这也难怪,因为"舌尖"这个词,确能形象地代表"餐饮"。

笔者觉得把"舌尖"套到"上城"上是非常贴切和合理的,虽然提及上城,我们首先想到的是它的历史和文化。毕竟作为杭州城的核心,它曾是自隋唐至民国时期州治所在地,尤以南宋定都杭州,在凤凰山麓"筑九里皇城,开十里天街",历时一百三十八年,区域历史的悠久和深厚不言而喻,但它的餐饮文化同样灿烂。

众所周知,中国是一个推崇"民以食为天"的国家,"餐饮"自古就作为文化的一个环节来构建我们源远流长的历史。表述一个地区的富饶,往往不会将其称作"黄金之地",但会美誉成"鱼米之乡"。由此可见,在我们中国人的心目中,满足"舌尖"的需求是多么重要。也正因为这样,一个地区倘若历史悠久、文化底蕴深厚,那么它的餐饮文化必定也繁荣昌盛。

上城就是如此,对于(差不多是古时的杭城)的餐饮文化,《史记》早有记载,所谓"楚越之地,饭稻羹鱼",其丰饶可见一斑；进入北宋，诗人苏东坡也曾称赞"天下酒官之盛未有如杭城也"；到了南宋，《梦粱录》载，"自天竺及诸坊巷、大小铺席，连门俱是，即无空虚之屋"（据传，当时茶坊、酒肆等店铺林立，占全市店铺2/3以上）足见其鼎盛。《梦粱录》中还记载："南渡以来，二百多年，则水土既惯，饮食混淆，无南北之分矣。"则更体现了上城餐饮文化精致、和谐、大气、开放的悠久历史和传统渊源。

如果说上城的餐饮文化在古时是"灿烂"的，那么现今则可称之为"辉煌"。如今的上城这块弹丸之地（总面积18.17平方千米，只是滨江区的1/4），竟打造了高银街美食一条街、近江海鲜美食城、中华美食园、打铜巷美食街、国际美食区等多条美食街市，拥有状元馆、奎元馆、知味观、王润兴、功德林等十几家老字号，建起吴山酩楼、花中城、新开元、红泥花园等数十家知名餐饮企业，引来上海"沈大成"、福州"味中味"、西安饭庄、开封"第一楼"、南京"古南都"等一批一流品牌餐饮及麦当劳、星巴克、必胜客、味千拉面、爱尔兰疯薯、汉堡王、斗牛士牛排馆等几十家国际小吃店加盟。

于是，这个"美食街市纵横交错，酒楼茶馆星罗棋布"的上城，自然而然汇聚了川、鲁、闽、粤、浙等菜系的特色菜肴，荟萃了印度、日本、泰国、美国、韩国、巴西等国家的小吃、烧烤，真可谓集合了世界美食、国内优品、地方精品，囊括了你能想象得到的所有天下美食。上城作为南宋皇城的遗址，自古至今繁华昌盛，湖光山色秀丽灵动，名胜古迹遍地皆是。这让每位置身其中的食客在大快朵颐，尽享天下美食的同时，无不品味到了整个城区的人文风韵，揽尽了它的市井风情。

如此上城，岂不是"舌尖上的天堂"？

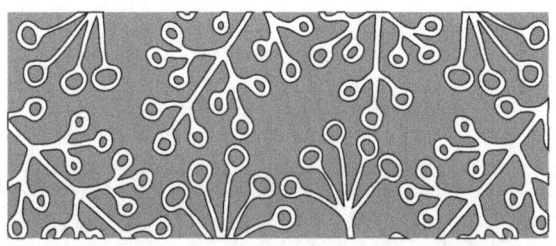

第二辑

宗庆后：扛起民族的大旗

为挖掘有关宗庆后的一些"新事物"，我们对宗庆后进行了两小时的专访。可采访中，宗庆后谈论更多的是企业，极少提及自己，他总是习惯用"我们"两字，而不是"我"。

当记者要求他谈谈个人时，他谦逊地说："'娃哈哈'的成功不是我个人努力的结果，靠的是企业全体员工自强不息的精神。"

这次采访显然未能达到我们预期的效果。可以这么说，这篇文章比起那些有关宗庆后及"娃哈哈"的长篇累牍的报道来是过时而没有多少新意的，但这恰恰凸显了宗庆后富有个性的一面。

在当今世界，国与国之间的竞争靠的是什么？是经济实力。那么一个国家如果没有许许多多世界知名品牌做支撑，经济实力又靠什么来实现呢？综合国力又以何为后盾呢？

如果说历史人物岳飞、郑成功以血肉之躯抗御外寇而成为名垂青史的英雄，那么在当今时代以振兴民族经济为己任、驰骋于商场并创立民族品牌的现代商人无疑是这个时代的楷模。

如果这个推论成立的话，那么宗庆后无疑就是我们时代的楷模。

作为宋代民族英雄宗泽的第三十二代嫡孙,宗庆后创造了杭州娃哈哈集团和世界饮料界的神话。

让我们来挖掘宗庆后的成功之道,探询娃哈哈集团的发展轨迹,这也许对我们的众多商家甚至读者的人生发展有所裨益。

苦难的童年刺痛了宗庆后幼小的心灵,也塑造了他不屈的性格和坚强的意志。

宗庆后是宋代名将宗泽的第三十二代后人,宗泽是一位威震华夏、惊天地泣鬼神的民族英雄。这位一身正气的将领,在国难当头、民族危亡之际,在以生命保卫黄河、保卫黎民的同时,发现、重用了岳飞,被后人尊为宗爷。

然而,这位威名赫赫的先祖没有给宗庆后带来多少恩泽。到宗庆后祖父这一代,家道已经败落。宗庆后的父亲宗启禄无缘成为纨绔子弟,考入中国大学化学系,梦想成为一位化学工程师。旧中国工业的凋零、列强对华经济的操纵与渗透使他英雄无用武之地,只得依赖先人在政界、商界的关系,在邮局找到了一个与所学专业毫无关联的差使。新中国成立后,又由于特殊的历史关系,他被"发配"去过农村,在街道工厂择过业,被整、被挂起、架空,直至组织上安排他退休离厂。

宗庆后的母亲王树珍出身寒门,但知书达理,外柔内刚。当丈夫失业,生活陷于绝境时,她为了家庭,为了孩子,以平常心看待生活中的磨难,毅然用单薄的肩头挑起了生活的重担。她通过努力,取得了小学教师的资格,在一个消费水平不低的城市里,以微薄的薪金,支撑起一个家!

宗庆后生长在这样的家庭里,从小饱受贫困给人带来的肉体和精神上的双重痛苦。因为家里经济拮据，只能勉强维持一日三餐的粗茶淡饭，衣衫是破旧的。宗家的孩子极其清苦，这倒没什么，最让他们无法忍受的是，当邻家的孩子吃又香又甜的零食时，他们只能眼睁睁地看着，那简直是一种折磨！面对幼小的弟弟们看别人吃东西时流露的羡慕眼神和赖着不走的状态，宗庆后的心痛了，被深深地刺痛了！为了战胜这种诱惑，此后，只要邻家的孩子在院子里吃东西，宗庆后就支开弟弟们。

更让宗庆后无法遗忘的是，在生活最困难的年代，他家因实在不堪负担，父母将他唯一的妹妹送给了亲戚。妹妹走的那一刻，宗庆后目送着妹妹渐渐远去的背影，听着她撕心裂肺的哭声，心头禁不住汩汩地流血！

然而，生活往往是福祸相依的！贫困的生活让宗庆后失去了很多，但同时也磨砺了他的意志，造就了他不畏艰苦、知难而进的个性，这为他以后搏击商海奠定了不可或缺的性格基础。

宗庆后升中学时，正值三年困难时期。人祸、天灾把城市居民本来就不宽裕的粮食供应压缩到了最低限度。什么都要票，粮、油、肉、蛋、菜、烟，甚至酱油、火柴。宗家的四个男孩子，又恰好都在长身体，饭不够吃。可越不够就越想吃，弟弟们年幼不谙世事，饭桌上始终弥漫着阴霾。父母见状心如刀绞，却又无能为力，考虑再三后对宗庆后说："你大了，今后，家里的粮食定量交给你管。"

这以后，宗庆后掌控起了一家人度过灾荒的命运之舟。每顿饭，他尽可能在米里多加水，让蒸好的饭至少看起来多些，再多些。然后以铁面无私的态度，在家庭内实行了最严格的定量分配制。每顿饭，他都亲自掌秤，给三个弟弟称一定分量的饭食。掌秤时，每每看到弟弟们因饥饿而流露着的埋怨、期盼的神情，宗庆后的心头总会袭上一种莫名的痛！可他没有因此而动摇决心，他心中有大局，有全局，他首先得保证日夜操劳支撑整个家庭的母亲的定量，他必须将粮食用在刀刃上！就这样，宗庆后以自己的公正，以自己在弟弟心中的威信，以克扣自己份额的办法，用忍饥挨饿而不吐露的坚毅战胜了逼近全家的灾难。

先哲有言曰：天将降大任于斯人也，必先苦其心志，劳其筋骨，饿其体肤。先人的这句名言显然在宗庆后身上得到了完美的印证！

峥嵘岁月磨砺出宗庆后锐意进取的思想，造就了时代超人的创新精神。

然而，命运注定宗庆后的磨难并未结束，此后的岁月似乎更显峥嵘。

宗庆后学习成绩一直很好，初中毕业后，如果不是学校对家庭出身、社会关系等过分苛求，如果不是越来越浓重的阶级斗争气氛给少年宗庆后带来迷茫，如果不是不想再让已心力交瘁的母亲继续加重负担，宗庆后也许会继续深造，上高中、上大学。可是严酷的现实迫使宗庆后只得中途辍学。

1964年秋天是一个山雨欲来风满楼的秋天。辍学不久的宗庆后为了减轻家里的负担，怀着无奈的心情，事先没有和任何人商量，也未告诉任何人，包括至亲至爱的母亲，报名前往舟山马木农场谋求职业。

在那个海水苦咸，滩涂寸草不生，生存条件相当恶劣的海边马木农场，宗庆后在需要付出超常体力的"力不胜任"的劳动岗位上开始了独立的人生之路。他不像同去的有些青年，因农场住宿差、伙食差而叫苦连天、牢骚满腹，更不因为生活的艰辛而蒙在被窝里像女孩子一般呜呜痛哭，相反，他将枯燥重复的重体力劳动当作对人生的磨炼。他劳动非常努力，使自己一步一步成为一个不受负面环境影响，能出色完成场部交办的各项劳动、工作任务的优秀职工。

可是，生活如同滔滔钱江水潮起潮落，不可能一帆风顺。由于马木农场基础设施太差，国家又无钱投资，农工的积极性根本无法调动，入不敷出地支撑了一段时间后，终于只好宣布停办。

宗庆后离开马木农场，被安置在绍兴茶场。绍兴茶场位于浙江东部丘陵，远离绍兴城区，地处县郊。那里不仅有茶树，还有农田、砖窑。农工一年四季无闲日但工资极低，每月只有二十元。宗庆后的工资除了吃饭和补贴家用，省下来的就全用来买书。他拒绝生活中的一切颓废、消极，除了劳动，就是读书。在茶场的那几年时间里，宗庆后读完了所有能找到、借到、买到的书。从世界通史到中国通史，从《史记》到《拿破仑传》，从黑格尔到马克思，从列宁到毛泽东，从古典文学到现当代文学作品。书籍成了宗庆后治疗寂寞、抚慰创伤的良药，也成了他成长成熟的坚实阶梯。读书使他忘却了自身窘迫的处境，经常认真地思索、分析国家的命运。那段耕读生涯，使宗庆后逐步认识了社会的本质，增长了自身的学识和涵养，奠定了宗庆后后来成为企业家的坚实基石！

正当宗庆后彷徨无措时，"忽如一夜春风来"，"文化大革命"终于结束，中国这艘航船在冲破重重迷雾之后，重新找到了正确的航向。1978年12月,胸怀大志的宗庆后结束了背井离乡,孤身一人在农场、茶场劳动十四年的生涯回到杭州,顶替母亲在上城区教育局属下的一家校办工厂当工人。这在一般从农村或三场顶职回来的人看来已经心满意足了!可宗庆后不满足,也不快乐。他不肯善罢甘休,他觉得怀才不遇。于是,他性格中"刚"的一面渐渐凸现出来。在那个毫无生气的小厂里,他一反过去的沉默,经常出主意、提意见,反对领导的瞎指挥,不管你是什么"长",宗庆后只认理不认人。由于他的不服管理,厂领导给他"小鞋"穿,叫他当校办企业的供销员。供销员在20世纪80年代初期是一个跑断腿、磨破嘴,有职无权,吃力不讨好的职业。然而,生活往往具有戏剧性。厂领导的这双"小鞋",却"穿"出了一位经营里手。

宗庆后通过供销员这个岗位,在具体而细微的经营环境中,熟悉了商品运营的规律,熟悉了市场和商品流通中的每个环节及漏洞……长期的供销员生活,使宗庆后把经营这门综合技能操练得炉火纯青,达到了"百炼成钢绕指柔"的境界,这为他以后成为企业家铺平了道路。

"天下之事,见机而为,待时而动,则事无不成。"这句古训触动了宗庆后创造辉煌的雄心壮志。

胸怀大志的宗庆后,像一块不甘于被埋没的"宝石",期待着开采者的到来。终于,宗庆后在几经起伏之后,被一位女干部慧眼相中。女干部认定这位被某些领导视为"刺"的人物是一位能独当一面的人才。她给了他一副很轻的担子,派宗庆后出任只有三人、启动费只有四万元的杭州市上城区校办企业经销部经理。然而,正是这副很轻的担子使宗庆后找到了能最大限度发挥自己才能的突破口！那是1987年春天，那一年宗庆后已年逾不惑。从此，宗庆后像一匹挣脱了锁链的野马，奔驰于广阔的千里草原，去追逐那逝去的年华。

杭州市上城区校办企业经销部厂小力薄，承担的年承包利润指标为四万元。指标看似不高，但在当时是99%以上的国有企业所不敢奢望的。扣除其中一万元交纳贷款利息，人均年创利就需万元！

当领导将这个指标告知宗庆后时，宗庆后没有爽快答应，而是陷入沉思。

领导见状，关切地问："是不是指标太高了？"

意想不到的是，宗庆后回答说："不，这样吧，我一年交十万元。"宗庆后决定给自己压力，因为有了压力才能产生动力！

常言道：万事开头难。为了让杭州市上城区校办企业经销部发展壮大起来，经销部的另两位女性在宗庆后的带领下开始艰苦创业。经销部什么生意都做，从五分钱一块的橡皮到四分钱一支的棒冰，从六分钱一本的作业簿到一角几分一瓶的汽水。作为经销部的经理，宗庆后的办公地点不是在办公室里，而是在自行车上，在杭州并不宽敞却相互联通的一百零八条小巷间。1987年5月1日，当并不起眼的经销部牌子在杭州城东清泰立交桥北侧挂起时，宗庆后凭着多年的营销经验，凭着拼命的精神，凭着"不为利小而不为"的精神，已通过以分、角、元计算的微利，日积月累赚了四万元，拥有了一份小小的属于自己的家底！

当然，胸怀大志的宗庆后是不会满足于这般小打小闹的，他的眼睛盯着更高更远的目标。

机会终于来了！

第二辑

1987年年底，第一代儿童营养品"中国花粉口服液"初涉市场，但举步维艰，该公司有经营头脑的经理和销售人员想到了学校——孩子云集之地，想到了校办企业经销部，想到了宗庆后。

宗庆后审时度势，同意担任这家公司的经销代理。他凭着自己历经半年在上百家学校建立的信誉，未曾启用一般的营销手段，也没借助声势浩大的传媒效应，在短短三个月中，光在杭州市上城区教育系统中，就推销了一百二十万盒花粉口服液！

可在成绩面前，宗庆后并没有沾沾自喜，他凭着勇于拼搏和积极进取的精神，着手研究、摸索一条发展的新路。

当宗庆后把花粉口服液的销售领域打开但这家公司的生产能力无法跟上需求时，宗庆后倾其所有与该公司签了一份建立生产线，为花粉口服液代灌装的合同。

从1987年5月至1988年5月，在这短短的一年中，宗庆后撑起了一份家底，有了四张营业执照；有了近三百平方米生产和营业场所；有了两辆至少可以开动的汽车；有了一条灌装生产线；更有了一支一百三十余人的职工队伍。年利润达22.2万元，比自己立下的十万元目标超额一倍有余。

宗庆后的不凡业绩引起了杭州市教育局的注意，他们表扬了宗庆后，肯定他"为提高学生身体素质做出的贡献"。同时，宗庆后生产和推广儿童营养液的业绩同样赢得了著名营养学专家于若水的赞赏，他寄语宗庆后，希望他继续努力，为中国的未来拼搏。

初战告捷，宗庆后尝到了甜头，也增加了胆识，一个大胆的计划便在他心中萌发：他决心生产一种全新的、完全属于自己企业的、最具中国特色的、为广大儿童普遍需要的儿童口服液！

这显然是一个创举！生产这种产品的企业，必将成为举世瞩目的企业。因为中国真正的富强，应该属于跨世纪的一代、下一代、再下一代。所以改善儿童的营养状况，增强儿童的体质，拯救的不仅仅是孩子，而是中国！这真可谓天降的大任呀！

然而，树欲静而风不止。

当宗庆后打算研制生产新的儿童营养品时，生产花粉口服液的公司领导出面干涉，明确表达了要宗庆后停止研制新产品的意向。因为当时，"花粉口服液可能含有性激素，不利于孩子服用"的传闻使盛极一时的花粉口服液开始出现滑坡。公司正不知所措，得知为他们灌装口服液的宗庆后打算研制生产另一种儿童营养品，自然意气难平，无法容忍。

面对面带愠色的公司领导，宗庆后不卑不亢地提出了两条要求，他说："要我停止研制，可以，只要贵公司能答应：一、保证花粉口服液继续保持旺销的势头；二、保证给我们的加工利润逐季、逐年递增。"

谈判不欢而散。对垒的两军都深切地感受到了市场竞争的残酷性：那家公司面临的是自己拳头产品的萎缩与消失，而宗庆后面临的是断炊这一迫在眉睫的现实威胁。

可此时的宗庆后已非彼时的宗庆后，经过这些年的风风雨雨，他与过去相比成熟多了，老练多了，他深深地意识到，企业不承担任何风险就无法永续发展。他决定来一次破釜沉舟！

决心已定，他便率领一百余员工，义无反顾、急如星火地去研制新产品！就这样，一个属于自己的原液车间开始夜以继日地加紧施工，一个新的目标开始在宗庆后视野中闪现。

第二辑

美国著名的超级企业家艾柯卡曾说:"归根到底,企业要的是人、产品和利润。人是最重要的,如果没有一支好的队伍,就谈不上什么产品和利润。"如果这句至理名言是那位超级企业家的切身体会,那么,呕心沥血、殚精竭虑为事业奋斗的宗庆后也悟出了这一点。

确定目标后,为开发一流的产品,宗庆后决定寻访一流的专家。

他以虔诚而恭敬的态度,周密而大胆的构想使当时我国唯一的医学营养系主任朱教授怦然心动,欣然答应亲自带领助手为未来的儿童营养液催生。

他以刘备三顾茅庐请诸葛孔明先生的真诚感动了由红顶商人胡雪岩创办的胡庆余堂这家百年老店的老药师张宏辉,同意出任企业的技师。

他以踏破铁鞋的执着和务实创新的精神赢得了在医药营养界服务了近三十年、刚退休的德高望重的高级工程师顾馥恩的信任,不顾体弱多病和路途遥远,欣然担任企业的总工程师。

这些精英的加盟使雄心勃勃的宗庆后终于有了可以放胆飞翔的坚实两翼。

1988年10月20日,这个令宗庆后永远铭记的日子,一种后来成为全国知名品牌的名叫"娃哈哈"的儿童营养液生产成功了!

那一刻,伫立在流水线旁已一整天的宗庆后,看着从眼前经过的整齐排列、晶莹的安瓿瓶,不由地心潮澎湃如钱江秋潮……

创新是一个企业发展的动力,是财富积累之源,宗庆后孕育出一个史无前例的民族品牌。

然而，娃哈哈进入市场的时机似乎不佳。1988年年末，全国的市场状况不好，营养品市场更是出现了很大的萎缩，不少名重一时的热销营养品，摆在商品的陈列柜里无人问津。

可宗庆后知道这些后，没有一丝担忧，他深知整个营养品市场以中老年为对象，因受大环境、大气候影响，也因自身的过多、过滥而出现了颓势，但儿童营养品市场方兴未艾，有待开发，只是要大声疾呼，要先声夺人。

主意既定，宗庆后在家底薄、自己企业在银行里的全部流动资金只有十万元的情况下，孤注一掷，斥巨资二十万元，在电视等新闻媒体做广告。其电视广告的广告词就是我们耳熟能详的"妈妈，我要喝"！

第一轮广告冲击波带来的是第一个销售高潮，娃哈哈很快占领了杭州市场，然后扩展延伸至浙江省的地、市、县、镇，再延伸至上海、南京、江西……在全国各地刮起了一阵又一阵的销售热潮。

1991年年底，宗庆后的第二个拳头产品娃哈哈果奶上市。宗庆后同意市场部的意见，采用全新的营销策略，以在报上登广告，凭剪报每券免费赠饮一瓶娃哈哈果奶的促销活动，在新产品入市之前就造成了巨大的轰动效应，再次在全国各地掀起了购买热潮。

就这样，在三年左右的时间里，由于宗庆后的经营有方、促销有术，企业的产品迅速遍布全国二十余个省市，娃哈哈厂无论是产值还是利润均以翻一番、翻两番的速度跃进着。其效率与速度，不要说在全国70多万家校办企业中绝无仅有，在工业基础雄厚的杭州亦是独占鳌头。

1991年9月,娃哈哈"小鱼吃大鱼",有偿兼并了厂房规模、员工数量大于本身几十倍、有三十多年历史的原国家罐头生产骨干企业之一的杭州罐头食品厂,并经宗庆后三个月的潜心攻关,使之扭亏为盈,从而使兼并后组建的娃哈哈集团公司完成当年产值2.55亿元,一举跻身全国500强行列,企业发展从此跃上了一个新的台阶。

风波迭起,民族品牌在动态的经济环境中不断调整自己,顺势应变,演绎又一段精彩。

世间的事总是这样,成功中孕育着危机,顺境中埋藏着隐患。正当娃哈哈产品得奖、销势旺盛、效益翻番时,一股暗流悄悄地向它袭来……

在进入上海、北京两大市场的过程中,因为儿童营养液在当地还是空白,没有竞争对手,宗庆后没有遇到太大的麻烦。可进军广州时,情况就完全两样了。因为当地已有一种声名很响、席卷大半个中国、老少咸宜的营养液。

当娃哈哈通过羊城的传播媒体发出了第一轮冲击波后,广州的一些报纸上便出现了一种针对性强、设计独特的广告,那些广告以关怀孩子的口吻,劝告家长"选择营养液要慎之又慎",并故作善意地提醒:一、钙铁强化剂不适用于南方儿童;二、用安瓿瓶装的营养液,服用时有可能服入玻璃片,后果……好在广州市民对商战文字已司空见惯,再加上娃哈哈采用了示弱姿态,不予反击,反而赢得了舆论界的广泛同情与支持,儿童营养液旺势不减。

可实力雄厚的广州某大企业不甘本土市场被占。经过精心策划,决定以牙还牙,组织强大兵团突袭娃哈哈大本营。他们以开新闻发布会、在党报做大版面广告等形式,大肆宣传自己的产品,将产品功效写得神乎其神。可是弄巧成拙,他们的夸大其词引起了工商部门、药政、教委的质疑,杭州的有关职能部门出面干预,最后得出结论:广告用语夸大失实,应予查处。这种干预见诸报端,将广告效应拦腰狠揍一棍,胜券在握的该公司狠狠滑了一跤,只得鸣金收兵,向娃哈哈妥协。宗庆后便以"冤家宜解不宜结"的博大胸襟跟他们取得了和解。

一波未平一波又起。

1992年3月,娃哈哈果奶初登金陵,慕者如云。5月,熏风又度秦淮河,娃哈哈果奶经销单位炙手可热,每天的销量高达70万瓶!

可就在这时,6月5日,一个极为平常的日子,南京一家报纸突然刊载了一则消息,报道当地某职能部门宣布娃哈哈果奶为不合格产品,禁止出售,若有单位和个人擅自批发销售,予以没收并重罚。

消息一出,各家报纸纷纷转载,娃哈哈一时销量大跌。

宗庆后觉得很冤,娃哈哈果奶经企业所在地省级卫生部门及标准技术监督部门审定,不仅有创新,有突破,且质量可靠,贮存期长,卫生指标符合国家标准,怎么可能会是不合格产品呢?他便火速向浙江省有关部门报告。

浙江省标准计量局具文请示国家技术监督局与卫生部。

国家技术监督局和卫生部卫生监督司专门发文:"在对新产品进行调查论证前,同意娃哈哈果奶继续生产销售。"

但南京市某部门曲解卫生部门原意,竟要求娃哈哈果奶马上改换新标签。

宗庆后忍无可忍，亲自赴宁与南京市有关职能部门交涉。

这是一轮艰难而几乎不可理喻的谈判。宗庆后尽管被对方手中的权力逼到了极为被动的境地，但依然宁折不弯："娃哈哈果奶从生产到销售，所有合法手续，无一不备。你们身为执法部门的官员不负责任地做出处罚，做法显然不妥。应该公开向消费者说明真相，为娃哈哈果奶正名。"

然而，对方寸步不让，强调自己是按国家标准来检验查处的。

谈判失败，宗庆后愤然返杭。

这时，娃哈哈的遭遇引起了杭州市委、市政府的充分关注，市委书记与市长商议后，派出一个由副市长带领的学习协商团去南京协商。

可让人意想不到的是，协商结果竟是南京以市卫生局的名义在《南京日报》上刊登了一则通告，同意娃哈哈果奶继续在南京市场销售，但必须在8月15日后使用新的标签和说明书。

这无疑给继续销售娃哈哈果奶设置了新的障碍。娃哈哈市场部经理小孙看到刊载通告的《南京日报》，悲愤欲绝，一时意气消沉服药自杀。后幸亏抢救及时，才未酿成悲剧。

宗庆后见南京方面如此不择手段，如此背信弃义，不禁拍案而起，他决意让真相大白于天下！他相信人类的良知不会完全泯灭，人心自有公论！在新闻发布会上，他如实讲述了南京受挫的前后经过，毫不掩饰企业目前面临窘迫的处境及自己激愤的心情。

来自中央和省市的记者闻讯哗然，他们不约而同来到石头城下，冲破阻力以自己的方式为娃哈哈果奶鸣不平，为娃哈哈果奶正名。

7月下旬，经受了血火洗礼的娃哈哈果奶终于重新出现在南京市各大商场里……

凭借无数次商战中积累的不容置疑的竞争力，焕发出这一民族品牌挑战世界的信心和决心。宗庆后扛定这面民族大旗了！

往事不堪回首，风波过后，由宗庆后掌舵的娃哈哈集团公司有了新的发展。

娃哈哈集团公司自20世纪80年代末推出娃哈哈儿童营养液之后，相继推出了"娃哈哈果奶""银耳燕窝""营养八宝粥""平安感冒液""清凉露""娃哈哈纯净水""AD钙奶""第二代AD钙奶"等新产品。

1998年，卓有远见的宗庆后意识到可乐在中国大有市场，便设想推出中国饮料界自己的可乐。

可他的想法一出台，便遭到了一些人的好言劝阻。

"你还搞什么可乐?! 中国不是有过'天府''幸福''黄山''昌宁'等大大小小品牌的可乐，可结果呢？短短几年内还不是在可口可乐、百事可乐所构筑的收购、兼并、联合风潮中一一败下阵来？你搞得过人家吗？"

面对那些劝阻，一向做事果断的宗庆后不由得犹豫了，可口可乐、百事可乐在全世界的市场占有率相当可观且资金雄厚，自己能竞争得过它们吗？会不会重蹈"天府""幸福""黄山""昌宁"的覆辙呢？

可宗庆后毕竟是宗庆后，他认准要走的路不会就此罢休！他认真地分析了第一代可乐失败的原因。终于，他明白了它们失败的原因：一，它们太标新立异了，在口味上与可口可乐相差太远，人家认为它们不是真可乐，无法接受；二，当时生产可乐的企业跟如今自己的企业不同，当年他们是"小米加步枪"，缺乏设备、技术和资金。

明白了第一代可乐失败的原因，宗庆后的胆子开始壮起来，他决意将头脑中的想法付诸现实……

1998年8月，一种名为"娃哈哈非常可乐"的饮料面世了。与此同时，非常柠檬、非常苹果、非常甜橙、非常冰茶等四种非常系列产品一并面世。

可随着娃哈哈非常可乐的面世，社会上便流传开了一种说法，"非常可乐非死不可"！

这种说法虽然是对"非常可乐"的轻视，但不是没有道理。非常可乐要叫板洋可乐，确实不啻鸡蛋碰石头！可口可乐、百事可乐有上百年历史，不仅市场占有率高，且年产量远远高于非常可乐！两者相差实在太远了！

但宗庆后没有杞人忧天。他相信自己的可乐不会像中国第一代可乐那般全军覆没，他相信自己的可乐一定会被消费者接受！

果真如宗庆后所料，非常可乐一面市，因为其口味跟可口可乐极为相近，若不看标签，消费者几乎无法分辨它是非常可乐还是可口可乐，且每瓶的价格比起可口可乐来便宜五到六毛钱，便很快被消费者接受了，在全国各地掀起了购买热潮，市场缺口一直保持在几百万箱，成了娃哈哈公司新的经济增长点。

采访宗庆后时，我们问他当初为何冒那么大风险，执意推出非常可乐？

宗庆后深有感触地说:"没有竞争就没有压力,通过竞争,能不断促使企业更加进步。再说,外国可乐侵入中国市场,把我们的民族饮料都挤垮了,我们中国饮料界应该有自己的可乐,这样至少能为我们民族工业争口气!这也是一种责任感。"

走过一段艰难的历程,娃哈哈集团公司迎来了创业历程中的辉煌岁月。

目前,它已由一家连创办人宗庆后只有三人、开办费只有四万元的校办企业经销部,发展成为在全国八省市建有二十三家控股及全资子公司的全国最大饮料企业。

娃哈哈的目标人群也不再限于儿童,早已向高、中、低三个消费层面和老、壮、幼三个年龄段的消费者全方位展开;产品市场也已走出本地,走出本省,走向包括美国、日本、韩国、香港和东南亚在内的十几个国家和地区。

"娃哈哈"成功了!

宗庆后成功了,一顶顶桂冠接踵而至,"全国劳模""五一劳动奖章获得者""中国经营大师"……

但成功给宗庆后带来的不仅仅是喜悦,成功面前,宗庆后显得更加自信,也更清醒,他没有满足,更没有故步自封,他认为,成功只是平庸之辈大功告成的终点,对一些有志之士而言,则是继续攀登的阶梯,宗庆后构思着新的宏伟蓝图。

今后的几年,将大力实施在销售重地兴建分厂,目标是在每个省均设立一家分厂;加大投资力度,进一步将可乐产品做大,真正使"娃哈哈非常可乐"成为能与"二乐"——可口可乐、百事可乐全面抗衡的民族可乐;1998年公司经济效益在全国企业中排名第四十五位，今后争取跃进到第二十位；通过努力使娃哈哈饮料销售收入能够冲上一百亿，奠定强有力的基础，进一步到世界大舞台上去亮亮相，争创驰名国际的民族饮料品牌。

  这是一条漫长而充满艰辛的路。但是，路再长，宗庆后都会坚定不移地走下去，因此我们相信，娃哈哈跻身国际驰名企业的行列将为时不远！宗庆后为中华民族在 21 世纪的腾飞打出的民族品牌大旗将迎风招展！

马云:新时代的"阿里巴巴"

阿里巴巴(Alibaba)历经短短一年的艰苦创业,一跃而成为世界上最大的网上贸易市场,品牌价值以每日一百万元人民币的速度递增。

它好像是一个神话。然而,在这个神话的背后蕴含着总裁马云鲜为人知的人生旅程:黑五类的出身——两次高考落榜——顶压辞职——败走杭城——重整旗鼓……

这所有的一切无不向我们昭示:成功,需要重压下的勇敢!

当我们到达阿里巴巴杭州研发基地采访时,看见一位三十来岁的年轻人在公司过道一闪而过,他矮个,精瘦,穿着与公司环境很不协调,甚至有点土。这是一位极不显眼的人,如果不是后来公司职员引荐,我们绝对不会相信他就是我们这次的采访对象——在媒体及互联网业内人士眼中举足轻重、被海外媒体誉为"中国大陆互联网商业之父"的马云!

正是他,让《时代周刊》《商业周刊》等海外著名媒体不惜通过外交部、外办关系追逐报道;正是他,以平民身份多次出席世界经济论坛、哈佛讲坛,这在国内企业界是绝无仅有的;也正是他,

第二辑

率领自己的团队在短短一年多的时间里，创造了世界上最大的网上交易市场——阿里巴巴（Alibaba.com）。

无疑，这是一位传奇式的人物！

那个年代，生不逢时的人很多，"狗崽子"的封号不计其数，沉沦者有之、迷茫者有之……可就有人在困境中积淀爆发的力量。

马云，1965年出生于杭州，他生不逢时，因为祖父当过旧社会的保长，他便被扣了一顶"狗崽子"的高帽。这一顶如今看似骂人的"帽子"，在那个唯成分论的年代里，不啻孙悟空头上的紧箍咒，一旦扣上了，就意味着受人蔑视、压制和打击！

马云的小学就读于杭州中北二小，成绩非常优异，但老师并未因此而赏识他，由于他出身"黑五类"，老师总将他视为异类，动辄挖苦和嘲弄。让马云刻骨铭心的是，有一个学期，他班新调来一位班主任，那位班主任得知马云的祖父当过保长，排座位时特意将又矮又小的马云安排到靠墙的末排。马云被同学的后脑壳挡着看不到黑板上的字，要求班主任将自己调前几位，班主任冷冷地横了他一眼，不无讥讽地奚落道："如今是社会主义社会，不是你爷爷当保长的那个时代，由你们这些狗崽子说了算。现在能让你们这些狗崽子读书已经很不错了，不要再痴心妄想坐前面来！"班主任的话让马云深感屈辱。

在重压之下，唯一能让马云深感快乐的是跟同学们在一起，因为只有这样，才可远离大人间的尔虞我诈、你争我夺，才可免遭父亲的殴打和老师的讥讽，才可抛开一切屈辱和苦痛。友情成了治愈马云心灵创伤的良药！

谈起那段往事，马云深有感触地说："从小到现在对我来说，在这个世界上最重要的不是金钱、权力,是友情、真情!"

面对苦难,年幼的马云没有一蹶不振,相反他更加努力学习。到小学毕业时,他以全校第一的优异成绩被评为学习标兵,体现了他勇于进取、不甘落后的个性。

通向成功的道路由许多基石铺就,那些基石在一个人未成功前往往为人们所忽视,可一旦成功了,其价值便源源不断地凸现出来。迷上英语,是马云成功路上不可或缺的基石之一。

马云在中学阶段,数学成绩一直很差,但英语成绩总是名列前茅。马云自己也说不清,他进入初中一接触到英语,便义无反顾地迷上了它,起早贪黑背诵英语单词的架势很有些疯狂的味道。

那时,在西湖边上,几乎每天清晨或者傍晚,游人总能看到一位十五六岁的矮个少年捧着一本英语教科书埋头诵读,他就是马云。记得有一天,马云像往常一样,在西湖边上边走边背诵英文。那次,他正在背一篇题为《雨》的英文,由于找不到感觉,背了好长时间还是记不住。这时,天空下起了蒙蒙细雨。马云就自然而然产生了那种感觉,思路变得清晰起来。他不去理会那雨,仍在草地上游走着、背诵着。匆匆而过的行人见了他这副模样,还以为是一个疯子呢,不约而同地向他投来了怪异的目光。就这样,整整八年,几乎每天清晨和傍晚,马云都在西湖边诵读英文,常去逛西湖的游人和西湖附近的住户都认识他,亲切地叫他"小书痴"。

通过学习英语,马云达到了一定的境界,无形中接受了西方思潮,为他日后以"东方的智慧,西方的运作,全球的大市场"的经营理念运营公司打下了基础。

古语曰:祸兮,福之所倚。出身不好使马云备受社会的欺压,一种"不出人头地绝不罢休"的想法深深铭刻在他脑海里,这为他日后几次毅然放弃安逸生活,挑战命运、挑战自我,最终走向成功埋下了伏笔。同时,也使他能够坦然看待挫折和经受生活的磨炼。

人的命天注定?不然!有思想的人总是给自己的命运不断选定参照物,或远,或近,然后再用全部的力量和智慧为之付出、为之奋斗。

然而,生活犹如钱塘江水,潮起潮落,总不会一帆风顺。马云就读中学的毕业班因教育质量差,学生在高考中纷纷落马,全军覆没,马云也未能幸免。他虽然英语考了当时全校最高分,但令他谈虎色变的数学却考了全校最低分。那一次,马云的数学只考了一分。

高考落榜后,马云没有像有些学生那样生活在落第的阴影里,务实的他很快在《东海》《江南》杂志社找了一份临时工,主要工作是将杂志打成包,然后送向杭城各发行点。踏着三轮车整天在杭城满街跑,这对于身单力薄、个子矮小的马云来说,无疑是一种苦役。可马云并不觉得苦,他挣脱了长期受某些老师和同学歧视的枷锁,每月还能攒下三十五元工资。

如果不是因为著名作家路遥的小说《人生》,马云也许会这样安逸地生活下去,最终成为一个平凡的人;如果不是因为著名作家路遥的小说《人生》,马云肯定不是今天的马云,或许还在《东海》《江南》杂志社当临时工。生活总是充满许多"偶然",也恰恰是这些"偶然",才有了今天的"必然"!

马云接触路遥的《人生》纯属偶然。1983年初,马云坐火车外出,他邻座的一位中年男子正看着一本厚厚的书。也许是旅途劳顿，那男子不知不觉睡着了，手上的书便顺势掉落在地上。一旁的马云见状，很自然地弯腰将它捡了起来。那是一本路遥的小说集，出于无聊，他心不在焉地翻了几页。然而出乎意料的是，一篇题为《人生》的中篇小说像一块磁铁深深地吸引了他，于是他埋头认认真真地读起来。五分钟过去了，十分钟过去了……马云读完了小说，此时的心却被文中主人公高加林那几次落榜但永不放弃的顽强精神深深地震撼了！他的心头充满了惭愧，为自己的不思进取，为自己的安于现状！他抬起头望着车窗外纷纷倒退的树木，紧咬着嘴唇想：我怎么能后退呢？我不能再这样浑浑噩噩地过下去，我要重考大学。

可是马云一提出再次报考的想法，便遭到了父母的一致反对，他们觉得儿子的想法有些不可思议。是的，在他们看来，儿子的工作尽管苦些，但毕竟是有了收入。这样干上几年，积蓄点钱，找个老婆成个家，生活已经蛮不错了，还折腾什么呢？于是，二老苦口婆心地劝马云放弃那个想法。

面对父母的劝阻，马云十分无奈，心里充塞着不被理解的酸楚。夜里，他躺在床上思忖着要不要放弃报考。这时，他想到了路遥的小说《人生》，想到了锲而不舍的高加林，于是暗暗告诫自己：不能放弃！自己绝对不能放弃！第二天清晨，他一起床就动情地对父母说："爸、妈，我想了一夜，还是决定再去考大学。说实话，以前我也跟你们想的一样，可有篇小说告诉我，不应该那样生活，作为一个男人应该有自己的抱负。我知道我去读书会增加家里的负担，可我还是希望你们能理解我、支持我，否则我会遗憾一辈子的……"

马云的肺腑之言最终说动了父母，他如愿以偿地去复读了。

目标，对每个人来说既是虚拟的，又是现实的。只有甘于苦志劳筋的人，才有战胜失败的决心。

再进校园的马云，深知这次机会的来之不易，学习非常努力。

俗话说：一分耕耘，一分收获。但生活中有时耕耘了不一定能取得收获。苦读了半年多的马云在那年的高考中再次落下马来，导致他"落马"的还是那门该死的数学——他只考了十九分。

认准了的路，不管前方何等坎坷和曲折，都要坚持不懈地走下去。再次落榜的马云没有气馁、退缩，他决定再考。

可正在这时，马云的数学老师泼了马云一盆"冷水"。他规劝马云："你英语学得确实不错，可就是不是学数学的料。数学学不好，分数上不去，考上大学的希望就渺茫。依我之见，你也不一定要上大学，条条大路通罗马嘛！"

在一般人看来，这是一种好心的规劝。可马云并不这样认为，他觉得这是一次对他能力的彻底否认！那一刻，马云没有做任何反驳，甚至没有说一个字，但在心里，他高声呐喊着："我不信自己不是学数学的料！我一定要考出好分数来，让你瞧瞧！我一定要考上大学！"

马云进入了又一轮的苦读。

马云家里条件极差，特别是住房很小，一家五口住着，除了摆下一张饭桌，几乎不存在多少空间。说起来让人难以置信，马云在家里竟连一张书桌都没有！鉴于这样的条件，马云每天一放学，就心急火燎地往图书馆跑，去自修室抢座位。因为去晚了会没位置。由于马云是自修室的"常客"，时至今日，相隔十多年了，杭州图书馆和浙江图书馆一些工作人员提起马云来依旧记忆犹新,他们总会脱口而出:"是那个小个子吧!他总是第一个来自修室,最后一个离开,那劲头实在让人感动!"

追叙那段日子时,马云还向我们讲了一件他在自修室过夜的往事。

那是1983年的一个冬夜,马云像以往一样抢占自修室的一个角落埋头苦读。或许是他太专注,或许是那天的工作人员太大意,他竟被关在了里面。那次,马云忍着寒冷在自修室里哆嗦着度过了一夜。

那次复读,马云重点攻读数学。那时,数学几乎占据了马云的整个生活!马云清晰地记得有天夜里,家里人都睡了,只有他还醒着,躺在床上还在想那道几何题。那是一道难题,他已花了很长时间,可它依然像谜一样使马云一筹莫展。但马云没有就此罢休。这时,一个新的思路悄然萌发,马云循着思考下去,竟然解出来了!马云兴奋极了,忘乎所以地高声叫起来:"出来了!出来了!"家人被吵醒,以为什么东西出来了,一问才知道是他解出了道数学题。马云的这次举动后来成了全家人的笑谈。

有志者事竟成!那年高考,马云的数学考了八十九分,这是一次多大的飞跃啊!也就在这一年,马云如愿考上了杭州师范学院英语系。

回忆那段经历,马云意味深长地总结道:"最大的失败是放弃,最大的敌人是自己。"

一个不安分的人,他绝不会安然地生活,他无时不在寻找属于自己的人生道路。只要能体现个人价值,哪怕是荆棘密布、险象环生，他也会无怨无悔地走下去。

考上了大学，生活向马云掀开了崭新的一页。但马云没有自满，他觉得考上大学只不过是开了个头，今后要走的路还很长、很长……

当时，在一些人眼里，进了大学意味着大功告成了！许多同学进大学不久，有的开始混日子，有的干脆还谈起了恋爱。马云有异于他们的举动引起了一些同学的不解，各种非议接踵而至。

"进了大学还这样用功，又不是高中时代，真是傻帽一个！"

"老兄，不要跟自己过意不去了！难道你在高中还没苦够！"

……

对此，马云笑而不语。

苦心人，天不负。大学四年，马云的成绩在系里是最好的。后来，他作为全校最优秀的毕业生被分配到杭州电子工学院当英语教师。在同届的毕业生中，马云是唯一一个分配进大学的，其他的同学大都被分配进中学，有的甚至去小学执教。

作为学生，马云成绩优秀；做了老师，马云同样出类拔萃。在杭州电子工业学院执教英文时，马云摒弃课堂上死板的一套，以自己的实践经验教学生怎样学英语。他那种别出心裁的教法调动了学生学习英语的兴趣，取得了良好的效果，他执教的班级英语成绩每次都遥遥领先。鉴于他的成绩，他被评为浙江省高校十大杰出青年教师。

马云得到了一些青年教师梦寐以求的荣誉，照理他该知足了，可他没有！毋庸讳言，马云是一个不安分的人，他不甘于这样安然地生活下去，他在急切地寻找一条属于自己的新路。哪怕是荆棘密布、乱石丛生，只要能最大限度地体现自己的人生价值，马云都会无怨无悔地走下去！

终于，马云以敏锐而超前的目光找到了一条新路——做互联网。经他认真分析，中国在发展互联网上有极大的远景。搞互联网只需三个要素：四平方米的场地、一台电脑、一个人足矣。四平方米地价在美国是一千美金，在中国只要一百美金；一台电脑在美国是两千美金，而在中国两千美金可以买非常好的电脑；美国本科生的年薪是五万美元，这笔钱在中国可以请到十个优秀的研究生。在中国做一个这样的网络，跟美国收费一样，但成本要低得多。由此可见，做互联网在发达国家是一种挑战，而在中国无疑是一个机遇！

这种构想一经产生，马云兴奋得彻夜难眠，他似乎看到成功在向他招手。

主意已定，马云即提出辞职。

校领导被马云这突如其来之举搞懵了！他迷惑地盯着马云，惊讶地说："马老师，你不是在开玩笑吧？"

"我不是开玩笑。"马云望着一向器重自己的领导，郑重地说。

领导更迷惑了："你书教得好好的，为什么突然间要辞职？是不是学校委屈了你？"

"不，不是的！"马云忙说，"学校对我很好，我是想趁自己现在还年轻，出去闯闯！"

……

解释了整整一个上午，领导执意挽留，沉默了良久："马老师，你这种想法没错，年轻人应当出去闯闯，可外面不是那么容易闯的，你要三思而后行呀！再说，学校确实也舍不得你！"

面对领导真诚的挽留，马云被深深地感动了，但是互联网不等人，他还是执意提出了辞职，因为他明白，鱼与熊掌不可兼得。

校方同意马云辞职的消息传开，无异于在学校扔下了一个重磅炸弹。对此，马云坦然道："当初扔掉铁饭碗，搞不被人理解和看重的互联网，明白失败对自己意味着什么。"

时至今日，人们看到的只是阿里巴巴的辉煌，已经无法真切体会马云当年所承担的巨大的精神压力了！

当一个人以他充沛的精力、热情和智慧专注于自己的事业时，光有微笑和呵护是不够的，现实中的客观条件绝不会放弃无情的锻打。因为有了新的起点，才有难以割舍的创造。

马云涉足互联网完全是一种偶然。

1995年年初，浙江省政府请马云为一个美国高速公路在中国的投资项目担任翻译和顾问。他在西雅图的一家公司做研究时，发现互联网内有关中国的资料十分稀少。他就想把中国企业的资料放上去，看看会怎样。

他请人给杭州海博翻译社做了一个网页。网页十分简单，只有文字，说明海博翻译社拥有多少名翻译员，价格如何，等等。上午9点半，他在西雅图把网页发布出去，中午12点就收到了四封邮件。

"哇，真有效果！"马云现在谈起来，还流露着兴奋的神气。

"这就是我想要的。"他和网页设计者签了合约，要把中国的企业资料放到网页上去向全世界发布。但价钱很贵。他要在国内向企业收钱，并把企业的资料集中起来，快递到美国，由设计者把网页设计好后向全世界公布。

回国以后，他找了二十四位朋友到自己家里，跟他们说："哎，我要做这么个东西。"接着便给他们讲互联网。但其实他自己也不懂，越说越糊涂。朋友们都很吃惊：你放着老师不当，去玩这个东西？当时有二十三人反对，只有一个人说，如果你有兴趣的话，你可以试一下。他说，好，那就干了。

朋友们对他说，你对计算机一窍不通怎么去搞这个东西呢？他就去找了一个学自动化的"拍档"，加上他的妻子，一共三个人，用两三万块钱租了一个房间，再借了点钱，就开始了。交了房租后，他只剩下两百元钱，只好把家里的家具都搬到办公室里去。这就是马云的第一家互联网公司——海博网络。

他天天出去跟人家讲互联网的商业作用，请他们同意付钱并把企业的资料放在互联网上。一些人把他当作骗子，因为那时中国根本就没有互联网。他就来了个"兔子先吃窝边草"，把朋友们的公司寄出去，免费给他们放在互联网上。嘿，果然很有效！杭州望湖宾馆、杭州电视机二厂，还有一个律师事务所，都收到外国电话或传真，都是客户查阅了他们的网页后发出的。

马云高兴极了，"还真有戏"！

直至1995年7月，上海首先开通了44K专线，但当时杭州市还没有专线。为了证明他并没有骗大家，马云找来一台486电脑，把电视台的记者请来，将电视摄像机对准这台电脑，然后从杭州拨长途电话到上海连接互联网，再通过互联网把望湖宾馆的照片和资料从美国传过来。结果花了三个半小时！望湖宾馆的照片终于出来了！虽然资料下载的时间长得可怕，但至少证明他没有骗人。

随后，马云在全国二十七个城市一个一个地开拓业务。但大部分城市都没有互联网专线。同样是资金不足，同样是在当地被人当成骗子，但马云他们还是过来了。马云就像疯了一样，天天跟人"侃"互联网，说服客户，说服记者。业务就这样艰难地开展起来了。

有一家企业，马云连跑了五趟，游说他们做网页。可那位老总总是怀疑电子商务是一种骗人的把戏，不同意。为说服那位老总，马云收集了很多有关电子商务的资料，耐心地向他讲解电子商务是一种新型的商业模式，它有着比其他媒介更为广泛的宣传效应。但讲解了大半天，那位老总还是半信半疑。面对这块难啃的"骨头"，马云没有放弃，他向那位老总索取了部分企业资料，走了。几天后，马云带着一台便携式电脑再次来到了那家企业。那位老总看着电脑演示的试制的关于自己企业的网页，听着马云井井有条的讲解，彻底信服了，他终于同意了马云的方案。

马云就这样以他的极大的精力、热情和智慧，使"中国黄页"承受住了暴风雨的洗礼：它成功地发布了浙江省"金鸽工程"、上海电视节、无锡小天鹅、北京国安足球俱乐部等中国第一批互联网主页。马云以"敢为人先"的精神，在中国宣传互联网知识及应用，为互联网商务应用打下了扎实的基础，同时也确定了马云"中国互联网商业运用先驱"的地位。

"中国黄页"成功了。正当马云在杭州做网络得心应手、春风得意时，"瀛海威"进来了，"东方网景"进来了，他们携着大量的外资，实力非常雄厚。马云开始忐忑不安，由于资金的原因，他深知自己绝非他们的对手，若跟他们对仗，惨败的肯定是自己！为了保存实力，东山再起，他决意去"修炼"。

1997年年底，马云率团队离开杭城远赴北京。火车启动的那一瞬间，马云面对着熟悉的杭城，一种无奈和失落袭上了心头，他伤心地回过头来，但一看到他那群朝气蓬勃的"拼命三郎"组成的团队，一种自信油然而生："杭城你等着，我会回来的！我一定会回来的！"

加盟外经贸部中国国际电子商务中心后，马云和他的团队成功运作了该中心辖下的国富通信息技术发展有限公司，在不到一年的时间内开发了外经贸部官方站点、网上中国商品交易市场、网上中国技术出口交易会、中国招商、网上广交会和中国外经贸等一系列站点。其中的外经贸站点是国内部委中最早上网的政府站点，也是1999年中国"政府上网工程"的推荐优秀站点；网上中国商品交易市场是中国政府首次组织的互联网上的大型电子商务实践，被当时的外经贸部部长誉为"永不落幕的交易会"。同时，马云还与"雅虎"杨致远合作，使国富通成了雅虎在中国的独家广告代理。

人生历程中，都有一个辉煌的点在闪。倔强的人总是把每个辉煌看成前行的皮鞭。

当马云的事业如日中天时，他又有了一次惊人之举：率团队南下杭州。当时有许多人不理解，但他们都不清楚这是马云立下的誓言。为了这个誓言，他婉言谢绝了雅虎请他去做新闻的邀请。他要在杭州重整旗鼓！

他对他的团队伙伴说："我要回杭州办一家公司，从头开始。到底做什么，我也只是一个想法。到底会不会成功，我也不知道。如果你们愿意跟我去，我很高兴，如果你们想去雅虎、新浪，我都会给你们介绍。"

马云还告诫道："回去的月工资只有五百元人民币，公司不允许打的,办公室就在我家,可以给大家三天时间考虑。"但五分钟后,伙伴们对马云说:"我们一起回杭州。"

1999年3月10日,马云终于掀开了他事业中最为精彩的一页:正式在一间民房里启动由他创办、后来成为全球最大网上贸易市场的网站——阿里巴巴网站(Alibaba.com)。

关于这个域名的起源,马云和他的伙伴们调研了亚洲、欧洲、美洲等三大洲的二十多个国家,最后发现,世界大多数国家绝大部分人都知道"阿里巴巴"这个名词,且容易记忆,英汉发音、构词一致,而且它还暗示着一句口诀:Alibaba,为商人打开经商之门。

宣告启动的那一刻,个子矮小的马云宛如当初伫立在阿尔卑斯山上的拿破仑,面露庄严之色,豪气十足地宣称:我一定要做出世界上最好的网站!

要做出世界上最好的网站,定位是关键。

1999年4月24日,马云召集全体员工召开了一次非同寻常的会议。

会上,通过全体员工的争辩和论证,甚至有些过激的"针尖对麦芒"式的言语"对仗",一贯从善如流的马云变得有些"武断",他斩钉截铁地说:"别争了,就上B-to-B模式!"

接下来的日子里,马云率领他的团队在那间普通民房里忙活开了,他们没日没夜地干,没有星期天,一天工作16—18个小时。

付出总有回报。由马云掌舵的阿里巴巴在不跟任何媒体、任何同行见面、没花一分钱做广告的情况下,不到一年的时间内就汇聚了遍布全球187个国家和地区的15万家用户,每天的买卖信息达1000—1200条,注册商家75000个,而且每天增加500—800家,实现了他"东方的智慧，西方的运作，全球的大市场"的构想。

阿里巴巴这种为商人与商人之间实现电子商务的服务很快引起一些风险投资者的关注，使它成了风险基金追逐的对象，一些风险投资家自己写好商业计划纷纷找上门来，要求给阿里巴巴投资。

对此，马云没有来者不拒，他要寻求一支最佳的投资队伍。他谢绝了三十八家风险投资机构，有选择地挑选了高盛等五家世界著名风险投资机构作为第一轮投资商，一次融资五百万美元，创造了一个网站一分收入没有而每日品牌增值一百万元人民币的奇迹。2000年1月18日，阿里巴巴又获全球首屈一指的互联网投资者软库的两千万美元的投资。

鉴于阿里巴巴的传奇经历，国内外众多的新闻媒体对其进行了追踪报道：

> 企业家马云正努力建设的这家公司，极有潜力成为全球经营企业间（B-to-B）电子商务的巨擘。……它看上去跟西方的站点一样专业。
>
> ——新加坡《南华早报》1999年8月31日
>
> 我国建起了全球最大的网上贸易市场——阿里巴巴网站。
>
> ——新华社1999年11月18日
>
> 马云和他的团队一直以来在互联网商务领域的富有创意的概念和作品，丰富了全球和中国商人的商业内容和行为，并在本世纪末为全球商人贡献了一款经典站点：阿里巴巴（Alibaba.com）。
>
> ——《互联周刊》2000年3月13日

……

第二辑

荣膺《商业周刊》评定的"影响全球电子商务二十五人"之一的软库主席兼行政总裁孙正义视阿里巴巴为中国第一个本土成长起来的互联网产业国际品牌，他评价道："阿里巴巴是来自中国的最具震撼性的互联网成功典范之一，其强大有效的营运模式和优秀的管理人才，已令公司在市场中成为企业与企业间（B-to-B）贸易的先导。"

在媒体及互联网业内人士的眼中，马云成了举足轻重的人物，《时代周刊》《商业周刊》等海外著名媒体也不惜通过外交部、外办对其进行追逐、报道；海外媒体将他誉为"中国大陆互联网商业之父"。

对一个人来说，荣誉显然是成功的标志，然而成功的背后更有特别能战斗的集体，不可多得的团队精神。

面对如潮的掌声，马云没有居功自傲，他谦逊而动情地说："成绩是我的团队创造的，荣誉应该属于他们。"显然，在他心目中最为重要的并非荣誉，也不是赢得世界关注的网站，而是他的团队。马云曾自豪地宣称，现在全世界有一百四十多个网络在模仿、拷贝我们，他们可以拷贝我们的封面、可以拷贝我们的结构、可以拷贝我们的图片等，但拷贝不了我们的人，我们这个团队。

的确，集聚在阿里巴巴麾下的是一批世界一流的人才。

蔡崇信——创办人之一及营运总裁，拥有耶鲁大学经济学学士及耶鲁法学院法学博士学位，曾在瑞典 Wallenberg 家庭主要投资公司 Investor AB 任副总裁，负责亚洲投资业务；担任纽约专门从事收购投资的 Rosecliff Inc. 公司副总裁。

Sanjay Varma——策略及联盟副总裁,拥有密歇根州立大学经济学学士及哥伦比亚商学院工商管理硕士学位,曾在麦肯锡公司(Mckinsey & Co.)任管理顾问,专为制造业客户提供策略性及有关供应渠道的管理服务,加盟阿里巴巴前是驻香港环球贸易机构Oriental American Jaima HK Ltd. 董事。

吴炯——技术总监,毕业于上海交通大学,曾在美国硅谷工作和生活十几年,加盟阿里巴巴前担任雅虎搜索引擎的首席设计师,有"世界搜索引擎之王"之称。

雷文超——中国总裁,毕业于中南工业大学工业自动化系,并在美国普渡大学(Purdue University)深造,获得电脑工程硕士学位,曾任广州钢铁有限公司电气工程师、美国 Cirrus Logic Inc. 资深网络工程师,加盟阿里巴巴前担任国富通信息技术发展有限公司网络营销经理,Yahoo! 广告拓展中国市场的总负责人。

吴昕——中国市场总监,毕业于上海交通大学,后赴美国深造,获得塔夫茨大学(Tufts University)经济学硕士学位,曾任美国波士顿银行金融分析师、美国 AXA 集团市场分析师,1996—1999 年在美国科尔尼管理顾问公司担任顾问,期间曾为近十家欧美"财富 500 强"企业及中国大型国有企业提供咨询策划服务。

Todd——市场副总裁,加盟阿里巴巴前担任 American express 美国运通公司副总裁

……

正是因为这批最杰出的青年精英的加盟,使阿里巴巴大大增强了高科技含量,具备了"与明天赛跑,与硅谷赛跑,与瞬息万变的互联网经济赛跑"的实力。

阿里巴巴目前已拥有英文的国际站、中文的中国站和全球华商站，总部移到了香港，并在美国硅谷、杭州等地设立了研究开发基地。

在阿里巴巴成功之际，马云深深地感受到：前天是昨天的序幕，今天是昨天的发展，可最具诱惑力的还是明天。所以他还要战斗，像犍牛般战斗。他要在五年之内让阿里巴巴跻身世界十大网站行列，并将其发展成为世界顶级站点。

在这篇文章即将完稿的时候，阿里巴巴又频频传来振奋人心的消息。

世界贸易组织前任总干事彼得·萨瑟兰日前正式出任公司顾问，为阿里巴巴在全球的业务开拓尽绵薄之力，使更多的企业从阿里巴巴的网上市场获益；

公司将全面转向网上行业市场。几个月后，每个不同行业的商人在阿里巴巴这个全球最大的商人社区都能享受到适合他们本行业特点的电子商务服务；

公司已开通国内首家探索行业入世之路的WTO频道，推出了精心设计一年之久的、为中国企业量身定造的WTO解决方案，以期起到增强企业内功的作用，帮助中国企业铺平通向WTO之路；

公司已开始在欧洲和北美展开大规模的市场推广活动，以期将世界上主要的买家和投资家吸引到阿里巴巴上来，使中国企业能够利用电子商务的先进手段，以近乎为零的成本迅速扩大市场份额；

……

采访结束时，马云给记者讲了一则寓言：山顶上有一个巨大的钻石，在通往山塔的路旁有很多小金子和小钻石。如果你带领一帮兄弟去采大钻石时,其中有人会随手多捡几个小金子或小钻石,这不是我所期望的结果。假使真的这样,这些人的负担会越来越重,就会失去爬到山顶的力气,取其小而舍其大。我要做的就是带领团队去获得大钻石。

阿里巴巴的创业理念是:永不言败!马云坦言:我要八十年的企业!

我们真为马云骄傲,他一不是名牌大学毕业,二不是计算机科班出身,可阿里巴巴网站总是走在业界最前面。

这所有的一切,使我们深信:阿里巴巴那批疯子一样的人在同样像疯子一样的马云的带领下,打开宝库大门的日子将不再遥远!

任尧森：打造一个崭新的未来

1998年春，任尧森的"出走"在中国空调界引起轩然大波。时隔一年，他的"复出"如同当初的"出走"一样，又在中国空调界掀起了一场轩然大波。

任尧森从一个普通职工到"东宝"总经理，再到如今的"森宝"总裁，过程并不漫长却错综复杂。其发展轨迹带给商界一个弥足珍贵的启迪：一个人的成功取决于其穷且弥坚、知难后勇的坚强品质！

1998年春和1999年春，在全国空调界曾分别掀起两次轩然大波。

这两次轩然大波的始作俑者都是同一个人，原因也只是他的"出走"和"复出"。

他是谁？为何他的"出走"和"复出"能在全国空调界引起如此反响？

他不是别人，他就是中国四大空调大王之一、现任中国青春宝·杭州森宝电器有限公司总裁任尧森。

今年3月，我们《中国商人》杂志一行三人驱车前往地处著名桥梁专家茅以升设计建造的钱江一桥桥堍的杭州森宝电器有限公司，进行采访。

当我们在宽大明亮的会议室里静候时，随着一阵爽朗的笑声响起，一位健康结实的中年男人从门口向我们走来。

他就是任尧森，在全国空调界掀起两次轩然大波的"空调大王"。

跟我们握手寒暄之后，任尧森在我们对面坐下。

坐在对面的他，额头宽阔，头顶微谢，一双眼睛深邃有神，浑身上下无不透出一股刚毅、自信、倔强的气息。

随着采访的不断深入，他那部厚重的人生大书逐渐在我们面前展现开来……

挫折：总是难免的

自古雄才多磨难，任尧森亦然。

任尧森1950年出生在杭州的一个资本家家庭，他的父亲给他取名"尧森"，"尧"是古代的一位贤明的君王，后泛指圣人。"森"是众多的意思，父亲取名的初衷是希望世上有众多的圣人相助，使他人生的道路好走一些，然而事与愿违，任尧森的一生注定要与苦难结缘。

任尧森小时候在杭州大狮子巷小学就读，成绩很好。值得一提的是，他对写作特别感兴趣，希望长大后当一名新闻记者，可是由于家庭成分不好，他一直被老师和同学视为异类，遭受冷落和排挤。小学五年，他的学习成绩一直名列前茅，可"三好学生"总跟他无缘,有一次,他见成绩比自己差且脏话不离口的同桌都被评上了"三好学生"却依旧没有自己的份,便再也忍不住对班主任老师说:"我成绩比××好,怎么我不能评'三好学生'。"

班主任听了,轻蔑地瞅了他一眼,冷冷地说:"××家三代贫穷,根正苗红,你家是什么?资本家!也不想想,给你书读都已经算好了,还想当'三好学生',癞蛤蟆想吃天鹅肉!"

老师的奚落引来了同学们的阵阵哄笑,任尧森幼小的心灵受到了无以名状的伤害。

这不公平的待遇使年幼的任尧森明白:自己要想被人尊重必须付出比别人多得多的努力!

初中毕业后,那场席卷全国的"文革"风暴将任尧森永远拒之于求知的门外,任尧森怀着无奈的心情服从分配,远去黑龙江建设兵团支边。在兵团,任尧森白天拼命地干活,晚上伴灯苦读。尽管"文革"剥夺了他上学的权利,但当一名新闻记者的愿望始终不灭。凭着他的勤奋和天赋,他的一些文章终于开始见诸报端。可是,那些成绩无助于他成为一名新闻记者。在那个唯成分论的时代里,出身不好的枷锁始终牢牢地套在他的头上,使他备受冷眼和排挤。当时流传着这么一句话:"龙生龙,凤生凤,老鼠的儿子会打洞。"任尧森在某些人的眼里只不过是一只会打洞的"小老鼠"而已。在兵团他永远和那些美差无缘,更不要说升级之类的了,他总被安排去干最累最脏的活,当新闻记者的理想无疑成了一个虚幻的梦。

然而事物往往有两面性。因为出身不好,任尧森在人生征途中,虽然失去了一些机遇,似乎有些惋惜,但也正因为出身不好,使他长时间生活在社会的底层,品尝了人世间的酸甜苦辣,造就了穷且弥坚、知难而后勇的坚强品质，培养了他独立生活、处事不惊的能力，还奠定了他日后宽厚待人、以诚相交，宁肯难为自己也不为难别人的博大胸襟。

"歧途"：他人惹的祸

岁月不管人世间发生了什么灾难，总是按部就班地向前推动。十年如弹指一挥，忽闻一声春雷，史无前例的"文化大革命"终于宣告完结。风华正茂、血气方刚的任尧森病退回杭州，进了一家不知名的小厂当工人。对此，任尧森告诉我们，当时他最想干的是新闻记者，可那时不像现在有自己选择道路的自由，他们的道路是上面给定好了的，只能跟着走下去。用任尧森后来的话说，当初他进厂是误入"歧途"。

然而，误入"歧途"的任尧森没有怨天尤人、消极怠工，反而以满腔热情投入到工作之中。他认为只要能将学到的知识运用在工作中，只要能为社会创造财富，委屈一下自己又有什么呢？为了更好地工作，任尧森还一直不断学习，以弥补"文革"十年造成他无缘进高等学府的遗憾。他先后阅读了大量的中外名著，广涉百家，对文学、哲学、经济无不揣摩研习，吸取精华。这为他以后凭借高超的智慧捕捉瞬息万变的商机，洞察商战的走势埋下了伏笔。

是金子就不怕被埋没，是金子总有一天会闪光。任尧森的胆识和才能终于赢得了厂领导的器重，任尧森一步一个脚印地从普通职工升到车间主任，直到升至副厂长。

第二辑

立业：好大一晴空

　　人的一生犹如万花筒，此时是傲雪迎霜的腊梅花，彼时是争春报晓的迎春花，还有那六月的荷花，九月的菊花，林林总总的花卉构成了万紫千红的世界。

　　1986年，因为工作的需要，组织上派任尧森去杭州空调器厂当厂长。

　　当时人们生活水平较低，空调对大多数家庭而言是一种奢侈品，生产的产品没有销路，厂里经济效益极差，厂长像走马灯似的换了一个又一个。组织上派任尧森当厂长前，厂长已换了三任，而厂子依旧毫无起色，完全处于停产状态。

　　职工得知任尧森要来当厂长的消息后，无不摇头冷笑道："任尧森来了又怎么样？他是神仙？能救我们厂？到时还不是像上几任厂长一样，来了又走人！要想救活咱厂，除非拉一卡车钞票进来！"亲戚朋友也纷纷劝说任尧森改变主意。

　　可任尧森并未因此而却步，这样一家厂子搞得不好也许会成为自己的"葬身之地"，自己将永无出头之日；但搞得好呢？他冷静地分析了空调器的潜在市场，认为随着经济的发展，人们生活水平不断提高，空调生产厂家大有发展前途。于是决定去搏一搏，便欣然"赴汤蹈火"了！

　　他觉得这次调任对他来说不仅是一次考验，更为自己提供了一个发展契机。

他珍惜生活赋予他的新的坐标。

他珍惜人生给予他的每一片空间。

任尧森走马上任后，为稳定职工情绪，首先使大家的思想走出低谷，着手加强领导班子建设，严格要求班子成员，并且自己率先垂范。每天清晨，他总是提前赶到单位安排一天的工作。还经常和领导班子成员一起亲临车间指导检查工作。他夜以继日地操劳，废寝忘食地奔波。

在稳定职工情绪的同时，任尧森千方百计使企业摆脱面临的困境。他经常带领业务人员去全国各地学习经营，联系业务，广交朋友；亲自参加新产品的定型、设计和生产制造。一次，他骑车去单位上班路上，突然想到国内空调产品虽多，但都有耗电量大和舒适度差的通病，便不由自主地陷入沉思：能不能利用模糊控制技术解决这些毛病呢？正想得入迷，耳边传来一阵急刹车声，他惊醒过来一看，自己的自行车已偏离人行道，险些跟一辆迎面而来的公交车相撞。

在任尧森的带领下，企业在短短的两三年内扭亏为盈并迅速崛起，到1998年这家十年前濒临倒闭的无名小厂已发展成为拥有先进的技术设备，固定资产近亿元的现代化集团企业。

有付出必有回报，任尧森由此名声大震，一顶顶桂冠接踵而至，"全国劳动模范""中国经营大师""省九届党代表""中国四大空调大王"之一。

在成绩和荣誉面前，任尧森没有满足，他觉得头上有了桂冠，相应的担子也愈重了，他又给自己提出了更高的要求，给自己的工作加重了砝码，并构思了新的宏伟蓝图。

第二辑

发展：想说爱你不容易

命运注定他的磨难并没结束，1998年春他又一次坠入命运的低谷。

随着广东、山东、四川等地家电"航空母舰"的异军突起，起步较早曾经辉煌一时的杭州家电业逐渐显出疲态，步入发展的低谷。"金鱼"洗衣机、"东宝"空调、"华美"冷柜、"西泠"冷柜、冰箱等品牌产品虽在全国市场颇有知名度，也拥有一定的市场占有率，但没有一家企业占据全国家电行业产品排行榜的第一位；没有一家企业的股票获准上市，企业融资规模受到限制；没有一家企业真正拥有国际竞争力。这一切都可以归结为四个字：没有规模。

1997年，杭州市政府在考察了山东等地后，痛定思痛，抛出了一个将二轻所属四家家电企业（"金鱼""东宝""华美""乘风"）联合重组，强强合并的方案，以期闯进全国一千家大企业集团，争取上市资格。

这充满巨大诱惑力和光明前景的方案，一抛出便赢得了浙江经济界的一片叫好，在杭州市政府的敦促下，四家企业联合的步伐加快。也就在四家企业对外宣布联合的前后，"金鱼"和"东宝"两家关于品牌问题的争吵也开始"白热化"。

1997年9月，四家企业对外正式宣布联合，取名为"杭州家电集团有限公司"，原杭州金鱼电器集团公司总经理秦吉强出任集团副董事长、总经理，任尧森出任副董事长、副总经理。两个月后，杭州家电集团正式改名为"杭州金松电器集团有限公司"。

1998年1月，在金松集团加快"品牌统一"步伐的同时，任尧森在品牌问题上与董事会吵翻了。他无法容忍"东宝"这一凝聚了"东宝人"十几年的心血市场知名度颇高的品牌一下子归属到知名度低于"东宝"的品牌之下。

任尧森说："我承认自己对'东宝'这一品牌是有感情的。但我绝不是要抱住'东宝'这个牌子不放。如果合并后做'海尔''松下'这样的品牌，我会毫不犹豫地放弃。问题是'金松'这一品牌曾经使用过，但没有成为名牌。我不想放弃'东宝'品牌，它是用上亿元的广告费堆起来的，放弃它等于在耗费巨大的无形资产，不用说别的，'东宝'的五亿多元的广告费就扔在水里了，你们不痛心，我痛心呢！"

可是面对任尧森的严词力争，董事会无动于衷，依旧我行我素，倔强的任尧森气愤极了，失望极了，向集团提出了辞呈。临走时，他痛惜地断言："你们改为'金松'一定会受到市场的严厉惩罚的！"后来的事实证明任尧森是具有远见的。

任尧森带着对"东宝"的深深依恋，离开了"金松"集团。造舆论的人四处宣传：任尧森没当上总经理负气出走了。

面对旁人的说三道四，任尧森没有做出回答，他只是苦笑着、沉默着，内心却无时无刻不涌动着一种难以名状的痛楚。是呀，俗语说人生之大不幸莫过于三：少年丧父，中年丧妻，老年丧子。可对于任尧森来说，失去自己用心血浇灌出来的产品和品牌，痛何如哉！

事后，有人如此评价任尧森：任尧森最大的缺陷是犟，如果不犟，他就不会倍受挫折；但他最大的优点也是犟，如果不犟，他就不能成为芸芸众生中的弄潮人。

对此，任尧森笑而不语。

纳贤：众人划桨开大船

任尧森离任前夕，怀着无法割舍的情缘，设晚宴跟几位要好的同事话别。可意想不到的是这一次平常得不能再平常的相聚，事后竟被集团总经理秦吉强诬称为"黑会"，并当即辞退了曾参加相聚的"东宝"总会计师。

然而，事情并未就此罢休。

任尧森离任后，叶良接替任尧森担任了"东宝"总经理。叶良由任尧森一手培养，在空调生产和营销方面经验非常丰富，且颇具开拓精神。在企业仍以老品牌过渡的那个阶段，他向任尧森虚心求教，在任尧森的关心和指点下，"东宝"的销售一直看好。至九月，"东宝"的业绩得到了从未有过的辉煌。

可就在这时，他和任尧森的那份亲密关系引起了秦吉强的强烈不满，秦吉强以"莫须有"的罪名将这位空调专家调到了他并不熟悉的冷柜生产企业"华美"当副总，这无疑是一种明显的排挤。叶良再也无法忍受，负气辞职了！

当"东宝"的一些中层干部频受排挤之时，后来担任"东新宝"总裁的任尧森向他们伸出了援助之手。

如今，任尧森任总裁的"森宝"的业务骨干有二十多人就是老

"东宝"投靠过来的,其中包括高级工程师叶良。其他还有总会计师、总工程师等,大多是过去任尧森手下的中层干部。八十多名熟练工人也是从"老东宝"投靠而来。

相较之下,由秦吉强掌舵的"金松"这艘由市政府注入九千五百多万元资金、曾一度进入"中国家电集团六强"的"航空母舰"终因秦吉强的狭隘心理导致运作不佳,产销急速下降,尚未驶出杭州湾便搁浅了。

加盟:一次"心"的追求

辞职后的任尧森,像一叶漂泊在大洋上的扁舟,不知道自己将漂向何方……

这时,上海这座海纳百川的城市向他招手了,了解他的朋友们向他招手了。正当他打点行装,像年轻时去北大荒一样,准备背井离乡去轻工部驻上海办事处供职时,一位爱才如命的知名企业家出现在了他的面前。这位企业家不是别人,正是大名鼎鼎的中国(杭州)青春宝集团董事长冯根生!他紧紧地握住了任尧森的手,以他独有的干脆劲儿说:"你别走,中国企业界谁不知道你,留下来,杭州毕竟是你的家。再说,在这里,你大有用武之地。如果你愿意,欢迎你加盟青春宝集团。"

患难见真情。敢于收留此时的任尧森,无疑是要胆识的!年过不惑、历经沧桑而未曾轻易掉过泪的硬汉子任尧森被好友冯根生的那份真诚深深地感动了,泪水模糊了他的双眼。

这以后，青春宝集团多了一位副总裁——任尧森。

对于当初冯根生为什么要挽留任尧森，事后冯根生深有感触地说："古语说得中原者得天下，如今得市场者得天下，我认为企业家是一种稀缺的资源，得人才者得天下。中原也好，市场也好，都是人才去打下来的。中国成功的企业家本来就不多，浪费不起啊！"

创新：把我的真心放在你的手心

任尧森加盟青春宝集团后，为冯根生董事长管理除药业以外的房地产、服装等二十多个公司，但管理这些陌生的行业使他感到力不从心。他的心一直牵挂着自己搞过十五年的空调。是呀，他这个曾名誉海内的中国空调王怎么能割舍他对空调的一片深情呢！空调可是他的魂呀！

正在这时，原"东宝"搞空调的一班精英，因为无法忍受"金松"的排挤，纷纷负气辞职或被辞退，变得游离不定。

面对那一班精英，任尧森心痛极了。这时正值青春宝集团想发展多种产业，任尧森便向冯根生提出了借助集团雄厚的实力及声誉创办空调企业的设想。

对此，冯根生没有轻易答应，创办空调企业，冯根生心存顾虑：药业和空调是两个迥异的行业。自己虽在中药行业滚打了五十一年，对制药已了如指掌，但对空调一窍不通。再说，从目前的格局来看，空调供过于求，企业竞争非常激烈，在这种时候涉及家电业显然是逆势而行！

任尧森见冯根生长时间沉默不语，对他的心思猜透了七八分，为了打消他的顾虑，任尧森说："我们搞空调有行业优势，再说我有十五年做空调积累的经验；有人才优势，原'东宝'下来的那批员工都是过去从事空调生产、设计、开发、质检的技术骨干；有体制优势，全新企业，没有负担，所有这一切优势都可以极大降低我们的产品成本，保证我们的产品质量。"

冯根生有些心动了，但反问了任尧森一句："你敢保证，青春宝集团创办空调企业一定能有发展前途？"

任尧森拍了拍胸脯，胸有成竹地说："我敢保证！"

这一夜，冯根生辗转反侧，一刻也没有入睡。他想：自己去搞空调，制药界不理解，家电业不理解，企业职工也不理解，我这样做值吗？转而又想：可我为什么不能搞空调呢？谁规定空调只能谁做，药品只能谁做？要是那样，不又回到计划经济年代去了？

想到这里，冯根生掐灭烟头，猛地站起来：自己虽然不懂，可任尧森懂，老"东宝"的那批精英懂呀！自己虽然没搞过，可任尧森搞过，老"东宝"的那批精英搞过呀！有任尧森这样的人才在，自己还有什么可犹豫的呢！冯根生顿时释然，拉开窗帘，这时候天已经亮了。

可是事与愿违，当青春宝集团决意创办空调企业时，上级主管部门却没有批准。正在穷途末路时，宁波接纳了任尧森，由此有了宁波东新宝电器有限公司，时为1999年。

命运又给任尧森提供了一次发展的契机。

"从沙漠中走出来的人，才懂得水的珍贵。"任尧森牢牢地握住了这次机会，全身心地投入到新的事业中去。他如一匹千里马，重新奔驰于辽阔的千里草原。

　　选址、招兵买马、安装设备、出产品、销售、售后服务……一切都进行得那么迅速而有条不紊。经过一次次风雨的侵袭，任尧森变得愈加雄健、成熟了。新公司投产不久，市场上很快就多了一种叫"东新宝"的空调，销售还挺火。平静的杭州家电业顿时波澜又起。

让步：又有一个艳阳天

　　跌倒了的任尧森没有趴下，而是又勇敢地站了起来。可是他重新奔跑时，一些绊脚石便纷至沓来。

　　"东新宝"商标的内涵是东海之滨新的青春宝集团的一个新品牌。然而正是因为这个名称，金松集团在上海、杭州两地起诉了"东新宝"公司及代理商，称"东新宝"的名称、商标和广告都存在不同程度的侵权，损害了金松集团持有的"东宝"品牌的无形资产。

　　对此，任尧森真是哭笑不得，他说："'东新宝'之名，我承认我对原'东宝'还是有感情的，我们向商标局申请'东新宝'商标受理之前，已经请教过有关部门的专家，他们的结论是不侵权。况且，'东宝'已经尘封，被打入冷宫了，怎么还会跑出来争市场？"

　　正相持不下时，冯根生出来劝阻任尧森说："无论损失多大，你得改商标，瓜田李下，避嫌为好。"

最终，任尧森考虑到打官司耗时间又耗精力，不利于企业发展，听从了冯根生的劝告，将"东新宝"更名为"森宝"，体现了他谦恭礼让的品质。

注册：故事中的故事

关于"森宝"这个品牌的注册，还有一个小插曲。

为取一个叫得响的品牌，任尧森邀请国内知名专家、经销商、分公司经理来杭州议事。四十多个品牌名称摆在桌面上，最后一致商定"森宝"这个名称不错，一则，"宝"字在空调的品牌中较为常用，客户易于接受；二则，"森"字跟日本取名相似，叫得响。因"森宝"的"森"字跟任尧森的名字有一个字相同，后来有人笑称"森宝"是任尧森的宝贝。

定下品牌名称后，任尧森即向工商部门申请注册。

意想不到的是，工商部门的工作人员告诉任尧森，"森宝"这个品牌，广西有一家濒临倒闭的个体厂家已注册登记。

任尧森一听，急了！

他千方百计打听来广西那家个体厂家的电话，连夜给他们打电话。

可是好事多磨，一连三天，任尧森都联系不上对方。

第四天，任尧森终于跟那家个体厂家联系上了。在电话里他向那位个体户说明了想法。

那位个体户一听有家企业要买自己的商标，就狮子大开口：三十万，少一分都不行。

任尧森一听说三十万元，额头上顿时沁出了冷汗。但他没有放弃，相反跟那位个体户打起了持久战。他恳求那位个体户说："我们开的只是一家小厂，刚起步，资金不足，实在没有能力支付那么高的费用，你能不能体恤一下我们的难处，帮我们一把呢？"

起初，那位个体户咬住那个价格不放，但随着时间的推移，他终于经不住任尧森的恳求，动了心，同意以三万元的价格将商标转让。到那时，任尧森吊在喉咙的心才渐渐放下来，他长长地吁了口气。

后来，又经过任尧森的一番讨价还价，那位个体户最终以2.5万的价格将商标转让给了任尧森。这个小小的插曲，充分显示了任尧森作为一名企业家不凡的节俭品质和交际才能。

成功：人生长河日正圆

在人生的征途中，只有坚定不移地开拓，才能赢得丰硕的成果；只有顽强不息的攀越，才能登临理想的巅峰。

任尧森深谙这个道理，他开拓的脚步迈得越来越大。由他领导的才一岁多一点的"森宝"已先后在宁波市区和镇海建立了两大生产基地，建立了六条具有国内先进水平的挂机、柜机生产测试线，现已开发生产八个品种三十个规格的窗式、柜式、壁挂式空调器和变频空调器。目前公司已变成年生产三十万台民用空调系列产品，一万套家用中央空调、一万套超级市场空调系列和年产二十万套电热水器、饮水机、风幕机生产能力的大型家电企业集团。1999年5

月，公司推出一种新概念空调——中药保健空调。值得一提的是，中药保健空调是冯根生这位制药专家和任尧森这位空调专家优势互补的结晶，由青春宝集团旗下的"胡庆余堂"承担药品研制任务，由"森宝"承担研制药品装置器的任务，既能制冷制热，又能消除病菌预防疾病。这种空调推出仅两个月，在北京市场就销了七千多台，并成功登陆杭城，先后被中国消费者协会、中华医学会、中国消费者基金会、国家国内贸易局推荐和肯定。

优势：我的未来不是梦

目前，家电行业竞争残酷激烈，空调乃至整个家电产品供大于求，在这种现状下，"森宝"却能逆势而上、脱颖而出，他们的成功秘诀在哪里？

执掌公司总经理帅印的任尧森，是我国企业界颇具威望的知名企业家。他在空调行业的十几年探索，积累了一套完整丰富的生产管理经验，被誉为"中国四大空调王"之一。"全国劳动模范""中国经营大师""浙江省优秀企业家"……每一项荣誉的背后，都凝聚着他的不懈努力与辛勤奉献。担任公司执行总经理的叶良，是一个十几年在大型空调企业担任重职、具有丰富的生产和营销经验的高级工程师。政治上过硬，有两个党代表和两个全国劳模。公司董事长冯根生是党的十三大代表，全国劳模，公司副董事长章方祥是党的十五大代表，公司总经理任尧森是全国劳模，政治上强强组合。在一个公司里面同时拥有两个党代表、两个劳模，这不要说在空调行业，就是在全国的企业中，也是没有的。

审视"森宝"的发展历程，他们成功的秘诀可以归结为以下几点：

——行业优势。现在公司上下相当一批员工已经从事了十几年甚至几十年空调生产，对行业工作相当熟悉。这使得他们在生产管理、技术开发、产品质量管理上较之其他新开发公司少走很多弯路。此外，熟悉行业背景，有助于把"森宝"空调推向市场。

——体制优势。作为一家规范的股份企业，他们人员精干、讲究效率。作为一个中外合资企业，又可互通有无、取长补短。

——产品开发优势。虽然近几年国内空调市场一直处于供大于求的局面，但市场"空当"还有很多，如超市空调、集团办公空调、家庭式中央空调等深层次产品尚待开发。

——技术优势。森宝借鉴在中国空调行业拼搏十几年的经验教训，凭借新体制开创了宽松的创业环境并大胆创新。无论外观造型、色彩质地，还是制热技术、变频技术、降噪技术，森宝都代表着国家空调制造的最高水准，有些甚至走在国外同行前面。

——政策优势。当地政府的大力扶持，一系列优惠政策的实施，以及社会各界一如既往的鼎力相助，给企业提供了很多便利条件。

新的阐释

成就的取得，心血和汗水的付出是最好的诠释。但是，这只能表明过去，而不能预示未来。

任尧森没有为眼前的鲜花和掌声所陶醉，他在精心地描绘着"森宝"经济超常规发展的蓝图。

目前，他已经与不少高校和科研所建立了长期联系，共同开发新型空调，比如，已与西安交大联合开发小型中央空调，又将与浙江大学联合开发小型富氧机。还在开发一种只要你拥有一张IC卡，就可以像使用水、电、煤气一样使用空调的社区中央空调。

采访结束，当我们在任尧森的陪同下，到公司的各个车间参观时，望着那些从全国各地汇聚而来的人才在各条生产线上忙忙碌碌的身影，任尧森跟我们谈话时那种大手一挥的气势，仿佛正诠释着"任尧森"这个名字的新含义——他将一如既往地以海纳百川的气概接受空调界像古代贤明君王"尧"一样众多的"圣人"，由此我们坚信："森宝"电器一定会走出国门，走向世界！

郭卓钗：朝着辉煌一路飞奔

1972年6月出生，广东潮安人，大专文化；

20岁任潮州市康辉食品工业公司副总经理；

22岁兼任上海市正好华食品企业公司总经理；

22岁获"世界杰出华人企业家"荣誉称号；

24岁任广东康辉集团公司副总经理；

25岁被评为"中国创立名牌产品优秀企业家"；

27岁被评为"广东省青年优秀企业家"；

27岁任广东康辉集团公司总经理；

28岁任广东康辉集团公司执行总裁。

如果事先没有看到这份个人档案，我一定会认为眼前这位朝气蓬勃的年轻人是刚出校门的大学生。的确，他看上去比实际年龄小得多。

但随着了解的深入，我逐渐发现他身上有着许多迥异于人的亮色：敏锐的风险意识，透视未来的眼光，前瞻性的思维，卓尔不群的风骨，于是由衷叹服：这是一位天生的商战帅才！

这个天生的商战帅才不是别人，他就是在中国食品制造业内名声显赫的郭卓钗。

现在让我们来回溯一下这位商战帅才的成长历程，从中我们也许能获取一些弥足珍贵的经验。

父亲的照片

郭卓钊生长在一个富足的家庭里。一家五口——父亲、母亲、哥哥、姐姐和他。郭卓钊的母亲是一位典型的中国传统女性。她心直口快、心地善良，对郭卓钊兄妹几个关爱无比。他的父亲——广东康辉集团公司董事长郭然，是一位勤劳朴实、才思敏捷的汉子。20世纪80年代初，当党的富民政策的春风吹绿祖国南疆时，他抱着立志为家乡造福的信念，毅然扔下国有企业的铁饭碗，返回故里，凭着一股闯劲，以三万块钱作资本，自个儿做起了调味品生意，到80年代末，已具有相当规模。

由于家庭的影响，郭卓钊无意中培养了市场意识、竞争意识和权变意识，这为他后来在商场纵横驰骋创造了有利条件。

然而颇具戏剧性的是，最初触发郭卓钊经商念头的，不是子承父业的观念，而是缘于父亲在商务旅行途中拍下的几张照片。

郭卓钊的父亲因商务需要，经常奔波在外，他有一个习惯，即每到一个地方，总要以那个地方的名胜为背景，拍下几张照片，然后寄给小儿子郭卓钊。每当郭卓钊看到那些照片，对父亲羡慕极了，他天真地想：做商人真好，能到全国各地去游玩。特别是当他收到父亲站在天安门上的那张照片时，他不由得暗暗发誓：我长大后一定要成为一个商人，像父亲一样登上北京天安门！

第二辑

做一名正直的商人

郭卓钊的生长地潮州市庵埠镇，是全国闻名的"食品之乡"。20世纪80年代，郭卓钊读中学时，广东人得商品经济之先，打破计划经济的束缚，以港为师，促成了一个繁荣的市场。在这种大背景的驱使下，庵埠镇这块弹丸之地各种调味品、陈皮、凉果的生产企业应运而生，一下子就冒出千家之多。而其中的某些人靠着诈骗和投机取巧等不正当手段，发家致富。

郭卓钊虽是一位富家子弟，但他没有养成富家子弟所固有的吃喝玩乐的恶习。相反，他为人正派，勤俭朴实。每当看到那些目空一切的暴发户，他的眼里总是充满蔑视。郭卓钊认为一个正直的商人应当具有艰苦创业的精神和脚踏实地的作风，而不是去玩手段、钻空子。

由于想成为一名商人，郭卓钊开始有意识地参与商业经营。十八岁那年，父亲忙于商务，脱不开身，他就自告奋勇代替父亲去广州接待北方来的几位客商，首次近距离地感受到了商人的气息，体味到了校园生活中所没有的新鲜感。他觉得有意思极了。那次经历，进一步激发了他的经商意识。

十九岁那年，郭卓钊中学毕业了。在家乡，他的一些同龄人已普遍去经商，有的甚至已取得了不小的业绩。父亲问他是继续深造还是从商？郭卓钊不假思索地选择了后者。对于儿子的选择，父亲没有提出异议。郭卓钊的父亲思想很开放，他认为他的子女之中，女孩应有教养，男孩应有自己的事业。

同年，郭卓钊跟随父亲完成了一次商务旅行，他们二十三天里跑了十七个城市。在那次旅行中，他发现父亲所到之处，极受欢迎，无不显示出作为一名成功商人的特质。于是，他决意以父亲为榜样，做一名正直的商人。

后来，郭卓钊就以其真诚、豪爽和善交朋友，赢得了广大合作伙伴的一致好评。在上海采访期间，我很偶然地遇到了上海市糖烟酒公司的穆征群，她如是评价郭卓钊："小郭这人很真诚、很敬业，我初次见到他，就有想帮帮他的念头！"后来，事实证明穆征群果真没看错，郭卓钊就以他的诚实守信，使他的合作伙伴没有一丝后顾之忧。

初闯上海滩

在跟随父亲的那次商务旅行中，旅途的最后一站是上海。意气风发的郭卓钊置身人流如潮的上海街头，似乎看到了一个潜在的广阔的凉果市场，便立志在这里开创一片属于自己的新天地。

于是，郭卓钊向父亲提出了以凉果进军上海市场的想法。父亲狐疑地瞅着郭卓钊久久没有作声。是的，他的担心不无道理。这不仅仅因为上海商家林立，是个擂台，生意难做，更因郭卓钊还是一个乳臭未干的小子，年轻得让人不放心。

郭卓钊似乎看穿了父亲的心思，为了打消他的顾虑，他对上海市场进行了合理的分析，他说："调味品一家人用一包就够了，而凉果每个人都可以吃的。上海有一千万人口，每人每月买一包凉果就不得了。"

父亲还是犹豫不决。这下，郭卓钊急了，拍着胸脯向父亲许下誓言："如果我们的凉果不能进入上海市场，我就不回来见你！"

父亲被说动了，同意提供货源，让郭卓钊去试试。

三个月后，郭卓钊带着自家厂生产的话梅、蜜饯等样品，单枪匹马开始独闯上海滩。

然而，上海这块商家云集的英雄地，并没有向郭卓钊这个来自广东潮州的小后生轻易敞开怀抱。由于市场疲软，人地生疏，没有自己的品牌等众多因素，郭卓钊带去的产品屡次被无情地拒之门外。

一个星期下来，郭卓钊的脚底起了血泡，可上海依旧没有接纳他。而且让郭卓钊深感难堪的是，有次他去一家大食品商店推销产品，竟被营业员赶出了店门。更让郭卓钊刻骨铭心的是，有一天，他累得实在撑不住了，竟从潮湿的阁楼楼梯上摔了下来……那一刻，郭卓钊沮丧到了极点，消极地想：自己何必受这种苦呢！回到财力雄厚的家里，在父亲的荫庇下，过平稳富足的日子算了。可这时，他在父亲面前许下的誓言犹然在他耳畔回响。顿时，他的脸上袭上了一层愧色："我已给自己定了目标，就不应该再为自己寻找退路，我唯一能做的只能是勇往直前！"郭卓钊重新振作起来。

撑起一片天

　　在上海屡遭打击的郭卓钊最终没有失去自信，他横下心，在上海租下了一间简陋的房子，准备打持久战。他天天奔波在外，大小商场巨细不漏推销产品、争取客户。终于，他的敬业精神和对事业的执着，感动了上海一个大中型食品经济协作委员会的秘书长，使他在每月一次的信息研讨会上争取到了一席之地，从而掌握了市场态势，扩大了社会关系网，开始了一笔笔大大小小的生意。

　　值得一提的是，郭卓钊沿街推销康辉产品的同时，还十分注重收集各地的销售信息。当他了解到胡椒粉在海南每斤五元，而在上海要三百五十五元，就做了来上海以来第一桩生意，这桩生意一下子为公司盈利几十万元。

　　由于郭卓钊的不懈努力，康辉产品终于走进了各家商店的窗口，走进了大街小巷的烟杂店。如今，在上海，人均每月消费康辉产品六七袋。1998年，广东省经委率领的广东考察团赴华东市场考察广货销售情况，在广泛接触市场后，他们意外地发现，在上海这一全国最大的商城，最畅销的产品除了科龙电器外，居然还有一个不起眼的小小食品——凉果，这就是全国名牌产品"康辉"。

　　1991年，国家大力发展浦东，郭卓钊敏锐地察觉到机会来临，提出了"注册浦东，立足上海，面向全国"的想法，在浦东投资创办了上海正好华食品企业公司，逐步形成了以工带贸、以贸促工的工贸结合的新格局。这家公司发展迅速，很快成为康辉集团的龙头企业。

就这样，二十岁的郭卓钊在上海撑起了一片属于自己的天空。

谈起那段经历，郭卓钊深有感触地说："我不想谈当时如何的艰苦创业，因为成功是要付出代价的。虽然辛苦，但那时我每天都有收获，每天都会发现原来这件事应该这么做。"继而，他又补充说："当然，我更要感谢广东这块生我养我的热土。孙中山先生说得好：'广东人之所以为天下重者，不在地形之便利，而在人民进取性坚强。'"

超越父亲

郭卓钊的父亲郭然为人正直，勤奋俭朴，有着正直的商人具有的所有的特征。郭卓钊非常敬重他，但他并未迷信他的父亲。他颇为自豪地认为，自己比父亲更擅长开拓市场。

这不是自吹自擂！经过十年的创业，郭卓钊练就了高灵敏度的市场意识，形成了一套自己的市场开拓策略。他能在复杂多变的市场背后触摸到规律性，并加以灵活运用。

1993年，当各大商场超市纷纷讨论建立销售网络的可行性时，郭卓钊早以超前的意识于1990年建立了较为完善的全国直销网络。先以上海、成都为中心，成立华东、西南区域销售网络；再以各区域的省、市为中心建立T型销售网络。郭卓钊说："过去大家搞计划经济，厂家管生产，商家管销售，互不相干。这样的结果，只能是企业不能及时得到市场的信息反馈，导致盲目生产。"

他还善于采取"拿来主义",集众家之长,融会贯通,为自己所用,树立个性品牌。

例如,当时上海有"广式"话梅和"苏式"话梅,两种都有一定市场份额,可"广式"话梅虽然干燥,但太咸;而"苏式"话梅口味新鲜,但潮湿。两种传统话梅都各有特色。郭卓钊就把两种合为一体,研制出了一种不同于"广式"又不同于"苏式"的新话梅——"阿咪话梅"。"阿咪话梅"一上市,在半个月之内,竟出现了上海人排队购买的热火场面。

又如,有一年儿童节将临,郭卓钊考虑到儿童食品有着广阔的市场。但如何才能吸引小孩呢?郭卓钊陷入了沉思。他想,孩子天性活泼,玩是头等大事。若在"玩"字上做好文章,孩子一定会感兴趣。"如果在食品包装盒里放一个玩具……"郭卓钊灵机一动,兴奋地跳起来。果真,在包装盒里放上玩具的新产品"小叮当",借传媒的推波助澜,刚推出市场就销了五百多万盒。如今,这种噱头已经司空见惯,但在当时无疑是一种创举。

类似的成功例子不胜枚举:1995年,他推出了"凉果"+"草药"的"华华丹",每瓶售价人民币一元,可作零食,又有开胃保健的作用,销路一直很好;1998年,上海出现罕见高温,他立即推出了口感清凉的"98康辉冰之梅系列";20世纪最后一届世界杯足球赛开幕,他又推出了"足球"+"话梅"的"足球丹"……

这一切都是郭卓钊多向思维的收获。这种多向思维在商战中屡战屡胜,使郭卓钊形成了自己的一套"系统思考":企业先通过对每个区域的市场调查,了解该商品潜在需求量有多大,自己的产品所占份额，该占份额，对手是谁，实力如何，然后在此基础上，根据自己的实力，从公关广告、策划推广、价格策略、销售方法、产品配套、目标销量等诸方面着手，打"闪电战""持久战""攻坚战"。

由于郭卓钊善于亮出自己的特色，康辉迅速地发展壮大起来。1996年康辉销售额超亿元，1997年是2.25亿元，1998年超2.5亿元。他父亲不得不承认，郭卓钊已经超越了自己。但他语重心长地对儿子说："超越父亲仅仅是你的开始。"

对于已经取得的业绩，郭卓钊总结说："搞企业，其实与做人是相通的。任何人任何事情的成功，都不是静态的过程，也不可能坐井观天孤立地达到，闭塞则易于自满，自满则近乎鄙陋，鄙陋则易于固执，而固执则更不懂灵活权变，抓住真正的机会。一个企业的成长，取决于企业家的眼界与器识；而一个青年人的成功，更必须具备勇于开放、包容、交流、沟通、吸收、消化与传播的优良品质。"

心里装着"上帝"

"顾客就是上帝"，郭卓钊深谙这句话的意义。他的心中始终装着康辉产品的消费者。

几年前，上海有位消费者购买了几包康辉话梅，回家发现一包已经开裂，就给公司写去投诉信。郭卓钊得知后，十分重视，立即召开了公司骨干会议，对此事有关人员扣发当月奖金，并对上海消费者予以补偿、感谢及道歉。这以后，公司成立质量管理QC领导小组，投资十多万元购买检验仪器，制定四十项标准管理制度和三十多个规范操作规程，近八十项质检细则，形成四级质量监督网络和标准化管理体系，确保合格产品出厂，避免侵害消费者权益。

另外，"华华丹"盛销的深层次原因也源于郭卓钊的善意、真诚和对消费者的体恤之心。因为"华华丹"的开胃、保胃、解闷等作用都是为孩子和老人设计的。提起"华华丹"，郭卓钊讲述了一件往事。那是一个夏夜，他在一家商店做调查，遇到一个老人拿着"华华丹"的空盒执意要买。他问她为什么，老人话不多，只是重复着"我喉咙痛，吃'华华丹'舒服"。郭卓钊当时很感动，动情地说："每个人的快乐都有不同的衡量标准，除了事业成功，产品被接受所带来的自信和满足外，最为深层而强烈的是种踏实，是自己的心意被理解之后的安慰。在那一刻，所有的辛苦和奔波都是值得的，应该的。而这更坚定了我对产品的开发。"

有付出就有回报。正是出于那份为人的踏实和真诚善意，郭卓钊主持创下了国家级专利二十二项，1995年在北京人民大会堂接受中国大陆和香港地区联合颁发的"世界杰出华人企业家"的荣誉证书。

"黄麂命运"的启悟

学生时代，郭卓钊曾读过一篇名为《麂子恩仇记》的小说，他深深地记着文中描述的那支黄麂家族的悲惨命运：机灵的黄麂恪守着祖宗的一条遗训——只有印有自己同类脚印的道路才是安全的。

于是这恪守古训的群落屡次遭到猎人残忍的围歼。猎人们只要在留下蹄印的小路上埋伏，黄麂们一个也逃不脱饮弹的厄运。

黄麂们悲惨的命运给了郭卓钊深刻的启悟：一群只会踩老路的黄麂，等待它们的只能是死亡。同理，一家安于现状的企业，等待它的也只能是衰败。

20世纪90年代末，伴随着上海蜜饯市场竞争的日益白热化，郭卓钊居安思危，认准康辉产品的新出路在于中西合璧的品种改良，在于对品种多元化的选择上。于是，在父亲郭然的鼎力支持下，在香港铜锣湾注册了康辉国际集团有限公司，并一举接受了香港的洋文化，从而使产品的更新周期更短，变化更快，国际化程度更高。上海的一位著名的食品专家曾这样谈及，康辉集团通过香港康辉公司汲取洋文化的精华，同广东康辉公司有机结合，推出的蜜饯真可谓中西合璧，走出了一条中国传统蜜饯同洋蜜饯强强组合的新路子。在"敢于争龙头，敢为同行先"的精神指导下，康辉新一代蜜饯不多时便成了上海蜜饯市场的抢手货。

郭卓钊的创新意识，使"康辉"这列快车驶到了休闲食品历史和命运的转折点上。

跳动着一颗爱人的心

郭卓钊是一位成功的企业家，同时又是一位热心社会公益事业的参与者，他的心里跳动着一颗爱人的心。郭卓钊富了，但他深深牵挂着那片生他养他、滋润他的故土和至今仍在贫困线上挣扎的人们。

这些年，广东、上海等地虽然开始富裕起来，可是贫困的地方依然不少。郭卓钊因商务需要去那些贫困地方，每当他看到那些衣衫破旧的失学儿童，他的心头总会袭上一种无以名状的痛，他想：他们是无辜的，他们不该被剥夺读书和成长的机会呀！

郭卓钊深知教育对孩子的重要性，先后向潮安县庵埠凤廊书画社、内龙中学捐赠捐助电脑打字机、运动服等。仅1995年就向郭陇学校铜鼓队和幼儿园捐资五十八万。1996年，又一次性捐资一百万元给潮安县庵埠中学、郭陇小学。除此之外，对政府基础设施、教育资金、修桥造路、残疾人事业等也慷慨解囊，频频出资。

作为企业家，除了单纯地捐赠福利事业，郭卓钊还采取以富扶贫的办法，积极地跟贫困地区合作搞实业，使那些贫困地区尽快走上致富的道路。1994年，在当时潮州市委领导的重视支持下，他开展了扶贫帮困工作。到广东省陆河县开辟生产加工厂，与东亢镇人民政府合办陆河东辉果品加工厂；1995年，与新疆乌鲁木齐烟酒集团公司创办东西合作示范工程果脯深加工；1995年至1996年，代表庵埠友好镇在湖北省钏祥市合办康辉食品有限公司，被农业部定为三高农业基地，建立东西合作示范工程。

当别人问他为何热衷于公益事业时，郭卓钊豁达而坦然地说："一个商人，只有将他的愿望与整个社会相连，他的眼界才会宽，心态才会正，才会运筹帷幄于心中。"

辉煌的延伸

"康辉"成功了!当年以三万元起家的小食品公司,经过短短十几年的执着努力,如今已在多如牛毛的企业中脱颖而出,发展成一个拥有十八家子属企业和分公司,跨省、跨地区,集"农、工、贸、技"于一体的集团公司,套上了一个个耀眼的光环。

1996年,康辉被评为中国食品制造业行业最大规模百强企业,被评为全国食品行业效益型先进企业,被评为中国最佳信誉企业;1997年,被评为中国质量管理优秀企业,被评为中国无投诉企业,被评为广东省模范纳税户;1998年,被评为国家大型企业集团,被评为全国消费品市场公认著名品牌企业……

郭卓钊成功了!他取得的辉煌业绩使他获得了许多人梦寐以求的荣誉。他父亲以有这样一个出类拔萃的儿子而自豪的同时,放心地将接力棒交到了他的手里——任命郭卓钊为康辉集团公司执行总裁。未到而立之年的郭卓钊,其大气磅礴已有了现实的展示。

然而,一贯具有前瞻思维的郭卓钊不会就此止步,他要一如既往地去筹划辉煌的延伸。

目前,康辉在上海寸土千金的繁华地段筹建的占地一百一十平方米的新办公室即将投入使用。在潮州庵埠,一个占地四百多亩,融文化、种植、养殖、旅游和生活区于一体的康辉新区,也正以令人难以置信的速度,展现在人们的眼前。

康辉还计划在今后三年内在全国开一百家食品连锁店,使康辉产品的经营格局多样化，使没有围墙的产品切实便民利民；并将借鉴宝洁公司的推销技术，开创"宝洁公司模式"，统一公司品牌旗下多种产品品牌，力求使"康辉"成为中国休闲食品的王牌。

与此同时，康辉还将在巩固原有产业的基础上，利用企业富余资金的三分之一去开拓其他产业，以进一步发展壮大康辉事业。

郭卓钊会带领康辉集团，尤其是新一代的康辉人，像一匹头马，率领着一群野马，迎着晨光，昂首扬鬃，声威赫赫地朝着辉煌的前方飞奔。

张锦芳：永不停息的脚步

"山山集团"这家企业，研制开发了中国第一台刷烫剪机，利润、利税、产值连年进入纺机部门排名榜前五十名之列，职工收入之高位居当地企业之首，是谁将一家名不见经传的企业操持得红红火火？是谁为职工创造了一个能发挥自己才能的环境？他就是现任海宁山山集团董事长兼总经理——张锦芳。

毋庸置疑，在国内纺机行业中，以海宁纺织机械厂为核心企业的海宁山山集团算不上闻名遐迩。然而正是这家名不见经传的企业，研制开发了中国第一台刷烫剪机，填补了国内空白；正是这家名不见经传的企业，最近几年利润、利税、产值连年进入纺机部门排行榜前五十位；也正是这家名不见经传的企业，在国企普遍不景气职工面临下岗境遇的今天，职工收入之高不仅位居当地企业之首，在全国同行业中也是绝无仅有！

有人说，企业恰似一个圆，企业的领导人就是圆心，确定了圆心的位置便确定了圆的位置。

此话不假。海宁山山集团之所以能在同行日趋激烈的竞争中处于不败之地，并保持着良好的发展势头，除了靠企业全体职工的努力，还应归功于企业的领头雁——海宁山山集团董事长兼总经理张锦芳。

张锦芳毕业于北京农机学院，1967年分配进海宁农业机械厂工作。起初，他在厂里当车工。尽管工种不好，但从未发过怨言，反而以能发挥自己的才能为乐，刻苦钻研、勤恳工作。他的出色工作，赢得了各任领导的好评，他从一名普通的车工，一步一步升到了技术副厂长。

1988年，命运敲响了张锦芳的门。当年11月，上级任命他为海宁纺织机械厂厂长（原海宁农业机械厂）。这给张锦芳最大限度施展才能提供了一个最佳的契机。

然而，天有不测风云。1989年底，市场疲软的阴云笼罩了整个企业。前几天还跟在张锦芳后面恳求早点提货的客户们，一转眼，变着法子要预付款。厂里破天荒地出现了产品积压。

"既来之，则安之"。面对企业的现状，张锦芳没有望而生畏、坐以待毙。这位在厂里待了二十多年、搞技术出身的厂长，深深意识到企业出现产品积压、销售收入急骤下降，市场疲软是一个因素，但另一方面也显示出自己企业产品的单一和落后，未能满足市场和客户的需求。于是，他将着眼点放在了新产品的开发上。

可是要开发新产品，说起来容易，真干起来却很难。为开发新产品，张锦芳带领刚成立的纺机研究所的成员去全国各地搞调研。为此，他们不知碰过多少次壁，也不知跑过多少冤枉路。在调研过程中，张锦芳他们终于发现国内市场上现有的磨毛机存在着四个问题：一、机型庞大，运载安装极不方便；二、价格昂贵；三、磨毛速度慢；四、技术指标跟国外同类产品相比差距悬殊。这一发现使张锦芳和同去的科研人员看到了一种希冀，感到了一种诱惑。经过反复考虑，张锦芳决定改进磨毛机。

在上级部门的支持下，张锦芳组织技术力量投入了对磨毛机的研究和改进工作。经过多次试制，经历了无数个不平凡的日夜，在挫折和困难的考验下，他们终于在半年时间内研制出了一种机型小、磨毛速度快、各项指标均居国内领先水平的磨毛机。据现海宁山山集团的一个老工程师回忆，对这种新研制出的磨毛机，客户好评如潮，当年就一下子出售了五十台，大大提高了年销售收入。

ME713型磨毛机问世当年，瑞安有家私营经编厂，需要购置一批刷烫剪机，国内没有，法国进口的价格又太贵，厂里承担不起。迫于无奈，他们找到了海宁纺织机械厂，跟厂长张锦芳商量能否为他们定制一批。面对这一近乎非分的要求，张锦芳沉默了：自己厂主要生产钢丝起毛机、剪毛机、磨毛机、剪毛刀等产品，从未生产过刷烫剪机，技术上不熟练，生产出来市场需求量也不会很大。但基于开拓新产品和满足客户需求两方面的考虑，张锦芳考虑了几天之后，还是一口应承了下来。后来，厂里投入了大笔资金，经过两个多月的攻关，中国第一台刷烫剪机终于研制成功了。这一新产品的问世，不仅满足了瑞安客户的需求，而且填补了国内空白，从而改写了刷烫剪机需要进口的历史。

除此之外，张锦芳十分注重新产品的质量。他认为产品质量的低劣是隐蔽的杀手，将导致对市场经济秩序和社会信任度的破坏，最终受到无情报复的是企业本身。鉴于此，张锦芳视质量为生命，对产品质量要求很严格，无论是谁，触到质量这条"高压线"，都不给面子。对于质量，职工总是严阵以待，未敢越雷池半步。

对质量的重视使企业生产出了优质的产品，而优质的产品又为企业赢得了良好的信誉。国内外众多客户慕名前往，产品一时供不应求。

当时，广东有位客户需要购置一批起毛机，可他走访了许多家生产绒类织物后整理设备的厂家，查看他们生产的起毛机，总是不满意。后来，一次偶然的机会，他在同行那里意外地发觉他们购置的一批起毛机质量非常好。可惜很遗憾，每台起毛机上面都没有留下厂标。显然，那家单位是特意撕掉的，他们怕同行知道后也去那家生产厂家进货。这样会使自己失去独家经营的优势。那位客户正感到失望，这时他发现有台起毛机上的一个配套产品——五级变速机上面留有"象山××厂制造"的字样。于是，去生产五级变速机的象山××厂询问，他们的配套产品生产厂家是哪个单位？象山××厂告诉他后，他便马不停蹄地来到了海宁纺织机械厂，欣喜地买走了一批优质的起毛机。

一分耕耘，一分收获。在张锦芳的努力下，经过短短的两年时间，1993年企业的销售收入、利税、利润比1990年翻了几番，企业终于扫去颓势回到了正常发展的轨道。

渡过了难关，职工为企业的健康发展而兴高采烈时，目光敏锐的张锦芳却感到了一种危机，他深深地意识到企业内部旧有的机制已严重阻碍企业持续稳定地发展。于是，他开始着手摸索一条有利于企业蓬勃发展的改革之路。

1992年，张锦芳率先在企业内部试行仿三制改革（即用工、人事、分配制度改革）。

众所周知，在体制改革中最难最辣手的莫过于人事制度改革。但虽难、虽辣手，在用人上，张锦芳始终贯彻着这么一条：能者上，庸者下。风靡美国的超级企业家艾柯卡曾说过："归根到底，企业要的人、产品和利润，人是最重要的，如果没有一支好的队伍，就谈不上产品和利润。"张锦芳深信这句至理名言，懂得人才的重要性。为使企业蓬勃发展，张锦芳明察秋毫，发现人才，起用人才。他提拔干部不凭关系，只凭才能。被提拔上去的，也非一成不变，一旦他发现有人能力超过原来提拔的，立马会将原有的撤下来，换上后来居上者。这正如他自己所说："在我们单位里，干部调换非常频繁。"除此之外，他特别喜欢起用青年才干。他认为年轻人头脑活、观念新，将他们安排在重要岗位上，有利于企业的快速发展。而对那些上了年纪的干部，他总是动员他们让位，好将位置留给年轻人。

对于他的做法，起初一部分利益受损的职工不能理解，他们轻则埋怨发牢骚，重则出口骂娘。对此，张锦芳很能体谅他们的心情。他从未因此而责怪过他们，当然也不做任何解释，他觉得有些事在气头上越解释越说不清，只有靠时间去证明。但为了避免那种不必要的尴尬，以后每当企业里重大的决策出台，张锦芳就会外出，任他们吵，任他们骂，三五天过去了，待他们气消了，心态平衡了，再回来。时间一长，随着企业利税的增长、职工收入的增加，他的做法也就自然而然被职工理解、接受了，管起企业来，便轻松自如了许多。

鲁迅先生说过：第一个吃螃蟹的人，是最勇敢的人。参照这种说法，张锦芳显然是一个勇敢者。1994年，他就以"敢为人先"

的勇气在企业内部推行股份合作制。在他的领导下，企业选举产生了由三十一人组成的骨干层。企业让他们持有整个企业股份的51%，剩下的股份由职工自愿购买。这在当时无疑是一种创举。股份合作制的实施，使职工认识到自己不仅是企业的创业者也是企业的主人，极大地调动了工作积极性，有力地推动了企业的发展。

对此，海宁山山集团总经理助理告诉我们："由于张总制订的政策措施顺应时代潮流、顺应民心，所以每一项都能顺利实施，从来没有起过波折。这也是我们企业稳定的关键。"

海宁纺织机械厂前身为私营亦昌顺锅厂，始创于1943年，以生产烧饭用的锅为主。随着历史变迁，到1998年已成为一家集开发、科研、生产、经营、服务为一体的生产经营型经济实体，公司拥有资产3000多万元，职工526人，年产值4000万元，销售额3900万元，下属四个经济实体：海宁纺织机械厂、纺织研究所、海宁纺机开发经营公司、利达经营服务公司。

在这种境况下，为理顺机制便于管理，企业经上级部门批准，组建了海宁山山集团，张锦芳任董事长兼总经理。这一年，张锦芳已年过不惑。但对一个生命不息、奋斗不止的企业家来说，青春永远属于自己。历经了几十年风雨之后的张锦芳在新任上，变得更加雄健、威武了，他注视着更新的目标，以勇士骁将的勇气和毅力带着企业的全体职工，又开始了新一轮的拼杀……

有付出就有回报，张锦芳和企业职工的汗水终于没有白流！1999年，这个在一般人看来极为平常的年份里，海宁山山集团迎来了发展史上从未有过的辉煌。这一年，集团完成工业产值10465万元，实现销售收入7690.8万元，同比增长28.8%；实现利税

1452.6万元，其中利润884.39万元，分别递增26.26%和38.42%；企业所有者权益达到6569.33万元，同比递增11.19%。这一年，集团完成了MB403型烫光机的省级鉴定工作，开发了四项新产品，并对两种产品进行了重大改进。这一年，企业因实施整体搬迁工作，基本完成了纺机厂新厂区泰隆纺机器材公司区块、双山铸造厂区块和庆云钣金分厂区块的建设和搬迁工作，购置了99亩土地的使用权，新建厂房、办公楼、仓库等19890平方米。

数字的罗列，难免显得枯燥乏味，但我们还是将它们记录在了这里，因为这是对创业者最真实形象的肯定。事实上，这些枯燥的数字，是创业者披荆斩棘、历经艰辛积累起来的。

面对取得的辉煌，张锦芳没有陶醉，他愈加清醒了。作为在商海搏击游弋了十几年的企业家，他懂曾经有过的辉煌并非永恒不变，只有不断发展，企业才能立于不败之地。

1999年上半年，张锦芳将目光瞄准了ISO9001国际质量保证体系认证。张锦芳认为，随着市场经济的不断深入发展，产品质量的好坏直接关系到企业的命运。贯彻实施ISO9001国际质量保证体系认证，能促进企业质量管理水平再上一个新台阶，有利于企业持续发展。

决定一出，企业上下一片哗然。中华民族几千年的传统文化决定了国人的朴实、勤劳，也造成了国人故步自封的思想传统，他们习惯于安宁、习惯于安逸。当职工得知领头雁张锦芳又要搞新动作，普遍表示不理解。然而作为一名企业家，张锦芳不仅有更快发展企业的强烈渴望，更有一种铁骨铮铮的性格，"言出必行"。他置职工的异议于不顾，召集企业管理层定下了战略，并立即付诸行动。

常言道：万事开头难。要实施 ISO9001 国际质量保证体系认证，资金、设备、技术等都是困难和问题。面对巨大的压力，企业总工程师知难而退了。可张锦芳的心始终没有产生丝毫动摇，他觉得今天的退却只会导致明天的死亡！

如今，海宁山山集团已由一家私营小厂发展成为拥有成员企业十二家，集科研、生产、经营、商贸于一体的多法人联合体，行业涉及纺织机械、制革机械、铸造、电梯装潢、制衣、建筑装潢等多种经营，其核心企业海宁纺织机械厂生产的"山山"牌系列钢丝起毛机、剪毛机、磨毛机、剪毛刀、纱线和绢丝烧毛机等质量在全国领先，多项产品获部、省级科技成果奖，产品在国内和东南亚及港澳地区享有盛誉。

创业的激情换来了企业的荣耀，企业相继赢得了一项项桂冠："省级先进企业""省级节能企业""全国轻工业出口创汇先进企业""省技术进步优秀企业""省二轻工业'优秀思想政治工作企业'""'转机好、效益好'双好企业""海宁市明星企业""技术创新先进企业"……

张锦芳说："荣誉只能属于过去。"具有前瞻思维的他将目光放得很远，他计划在生产绒类织物后整理设备的基础上，大力开发其他后整理设备，以进一步扩大海宁山山集团的事业；他准备进行第二次企业改制，以进一步完善企业体制，为企业的发展铺平道路……

为了企业的发展壮大，张锦芳几乎将一切都投入了到事业之中。在采访过程中，我们意外地了解到：为了这个企业，张锦芳自进厂以来,远离家庭,孤身一人留在海宁,已达整整三十二年之久。殚精竭虑于事业的张锦芳希望通过自己的不懈努力,为海宁山山集团所有的职工创造一个能充分发挥自己才能的环境。这是他最大的夙愿。

杉杰：柯桥是我心中的"印度"

在四千七百多名常住柯桥轻纺城的外商中，他创办的公司也许不是规模最大的，他掌控的公司的业务可能不是最强的。然而，在"2009年感动柯桥—绍兴县最具影响力人物"评选中，他却从近百万名绍兴人中脱颖而出，荣膺提名奖，成了仅有的十名获奖者之一。

他到底以什么样的感人事迹感染了观众，又以什么样的人格力量震撼着柯桥人？怀着这些的疑问，笔者走近了这位神奇的人物——绍兴美利格贸易有限公司董事长杉杰——一个年轻有为、朝气蓬勃的印度商人，一个普通却又典型的新柯桥人，以探寻其中的奥妙。

父母的教导：活得要有价值

杉杰，1973年11月8日出生于印度，排行老二，他上面有一个姐姐，后来又有了一个弟弟。他的父亲是一名工程师，具有较深的文化涵养，对刚出生的杉杰寄予厚望，给他取名"SANJAY SUKHNANI"（音译：杉杰·苏克纳尼），按杉杰出生地的方言理解，就是"成功者"的意思。

他的父亲出生于巴基斯坦，由于种种原因在1947年的时候，他父亲全家迁往附近的印度，在一个叫"SANGARIA"的地方落脚，从此就在那里生活、工作，自然而然地成了印度的公民。

幼年时代的杉杰，是一个非常要强的孩子，很有自己的想法。当他在印度BALOTRA的政府小学就读时，有一次，老师问他们班上的同学，长大了想成为什么样的人？同学中有的说想当总理，有的说想当律师，也有的说想当商人。轮到杉杰的时候，他思索了一会，说："我没想好要当什么。我只是想当这样一种人，如果有一天自己不在了，会有很多人感到难过。"

当笔者问他，当初为什么会有这样的想法？是不是因为跟信奉印度教有关？杉杰做出这样的回答："这跟我的宗教信仰无关，是我父母一贯言传身教的结果。"按杉杰自己的话说，他父母都只是平凡得不能再平凡的人，但非常注重对子女的教育，他们从小教导杉杰：活得要有价值。

正因为这种理念的灌输，"做一个有价值的人"的信念，在杉杰的心灵深处牢牢扎根，使他以后的所有行为都以此为标杆，目标明确地一步一个脚印走来——从出色地完成印度BALOTRA政府高等中学的学业，到顺利考入印度JODHPUR的JAI NARANIN VYA大学学习自然科学，直至后来的从商。

四千美金：启动了创业的征途

光阴似箭，四年一晃而过。1993年，二十一岁的杉杰以优异的成绩获得了自然科学学士学位，从JAI NARANIN VYA大学毕业了。但令杉杰遗憾的是，他没找到专业对口的单位。1994年初，杉杰进入DOUBLE ALMAYA LALS集团，担任电脑操作员。

然而，机会总是属于优秀者。由于杉杰思路敏锐、做事踏实，虽然在集团还没做满一年，但已经为领导所青睐。第二年年初，他便被集团委派去韩国，担任驻韩分公司经理，负责集团的轻纺采购业务。

在韩国的头两年里，杉杰不像其他外派人员只是整天待在办公室里，打打电话联系业务，他天天奔波在外了解产品，从而掌握了市场态势，扩大了社会关系网，开始了一笔笔大大小小的生意。

虽然杉杰因为工作出色受到集团上下的一致赞赏。但他似乎没有满足于此，一个"自己当老板"的念头开始在心头萌动。到1999年10月7日，一家名为"MIRACLE INTERNATIONAL"的公司，在韩国首尔开张，杉杰从一个驻韩分公司经理，一下成了公司的创办人、董事长。

回忆这段创业的经历，杉杰向笔者提到一个富有意味的事件：当时，按他供职的ALMAYA LALS集团规定，如果他半途离开了单位，原本应支付给他的八千美金薪水，只能取走其中的一半，也就是四千美金。

四千美金，对于当时的他而言，不是一笔小数目，如果在他老家印度，足以盖一幢漂亮的楼房了。然而，杉杰并未因此而动摇，他毅然放弃了那一半薪水，向集团提交了辞呈，随后用集团支付给他的四千美金作为第一次创业的资金，开创属于自己的新天地。

笔者问他当时为何如此果断决绝，他笑道："因为那时，我认为自己可以做好一个老板，并且能做一个好老板。"就这样怀着必胜的信心，杉杰开始单枪匹马独闯韩国。

由于杉杰之前已掌握了市场态势，并建立了社会关系网，公司的业务进展得相当顺利，几乎没有碰到什么波折。到2000年年初，经过短短半年多的发展，公司已拥有了很大一笔资金，也有了一定的规模。

对此，杉杰意味深长地总结道："那次抉择很有意思。当初，要是我舍不得那四千美金，可能现在我还在那家集团打工；而正因为我舍弃了那四千美金，所以现在我成了这家贸易公司的老板。"

结婚纪念日：单枪匹马闯柯桥

柯桥地处浙江省东部富庶的宁绍平原，东距绍兴市区十三公里，西距杭州五十公里，素有"金柯桥"之盛誉。20世纪90年代末，各类专业市场发达，有纺织品、服装、鞋革、纺机、汽车、副食品、果蔬、农副产品批发等专业市场，尤其是亚洲最大的纺织品集散中心"中国轻纺城"坐落其中。

对于中国轻纺城，凡跟纺织行业沾点边的人，不管身处哪个国家，都多少会有所了解。早在1994年，杉杰还没到韩国前，就听说了中国轻纺城。到了韩国后，因为跟轻纺打交道，对中国轻纺城有了更多的了解。等到自己开办公司，那已经是耳熟能详了。

2000年4月初，为了寻求更大的商机，意气风发的杉杰孤身来到中国柯桥，实地考察轻纺城的环境以及供求状况。在来柯桥之前，除了对轻纺城的了解，中国在杉杰的印象中只是一个神奇的国度——疆域辽阔无际，人民勤劳、勇敢，而且似乎什么东西都吃。

等他真正来到柯桥中国轻纺城，置身于这座繁华的现代商贸之城时，顿时被那一派生机勃发和活力四射的景象所震惊了！他简直不敢想象，它的面积竟然有这么大（总建筑面积两百零八万平方米），拥有的经营群体会如此庞大（有一万多户），经营的面料种类更是多得让人眼花缭乱（有三万余种）。

杉杰宛如一个饿鬼闯入了面包房。那份无与伦比的惊奇和欣喜，至今还遗留在他的心底。他流连忘返于这个人流如潮的亚洲最大的轻纺专业市场中，似乎看到了一个潜在的广阔的轻纺贸易市场，便立志在这里开创一片属于自己的新天地。

他当即拨通了联通首尔的国际长途，打电话给守候在那边的妻子，满怀歉意地告诉她，这次自己只能食言了，不能再在明天前赶回她的身边了。在临出门之前，他曾向妻子允诺过，一定会在明天之前赶回她的身边，与她一起欢度那个美好的日子。

这一天是2000年4月3日。第二天就是他的结婚周年纪念日。他孤身一人留在了人地两生的中国柯桥，包了一个宾馆房间，单枪匹马独闯这个商家云集的英雄地，开始了他事业的第二个春天。

采访期间，杉杰深有感触地告诉笔者："当初留在柯桥，我是

第二辑

做对了。"因为中国轻纺城这个日客流量 10 万人次、产品销往 173 个国家和地区、常驻境外代表机构 273 家、常驻境外采购商 2000 余人、目前中国规模最大、设备最齐全、经营品种最多的纺织品集散中心，后来确实给他的公司带来了无限商机。

执着：开创了一片广阔天地

然而，柯桥这块商家云集的英雄地并没有向印度商人杉杰轻易地敞开它的怀抱。由于杉杰来自异国他乡，在中国没有任何实业，且没有企业替他担保，商家对他总抱着一份戒心，屡次被无情地拒之门外。

有一天，他累得实在撑不住，竟然病倒了。那一刻，他沮丧到了极点，消极地想：自己何必受这种苦呢！回到韩国首尔去算了。这时他曾经许下的誓言回响在耳畔。顿时，一层愧色袭上脸庞，杉杰重新振作了起来。

屡遭打击的杉杰，最终没有失去信心。他横下心，在柯桥租下一间房子，准备打持久战。他天天奔波在外，上门争取客户。终于，他的敬业精神，打动了一个又一个商家，谈成了一笔又一笔或大或小的生意。

后来，杉杰就以其真诚守信，赢得了广大合作伙伴的一致好评。在柯桥采访期间，我听到不少商家如是评价他："杉杰这人很真诚、很守信，跟他打过一次交道后，你的心头就会产生一种踏实感。虽然他是个印度的商人，但跟他做生意，你可以放一百条心。"

正因为赢得了合作伙伴的广泛信任，杉杰的外贸生意做得如鱼得水，经过短短两年的不懈努力，就在柯桥争得一席之地。2002年年初，他设立了"MIRACLE INTERNATIONAL"绍兴代表处，招募了近十名印度和中国的员工替自己打工，经营的业务不断扩大，有了一定的规模。

谈起那段经历，杉杰深有感触地说："我不想谈当时如何艰苦创业，因为成功是要付出代价的。虽然辛苦，但那时我每天都有收获，每天都会发现原来这件事应该这么做。"继而，他又补充说："当然，我更要感谢这里的合作伙伴，因为他们对我的信任和帮助，使我的事业走上了新的征途。"

"诚信门"：收获了无限温暖

世间的事总是这样，成功中孕育着危机，顺境中埋藏着隐患。正当杉杰的事业春风得意，"Miracle International"绍兴代表处的业务蒸蒸日上时，一股暗流悄悄地向他袭来了……

2006年下半年，杉杰谈成了公司创办以来最大的一笔生意，对方是杉杰老家的一个大客户，一开口就订下了很多货。好家伙，这是一笔多么巨大的业务呀！事成之后，其盈利程度可想而知。杉杰简直欣喜若狂。

出于对老家客户的信任，杉杰只收了一小笔预付款，便将对方需求的全部货物发了过去。然而，随着时间一天天推移，对方付款的日期一拖再拖。都快一年了，货款还迟迟没有打过来。而这边定下的向供货商付款的日期,却一天天地在逼近!

杉杰加大了催款的力度。开始,对方支支吾吾地敷衍,后来索性不再理会了。杉杰急了!飞速赶往对方单位讨债,对方明确表达了赖账的意图。杉杰顿时傻眼了!他先是恳求对方支付货款,后又求助于印度的相关部门。但软硬兼施均无济于事!

对方的背信弃义,使杉杰一下成了负债累累的穷光蛋!作为一个商人,痛何如哉!他踯躅在印度的街头,心胆俱裂!那一刻,他多想回到父母妻儿的身边,痛快淋漓地大哭一场,以洗刷多日来积压在心头的委屈。可是,他们都在遥远的柯桥。

这时,杉杰还想到了柯桥的那些供货商们。这笔巨额货款收不回来,意味着在很长一段时间里,他要拖欠他们的货款。众所周知,资金对于商人而言如同摇钱树或者聚宝盆,是他们扩大产业的基础。他们能答应他长时间欠他们债吗?如果他们不答应自己又该怎么办?

杉杰心急如焚。

但个性极强的杉杰明白,光沉溺于绝望之中是解决不了问题的。于是,他重新振作起来,鼓足勇气给柯桥的那些供资商打电话。他将目前自己所处的困境如实相告,并恳求他们给自己一次机会,尽可能延长还款的日期。他承诺自己一定会想方设法还清货款。

凭着这几年来的合作形成的对杉杰的充分信任,那些柯桥的供货商无一例外地答应了杉杰的请求。他们不仅给了他足够长的时间来还清那一笔笔巨额货款,还在提供材料、证据等方面积极地予以支持,合力帮助他度过这场关乎其公司生存的危机。

柯桥供货商们的理解和帮助，温暖着杉杰受伤的心灵，带给他无限的力量。他一方面变卖印度老家的家产和早几年在柯桥买下的办公楼和轿车；另一方面苦心经营2008年7月成立的具有自主进出口权的绍兴美利格贸易有限公司，通过不到三年的时间，全部还清了所欠的货款。

杉杰终于承受住了暴风雨的洗礼！提起这段坎坷的历程，他不无动情地表示："我非常感激柯桥这边的人！没有他们的理解和帮助，我无法想象自己会怎么样，他们真的跟我的亲人一样。"随即，他郑重地向笔者推介了美丽的翻译王瑾："她已在我这边工作了六年。在我最艰难的时候，她跟随着我，不离不弃，患难与共。"

善举：点滴之恩，当涌泉相报

杉杰是一位成功的商人，同时又是一位社会公益事业的热心参与者。他的胸膛内跳动着一颗爱人的心。特别是遭遇"诚信门"受到柯桥人的无私帮助之后，他更是打定主意要回报社会，回报柯桥人。

2008年4月，他打听到柯桥夕阳红敬老院的地址，亲自给老人们送去了钱物，还对院长承诺道："如果老人们有什么需要，随时可以打电话给我。"截至目前，他们一家人几乎每个月都要拿着钱物，去一趟敬老院看望老人。按他的话说："印度也有敬老爱老的传统，所以我想这种方式可能是自己回报社会的最好方式。"

同年5月份，四川汶川发生了大地震。杉杰一得知这个消息，就有一个念头在脑海里跳出来：我在绍兴经商、生活，要和中国人民站在一起，帮助四川人民渡过难关！他想：如果自己利用刚创办的绍兴印度商人协会，去积极发动在绍兴的印度人捐款，那么这份爱的力量也许会更大。

于是，他当即放下手头的工作，联系十几位协会的骨干会员，四五人为一组，分头积极奔走，挨家挨户募集捐款。考虑到每天下午3点到晚上9点是印度商人办公的黄金时间，也就是在办公室概率最高的时候，他们就选择在这个时间段上门，跟那些印度商人面对面交流，以最大可能地募集到善款。

他们的足迹几乎踏遍了整个柯桥、绍兴的各大写字楼。杉杰告诉笔者："那个时候，我们只要看见有印度人的办事处，就进去和他们谈。几乎所有印度人都捐了款，钱不在多少，爱心无价。"经过二十多天的努力筹集，他们绍兴印度商人协会募集了十万元人民币，并将这笔善款交给了有关部门。

2010年4月玉树地震后，他心系灾民，再次伸出援助之手，向绍兴县慈善总会捐赠五千元。对于此次善举，他说："我在中国经商，发生这种灾难，自然不会袖手旁观，希望为此尽点心意。"

有一首歌这样唱道："这是心的呼唤/这是爱的奉献/这是人间的春风/这是生命的源泉/再没有心的沙漠/再没有爱的荒原/死神也望而却步/幸福之花处处开遍/啊……/只要人人都献出一点爱/世界将变成美好的人间/……"印度人杉杰不一定会唱这首歌，甚至可能没听过。但笔者想，这首歌应该唱出了他内心的真实写照。

杉杰说：生活在柯桥很舒适

早在2001年的时候，杉杰已说动妻子和弟弟从韩国首尔来到了柯桥。后来，他索性把父母也动员了过来。目前，他在柯桥按揭买了商品房，一家九口人居住在一起。九口人包括杉杰的父母，他自己一家四口和弟弟一家三口。

举家离开自己的国家，这是需要极大的勇气的。这不仅因为两国的习俗差异很大，会给生活上带来诸多不便，而且跟本地人的融合也存在一定的难度。但他们觉得"全家人在一起很幸福"，家人出于对杉杰热爱柯桥的尊重，义无反顾地留在了这里。

身处异国他乡，寂寞是难免的。为了让那些身处柯桥的印度商人能有一个互叙乡情、亲切交流的平台，早在2003年的时候，就有几个印度商人筹建绍兴印度商人协会，但直到2008年才在杉杰的带动下正式成立，首批会员一百三十名。成立那天绍兴县的领导也应邀出席，场面很隆重。出于对杉杰的信任，大家一致推举他为会长。

协会虽然名义上为商人协会，但实际上跟商业无涉。杉杰告诉笔者："我们只是借助这个平台，每逢老家印度的传统佳节，能够欢聚在一起。在那种场合，我们从来不谈生意。"随即，杉杰补充道："协会里，如果有人碰到了困难，其他的人都会帮助他，一起渡过难关。整个协会就是我们绍兴印度商人的大家庭。"

生活在异国他乡，由于语言不通，外商子女的就学成了迫在眉睫的难题。杉杰通过几年的时间,精心筹建了"绍兴国际学校"(简称SIS)。这所学校于2010年9月27日正式创办,目前有三十一名学生就读,极大地解决了外商子女的就学难题。

  现在,杉杰充分利用柯桥的资源做他的轻纺外贸生意。空闲时候,就带上他的家人到绍兴市区、杭州等地去玩。他一年里只带上家人回家乡印度一次。"我的全家人都在柯桥了,平时根本没有所谓的想家之类的想法。"杉杰表示,他很满意现在的生活状态,如果没有大变故,这一辈子都会待在柯桥了。

  在采访中,问及对柯桥的印象,他告诉笔者:"比老家那边小一些,但柯桥这个地方,比老家更适合居住,还适合做生意,适合小孩读书,总的来说生活起来很舒适。"他认为,柯桥之所以能成为这样,是因为来柯桥的人。言下之意,因为柯桥聚集了一批好人,所以柯桥就成了一个福地。

  采访行将结束,笔者让杉杰谈一下自己的愿景,他一脸真诚地说:"我要继续做一个好人,继续做好一个商人。"笔者向他请教准备做怎样的好人,他打了一个富有哲理的比喻:"就像花一样,它的味道好不好闻,到花开了就知道啦!"

王雷杰：安全食品的"守护神"

2001年，杭州地区频繁发生食用残留"瘦肉精"的猪肉、内脏引起的集体中毒事件，食品和农产品的安全问题引起了全社会的高度关注，是他摸索出了一套快速的克伦特罗（俗称瘦肉精）检测方法，在保证检测准确性的前提下将检测时间从两天缩短到了两个小时，从此确保了杭州市区每批屠宰生猪的食用安全。

2008年年初，为保证杭州的消费者能吃上放心肉，是他主持实施了"调入动物和动物产品防疫安全责任追溯信息监管系统"。该项目在动物卫生监督理念、电子备案、责任追溯机制等方面均属国内首创。它的成功实施，让杭州人的每一天都过得放心、安心。随后，农业部兽医局将此经验面向全国广泛推广。

2008年9月，正值三聚氰胺事件在全国掀起轩然大波之际，又是他凭着对食品检测工作的熟悉，执笔写下了《尽快修订乳制品国家标准》一文，建议改变当时仅根据粗蛋白含量来检测乳制品的做法，增加氨基酸含量等指标的测定，先后引起社省委、省政协、全国政协多部门的重视，并同时得到三位国家领导人的批示。

……

这简直是一个又一个神话。然而，在这些神话的背后，却蕴含着他鲜为人知的人生旅程：从一名乡下角落的孩子，到名牌大学动物营养博士；从农村良种场技术员，到市局检疫监管处处长；从名不见经传的监测员，到闻名业界的专家组成员；从籍籍无名的无党派人士，到社中央 2009 年度信息工作贡献奖获得者……

这所有的一切无不昭示着：本文的主人公——杭州市畜牧兽医局检疫监管处处长王雷杰博士，走的是一条卓越创新的道路。可又是一股什么样的力量，激励他走这样一条道路的呢？现在，让笔者去探寻一下其中的奥妙，以带给我们弥足珍贵的启迪吧。

为反哺生养自己的乡村，他选择了动物科学专业

王雷杰的祖父是余杭城里的一名资本家，王雷杰的父亲作为资本家的儿子，在那次轰轰烈烈的运动中受到牵连，作为知青下放到余杭瓶窑务农，在当地结婚生子。所以，1972 年出生的王雷杰，一生下来就成了农村孩子。

他跟着父母过着面朝黄土背朝天的日子，到十三岁那年因他父亲的关系，才终于转成了城镇户口。但转成城镇户口的他，依然跟父母生活在农村，过着农民的日子。直到 1986 年，他全家搬到了瓶窑镇上，才真正脱离了农村生活。

也正因为那段漫长的乡村岁月，使他对农村产生了深厚的感情。1990 年高考结束填报志愿的时候，他为了反哺生养自己的农村，毫不犹豫地报了动物科学专业，准备毕业后当一名兽医。

为什么做出这样的选择？王雷杰如此解释："有年农忙时节，生产队里的一头耕牛突然病了，它可是队里不可缺少的劳力呀。全生产队的人正感到焦虑万分时，兽医把它的病给治好了。从那时起，我就对兽医这个行业有了一种敬仰之情。"

1994年6月，经过高校四年的深造，王雷杰终于从浙江农业大学动物科学学院毕业，被分配到了当时的余杭市农业局畜牧兽医站下面的余杭良种场工作。经他后来回忆，那个良种场除了他这个技术员，总共还有一名技术员、三名饲养员，他们所服务的对象，就是良种场里那五十头母猪。

虽然王雷杰当初选报动物科学专业的目的是成为一名兽医，为农村以及农民朋友服务。但经过大学四年的深造，他的思想境界已有了质的提高，不再停留于高中毕业的水平线上。他开始觉得良种场的工作，已无法施展自己的聪明才干，但要想去更广阔的天地发展，对于他这样一名刚跨入社会的年轻人而言，又谈何容易呢？

于是，他选择了考研。

经过一年的工作之余的努力，在1996年9月这个值得记忆的季节里，王雷杰顺利考入浙江大学动物科学学院，成了一名动物营养专业硕士研究生，开始在新的领域里孜孜不倦地求知和探索。

在攻读硕士研究生的同时，他意外地收获了一份爱情。谈起这件往事，王雷杰饶有兴趣地说："我跟我妻子的结合，很有意思。"随后，他直言不讳地告诉笔者，他认识她的时候，她是学院的一名打字员，专门替他们这群研究生往电脑里输入论文，只有初中学历。

一名初中生和一名硕士研究生，在常人看来有着不可逾越的距离。确实,当王雷杰向家里提出要跟她结合时,家人表达了强烈的反对,他们一致认定他是在头脑发热。但王雷杰并没有这样认为,他觉得对方是个善良贤惠的女孩,只要有这么一条就已经足够了!最终,他顶着巨大的压力,义无反顾跟她结成了秦晋之好。

显然,王雷杰的选择是正确的。学历只是初中的妻子在婚后的岁月里,无论在生活中还是在事业上,都给予了王雷杰莫大的支持。她包揽了全部的家务活,挑起了培养儿子的重担,王雷杰失意时给以安慰,王雷杰得意时予以警醒。

"如果没有她,我不可能有今天这样的成绩。"王雷杰满怀感激地说。更让他引以为豪的是,因为妻子的悉心培养,目前尚在上幼儿园的儿子,已在围棋上有了一定的建树,曾荣获长三角地区幼儿围棋大赛亚军和杭州市幼儿围棋赛冠军。

为更好地服务于社会,他孜孜不倦地求索

光阴荏苒,三年一晃而过。1999年8月,研究生毕业的王雷杰,被分配到杭州市畜牧兽医总站饲料监测科担任技术员,从事禁用药物残留监测和畜产品的管理工作。

海阔凭鱼跃,天高任鸟飞。在这个新的环境中,王雷杰找到了"用武之地"。在短短的四年时间里,他承担科技攻关项目,研究开发检测方法。他开发了生猪宰前瘦肉精等禁用药物的检测方法和监测体系,主持了杭州市5112项目"违禁药物检测技术产业化开发",参加了杭州市重大科技攻关项目"杭州市畜产品药物残留检

测技术研究和监控体系建设"。

特别是他摸索出的那套克伦特罗（俗称瘦肉精）快速检测方法，使杭州在2001年于全国范围内率先开展生猪宰前瘦肉精检测工作，对每批生猪进行抽样检测，合格后允许屠宰，避免了此后杭州市区食用定点屠宰场屠宰的生猪引起食物中毒的事件的发生，深受各级领导和社会各界的肯定。与此同时，他主持的实验室的瘦肉精检测项目通过了省级计量认证（当时全省只有他们一家）。

2003年4月，王雷杰通过竞争上岗，来到了新的工作岗位——检疫管理科副科长。检疫对他来说是一项新的工作，管理于他而言也比较陌生。但他以永不言败的精神，极力适应新环境，学习检疫技能和知识，钻研相关法律法规，虚心向年长的同事请教，将检疫管理科和彭埠动检分站的工作开展得有声有色。

21世纪是一个信息时代。在这个时代，知识获取的重要性决定了一个正常的成年人不但要广泛地学习知识，而且要不断地更新知识，不断地学习最新科技知识，终生接受教育，这样才能适应工作的需要。王雷杰深深地意识到了这一点，于2003年9月考入浙江大学，成了一名在职博士研究生。

他一边在畜牧领域进行坚持不懈的研究和探索，先后在 Animal science, Canadian journal of animal science,《中国兽医学报》《浙江大学学报》《中国饲料》《畜禽业》《畜牧与兽医》《中国牧业通讯》《中国动物检疫》等国内外专业权威刊物上发表了数十篇重要的论文；一边分别在杭州市畜牧兽医总站报验监管科科长、杭州市畜牧兽医局检疫监管处处长等岗位上从事动物检疫和检疫监督，研究现场速测检疫项目，并对杭州市外来动物和动物产品开展报验监督，研究开发网上电子备案系统、报验网络系统、分销信息凭证控制和追溯系统。

据不完全统计，在2003—2010年间，他主持实施了《杭州市区屠宰检疫分站快速检疫检测项目建设》，主持了杭州市重大科技创新项目"外来动物（产品）调运的疫病和食用安全风险电子预警、屏障系统研究开发"、杭州市农业科技攻关项目"外来动物（产品）防疫和食用安全产销联防监控系统研究开发"的研究和2007年度杭州市市直单位创新创优目标项目"调入动物和动物产品防疫安全责任追溯信息监管系统"。

为造福于整个社会，他积极地建言献策

按王雷杰自己的话说，2003年对他而言是非常有意义的一年。因为在这一年里，他不仅走上了管理岗位，还加入了九三学社。据他回忆，2003年9月，他刚考上博士，一位师姐建议他参加九三学社。当时，他很忐忑。因为在他的印象里，九三学社是一个"崇高"的党派，加入的社员档次都很高，他担心自己不够格。

后来，在那位师姐的一再鼓励下，他抱着试试看的心态，向九三学社杭州市委提交了申请报告。让他意想不到的是，过了不到一个月，社市委就派员到他单位摸底调查，两个月后，就批准了他的请求，使他如愿成了九三学社的一员。

谈起自己的这个组织，王雷杰满含深情地告诉笔者："加入九三学社后，使我有了政治上的归宿，一方面组织上花了很大精力来

培养我，给了我很多进修和再学习的机会，另一方面也为我提供了参政议政的渠道，使自己的不少想法变成了现实。"

确如王雷杰所言，自从加入九三学社后，他凭着一名知识分子的社会责任感，利用丰富的专业知识，撰写了《尽快修订乳制品国家标准》《明确食品界定和监管边界，完善〈食品安全法〉实施空间》《外松内紧，加强对进口动物产品的监管》《建立城北报验站，构筑我市外来重大动物疫病城北防控屏障》《关于进一步加强我市水产品质量安全监管的建议》等数十篇信息，其中多篇被全国政协、省政协、社中央及市委市政府录用。

由于他善于从最熟悉的领域出发，撰写的信息见解深刻，分析独特，具有很强的说服力。例如，2008年"毒奶风波"发生后，他发现当时的乳制品国家标准中，是以粗蛋白质含量作为衡量蛋白质的唯一指标的，若单以这一指标来测定，造假方便且成本低廉。商家为了获得巨大的利润，不顾商业道德，酿成了三聚氰胺事件，给消费者带来巨大的伤害。为此，在《尽快修订乳制品国家标准》一文中，他率先提出需对国标进行更改，增加氨基酸含量等指标的测定，以杜绝类似事件的发生。

鉴于他在信息工作方面做出的贡献，他先后被评为2005年度、2008年度、2009年度社市委优秀信息员、市委统战部"我为应对国际金融危机影响献一策"活动先进个人、2009年度九三学社社中央2009年度信息工作贡献奖和被聘为2010年九三学社浙江省特邀信息员，等等。参政议政不仅让他履行了一名九三学社社员应尽的义务和职责，也极大程度上实现了他作为一位知识分子理应造福社会的人生价值。

第二辑

有付出必定有收获。由于他取得了极大的业绩，一顶顶桂冠接踵而至：杭州市第四届优秀青年岗位能手、2002年度杭州市优秀动物检疫员、浙江省"新世纪151人才工程"培养人选、杭州市跨世纪131人才培养人选、杭州市畜牧兽医总站2001年度、2002年度科技创新特别奖获得者、九三学社杭州市委科技经济工作委员会委员、浙江省肉制品协会副会长、浙江省畜牧兽医工作信息化管理专家组成员、杭州市青联十届委员、杭州市委统战部海外届别组副组长，等等。

然而，面对着这诸多的荣誉，王雷杰没有故步自封，他认为这些对于别人可能是大功告成的终点，对于他而言则是继续攀登的阶梯。他计划在管理创新和参政议政两方面投入更多的时间和精力，凭借自己丰富的专业知识和富有前瞻性的思维能力，为社会做出更多更大的贡献。

杨茂成：城市道路的"门诊部主任"

最近几年，杭州正在以"城市东扩、旅游西进，沿江开发、跨江发展"为总体发展目标，由"西湖时代"向"钱塘江时代"大步迈进。在这个进程中，杭州市道路交通建设工作面临着严峻形势和巨大挑战。据不完全统计，全市每天有一百多条道路在热火朝天地修建。而每条道路在修建过程中出现问题，最终都会汇聚到一个地方，那就是杭州市城乡建设委员会城建处。对于这个处室的负责人，人们戏称他为"全市道路门诊部主任"。

那么，这个"门诊部主任"是如何"诊治"全市道路的"病症"的？他又有着怎样的人生经历呢？怀着诸多好奇，笔者走近了这位神秘的人物——他，中等身材，健壮结实，宽阔的额头，透过近视镜片，一双有神的眼睛，显示着聪灵、机敏，也蕴含着沉稳和坚毅。他就是九三学社杭州市委委员、科技委副主任，杭州市城乡建设委员会城建处处长杨茂成。

1

杨茂成1965年2月出生于诸暨市五泄镇西青村。那里群峰叠翠、山水映衬，自然风景十分优美；但距离县城非常偏远，交通极其闭塞。据杨茂成回忆道："我读高中的时候，我们村里还没通公路，都是走路上下学。"

俗话说：要想富，先修路。出行难，影响着经济的发展，所以西青村一直处于贫困状态。杨茂成上有两个姐姐，下有一个妹妹，全家六口全靠父母两人养活，家里负担重，日子自然不好过。

虽然杨茂成家里穷，而且父母都是文盲，但难能可贵的是，父亲对学习非常重视，不管生活有多困难，都坚持供杨茂成上学。三十多年过去了，杨茂成还记得，在他家最困难的几年里，父亲为了支持他读书，还一度戒掉了烟和酒。

有两桩事情让杨茂成记忆犹新。一件是他读小学的时候，村里卫生状况差，一到天热的季节，蚊子就满天飞，特别是到了傍晚，更是多得不得了。每当那个时候，杨茂成在门口做作业，父亲就坐在他身边，给他打扇驱蚊。"作为农村里的男人，能做到这样，那是非常少有的。"杨茂成说。

另一件是1982年，杨茂成第一次高考失利，只比大专分数高了八分，结果没有被高校录取。他考虑到家里困难，就放弃了复读，跟着村里一个木匠学木工。但他学了都快两个月了，父亲还是坚持要求他去复读，并亲自带他去找中学的校长求情。

1983年,经过一年的复读,杨茂成以优异的成绩考入浙江大学,成了一名地质专业的大学生。当问及当初为什么选择地质专业时,他直言不讳地告诉笔者,当时,他村里有一个人搞地质工作,工资比其他工人高很多,他就是冲着搞地质工资高去的。

然而,天有不测风云。等杨茂成本科毕业后,国家对部分毕业生不再包分配,浙江并非矿产资源丰富省份,对地质人才需求不大,杨茂成便找不到合适的单位。而这时,随着改革开放的步伐,城市正在迅速扩张,遥感地质和地理信息学科开始兴起,杨茂成就抓住这个有利时机,报考了浙江大学地科系,如愿成为地理信息管理专业的研究生。

回忆这段往事,杨茂成动情地说:"是父亲的那份坚持,改变了我的整个命运。"谈及父亲为何对学习如此重视?杨茂成分析,当年,金萧支队被围困在他们那边的山上,年幼的父亲曾瞒过日军给支队送粮和传递信息,接触了红色思想。新中国成立后,他当过副村长兼治保主任,在村里有很高的威信,本来可以当村长和去公社当干部,但限于没有文化,怕胜任不了,最终也没敢去。

这些经历使杨茂成的父亲对知识充满了敬仰,这份敬仰也让杨茂成从小耳濡目染,铭记于心。这也使他在未来的人生征途上始终不忘汲取知识,更新观念,完善自我,从而走出了一条闪光的道路。

2

1990年7月,学成学业的杨茂成,以硕士研究生的身份,被分配到杭州市城市建设科学研究所。由于工作努力,善于钻研,在短短6年的时间里,由普通员工升职为室主任,并评上了高级工程师职称,取得了多项省市科技奖,使他的人生从此翻开了新的一页。

机遇呼唤人才。1997年1月,杨茂成被杭州市城乡建设委员会借调到科技处,专门从事全市城乡建设科技发展规划和政策的研究。1999年1月,又因为专业对口,被调入隶属于杭州市规划局的杭州市勘测设计研究院,担任信息中心主任。

在杭州市勘测设计研究院的三年里,杨茂成带领信息中心全体员工,出色完成了400余平方公里的1:500、1:2000等比例尺数字航测成图任务。从一个附属性的简单生产部门华丽转身为独立自主的技术性研发生产部门,生产研发成果多次获得"钱江杯",同步发表多篇专业论文。

初战告捷,杨茂成尝到了甜头,也增加了胆识,一个大胆的计划在心中萌发:他要进军更大的舞台。2002年5月,他通过竞争上岗的方式,就任杭州市城市规划信息中心主任。

杭州市城市规划信息中心,是经市编委批准的相当于处级、隶属杭州市规划局的事业单位。在杨茂成调入伊始,该中心由于经营不善,陷入亏损的境地。杨茂成担任主任后,开拓创新,不断提升自身实力,扩大服务领域,经过一年多时间的整顿,一扫颓势,业务量上升，扭亏为盈，中心工作终于渐入佳境。

经过八年的奋斗，该中心完成了全市范围系列比例尺地形图、影像、主城区地下管线、主城区地名等数据的建库，实现了集基础空间地理、规划编制、用地红线、建筑总图等信息的"规划一张图"综合应用；实现了规划审批、规划编制、行政办文等应用信息系统的"一个平台"管理；实现了集日照分析、建筑面积复核、规划项目告示、规划景观分析、数字地图服务、地图编制以及规划成果编研等项目的"规划一站式服务"。并为四十余家杭州市政府部门和单位提供共享应用。地理信息共建共享工作在全国位于领头示范行列。

2008年是杨茂成在杭州市城市规划信息中心的第六个年头，杭州市政府正计划建造一座世界一流、国内领先的综合性展馆——杭州市城市规划展览馆，他被授命兼任馆长。杨茂成带领展览馆全体员工积极调研，在建设中大胆突破传统展示思路，克服时间、场地、经验和多工种协同的巨大困难，圆满完成了展览馆建设任务，得到了中央高层及各级领导的高度表扬，各界反响良好，成为全国同类馆的样板工程。

杨茂成的才干，赢得了组织的赞许。2010年4月，他被调任杭州市规划局工程处处长，从事业单位转到行政机构，并由专业岗位转到管理岗位。对于这次转岗，杨茂成如此认为："我2005年评上了教授级高工，在专业岗位上时，享受副厅工资待遇。但到了管理岗位后，这些都没有了，收入降了很多。不过，从后台的技术工作转为前台的技术管理工作，能够直接参与城市发展决策，应该说，着眼点更高了，也更具有挑战性。"

第二辑

值得一提的是，在杨茂成近三年的任内，对于市政府确定的重点工程项目，如地铁工程、德胜路西延等快速路工程、余杭塘路和停车场库建设等项目，因沿线群众信访较多，他就带领处室人员，一方面耐心细致做好群众接待工作，另一方面坚持"特事特办、手续照办"的原则，配合做好相关审批工作，既保证了重点工程工作的顺利开展，又保证了项目的审批合法有效，成功实现了角色的转换。

3

作为一名老党员的后代，杨茂成为何选择加入九三学社？对此，他如是说："其实，早在我读大学时，父亲就委托村里的会计，给我代送过一份入党申请书。但当时的我，思想上还不成熟，所以没去申请加入。刚参加工作时，因为家庭条件限制，对升工资、要房子等要求多，感觉自己思想状况离党的要求差距大，也没想到去入党。"

直到1999年，杨茂成在杭州市勘测设计研究院工作时，因为院所在的规划系统有个九三学社支社，他跟支社的成员接触较多，有着共同语言，而且心境比较接近，就自然地加入了这个大家庭。

成为九三学社的一员后，杨茂成凭着一名党派知识分子的使命，积极参与社务工作，先后成为九三学社杭州市委委员、规划支社主委，第九届、第十届杭州市人大代表，第十届杭州市人大城建工委委员，杭州市纪委行风监督员，杭州市卫生监督员。目前，还担任着九三学社杭州市委委员、科技工作委员会副主任，杭州市检察院人民监督员。

借助这些平台，杨茂成积极履行社会职责，对高教园区发展、城市职住平衡综合发展、城市综合交通发展、社区基层组织管理、社区基层物业监督管理等建言献策，并经常参与杭州市电视台"圆桌会"，对交通治堵、五水共治等话题进行信息分析。用自己的智慧和力量，为社会做贡献。

同时，他还利用丰富的专业知识，撰写了一大批信息和提案，例如：《加强勘测行业管理的议案》引起了杭州市建委的重视，出台了一系列措施；参与了《杭州市地下管线条例》的起草、审定和贯彻督查；直接参与了《杭州市城市规划管理条例》的起草、送审、审查、和贯彻落实督查……

作为九三人，九三的精神在杨茂成的身上也体现得淋漓尽致。他为人谦逊、低调，从不虚张声势、哗众取宠，更不投机钻营、追名逐利。当年，他在杭州市城市规划信息中心任上，将这家亏损单位经营得风生水起，受到了上级领导的一致好评。一些亲朋好友纷纷劝他跟领导拉一下关系，让自己的职位再上一个台阶。但面对他们的"善意"，杨茂成硬是没有动心。事后，他总结道："我是一个九三人，不追求靠关系升职的一套。"

杨茂成还乐善好施，济世修身。他告诉笔者："现在房子有了，孩子也大了，对物质方面的追求，不再像以前那样看重了，更希望能尽自己的力，做一些社会公益。"杨茂成是这样说的，也是这样做的。最近十年来，他每年花在公益上的钱大概在五千元左右，前后共资助过六七个小孩。目前，他结对的是丽水特殊教育学校的一个聋哑女孩，从开始结对到现在已有四五年时间。

对于自己这些行动，杨茂成阐述道："父母年纪大了，我现在基本上每周回老家一趟。我每次回家，父亲都要向我讲述他以前当村干部时是如何照顾贫困家庭的。应该说，父亲的那些话对我触动很大，这是一个方面。另一方面是因为九三精神对我的感召。"

4

辛勤的汗水总能换来丰硕的成果。杨茂成的付出，得到了应有的回报——他前后共荣获浙江省科技进步奖二等奖1项，三等奖2项；杭州市科技进步奖一等奖1项，二等奖1项，三等奖4项；建设部华夏奖银奖2项；浙江省建设工程钱江杯2项；发表专业论文9篇。

与此同时，一项项桂冠也接踵而至：杭州市131人才工程第一层次培养人选、浙江省151工程培养人选、杭州市先进科技工作者（两届）、全国建设系统信息化工作先进个人、浙江省"数字浙江"建设先进工人、浙江省建设厅科学技术委员会专家、杭州市第一批政府采购咨询专家、建设部先进科技工作者、杭州市建委"十杰青年"……

因为有着这样丰硕的成果，2013年3月，这个春回大地，万物复苏的季节里，组织上出于对他能力的看重和人品的信任，将他调到杭州市城乡建设委员会担任城建处处长。这次换岗，杨茂成的角色再次发生了很大的转变，由人家求他，变成了他求人家。但同时也使他的工作从纸上走向实体，由虚变实，直接为老百姓办实事，纯粹为社会做贡献。照他自己的话说："责任更重了，但成就感也更大了。"

据杨茂成介绍，杭州市政府前些年阐述了实施"削峰、建网、严管、畅流、增效"多管齐下、综合治理的重大意义，提出了"决战东部、缓解中部、提升西部"三大区域交通建设的重大策略，强调了"市区快速路、主次干道、支小路、停车场（库）"等"四位一体"工程推进的紧迫性。

作为城建处的处长，杨茂成肩负着组织拟订全市城镇建设发展规划和政策，承担全市道路、河道、排水、桥梁等城市基础设施建设项目工程建设管理的协调工作，指导和协调基础设施项目建成后的移交工作等各项工作。这些工作跟居民的生活息息相关，任务重，压力大，需要他全身心地付出。

不过，令他深感欣慰的是，在上任不到一年的时间里，他们处室在他的领导下，快速路网十八个项目中，六个完工项目全部完成，八个续建项目达到预期的工程量进度，两个开工项目如期开工，两个前期研究项目超前推进，一个项目在完成前期研究的同时已经开工建设。快速路网建设三年行动计划基本完成，德胜路和彩虹大道滨江段建成通车，快速路网建设取得了阶段性重大成果。到年底，经机关和基层单位负责人民主测评，二十多个处室单位，一百多人，他们处室排名第三，他个人位居第二名。

然而，在成绩面前，杨茂成没有沾沾自喜。他诚挚地告诉笔者:"荣誉和成绩,只能说明过去,并不代表未来。"他认为,人生如舞台,前天是昨天的序幕,今天是昨天的发展,而最有吸引力的还是明天。杨茂成怀着这样的感受又乘胜前进了。因为他清楚,前面还有更远的目标,等着他去追求、去实现。

钟晓生：西塘文化的播种者

"春秋的水，唐宋的镇，明清的建筑，现代的人"，是当代人赋予浙江省嘉善县西塘镇最贴切的写照。西塘是闻名遐迩的江南六大古镇之一，作为古代吴越文化的发祥地之一，不仅自然风景优美，而且历史悠久，人文资源丰富。其多姿多彩的民俗文化，以其既共通又富有个性的气质，吸引着世界各地的人们。

如果说旅美画家陈逸飞成就了江南著名古镇周庄，那么西塘这个有"吴根越角"之称的古镇能散发出如此独特的文化气息，跟一个人的努力密不可分。这个人的名字叫钟晓生，现任嘉善县西塘古镇保护与旅游开发管理委员会文化艺术科科长。

被"下放"的文艺工作者

钟晓生1963年1月出生于嘉善县天凝小镇，14岁时进入嘉善越剧艺训班学习，同年考取了浙江艺术学校，成为"文革"后浙江省首批男女合演的越剧学员。六年的艺校生涯结束后，他回到县越剧团当演员，兼任剧团演员的基训老师。

在嘉善越剧艺训班时，在第一代越剧男演员田成效及吴剑芳、陈佩卿、宋普南等老师的悉心传授下，钟晓生凭借自身的良好天赋，在很短的时间里便演唱自如。著名越剧表演艺术家、尹派创始人尹桂芳一次到艺校"点将"时，一眼相中了他，以后几次相约，并进行了手把手的传教。于是，一曲缠绵悱恻的尹派名段《珍珠塔·前见姑》被省电台采录，后被编录进"全国越剧尹派广播大会串"节目中；一折《打金枝·闯宫》，成了招待国外元首西哈努克亲王的指定剧目。

在县越剧团，钟晓生大胆地尝试着新剧目的开发，四处征集演出剧本，得到剧作家顾颂恩的大力支持，欣然提供新编古装越剧《狐仙女》。钟晓生自己执导，为了突出舞台演出效果，增加剧情的神话色彩，揉入了一些优美舒展、富有创意的舞蹈场景。曲折的故事情节，深邃的教育意义，唱做俱佳的舞台演出，赢得了在场观众的喝彩。

然而，天有不测风云，钟晓生正准备大显身手的时候，县越剧团因种种原因解散了。于是，钟晓生被县人事局分派到了县总工会，并下派到西塘工人文化宫工作。

一个艺校高才生、县越剧团的知名演员，一下子成了最基层文化部门的职工，心理的落差可想而知。然而，20世纪80年代中期是一个特殊的历史时期，新旧文化在这一时期发生着从未有过的碰撞和冲击。凭借艺术家敏锐的感受力，不到半年时间，钟晓生发现基层的文化工作也大有文章可做。

钟晓生说干就干，在短短的时间里，他发动了镇上的一些文艺爱好者成立了西塘镇工人文宣队，利用业余时间，排练各类演出节目，从歌曲演唱、器乐舞蹈到戏曲表演、小品戏剧，无一不涉及，然后到各单位、各街道甚至是农村广泛演出。

西塘镇丰富多彩的群众文化引起了政府机关的注意。1989年全省总工会"镇俱乐部研讨会"特意到西塘举行，为此钟晓生策划组织了一台规模空前的综艺慰问演出，成了西塘工会工作中的荣耀。

此后，每每县里举办大型的艺术赛事，他便成了众单位争抢的热点人物。秉性执着的钟晓生是个不得闲的人，总是尽可能地满足各单位的要求。他风趣地说："热爱艺术的人，对艺术的邀请总是无法拒绝。"

一心弘扬西塘本土文化

俗话说，机遇总是给有准备的人。当古镇旅游开发给西塘带来无穷生机、千年传承的文明有了展示自己舞台的时候，西塘选择了钟晓生。他从2002年担任景区管理科科长到2004年年底正式明确为专职文化站站长，一片更宽广的天地摆在了他的面前。

2002年刚负责景区管理的他就大胆提议在西塘开办江南丝竹班，并得到政府的大力支持。江南丝竹共设四个班——古筝、笛子、二胡、扬琴，教学的老师是专门从杭州请过来的一些知名艺术家、演员。一时之间报名者踊跃，参加学员先后达一百多人次。从此，在烧香港的依水人家里，在曲径通幽的西园廊榭前，筝琴悠悠、笛韵悠扬，处处可见抚琴弄笛的身影。

每年一届的西塘文化旅游节是西塘人心中的盛典，也是钟晓生最忙碌的时节。每一次他都尽心策划着弘扬西塘的本土文化。

2003年西塘文化旅游节举办在即，钟晓生想到了西塘籍的著名剧作家顾锡东。他觉得宣传顾老的艺术成就，就是宣传西塘的本土文化和名人文化，应该邀请浙江小百花越剧团来西塘出演顾老的代表作《五女拜寿》。经过旅游节组委会的同意，钟晓生和时任浙江小百花越剧团团长的茅威涛取得了联系。有趣的是茅威涛还是钟晓生的老同学，在感受到一片诚意和盛情之后便一口应允，还打破了剧团不在露天舞台演出的惯例。演出当晚，西塘文化广场上盛况空前，炫目的舞台上，演员们演绎着一代戏剧家脍炙人口的悲欢故事，为古镇西塘的夜空书写了难忘的一幕。

此外，为了让西塘的旅游文化和各项艺术活动展现出全新的气象，钟晓生重点排演了具有西塘特色的《平民市长倪天增》《水乡韵》《沉醉西塘》等三个歌舞节目，其中《平民市长倪天增》《水乡韵》代表嘉善县参加市"社区之声"会演，分获金、银奖，《平民市长倪天增》还代表嘉兴市参加省"社区之声"录像送评，获铜奖，成为嘉兴市三个送评节目中唯一获奖的节目……这一连串的奖项是对西塘文化的重大提升。

2005年是钟晓生上任文化站站长第一个完整的年度。从景区管理走向负责全镇文化活动，钟晓生始终紧紧围绕文化名镇建设，努力打造文化精品。

带头"唱"响"嘉善田歌"

2006年，嘉善县委县府明确了西塘文化名镇建设的要求，在乡镇群艺工作和古镇旅游文化间摸索了多年的钟晓生又给自己制定了更高的目标。他在坚持本土文艺创作、弘扬水乡文化的同时，进一步创新群众文化活动模式，高起点打造西塘文化品牌。

这年年初，西塘镇文化站与县文化馆联合创作，钟晓生担纲主唱的田歌新唱《五姑娘》在丁栅田歌节开幕式、闭幕式、县民间艺术节开幕式上演出并获得好评，还被邀请去上海国际艺术节"水乡音花"长三角田山歌展演，在上海国际艺术节群文活动闭幕式上作为唯一的外省展演节目演出。与此同时，钟晓生抓住《五姑娘》连获各项大奖的品牌效应，在建造"五姑娘"文化公园的同时，成立了古镇西塘"五姑娘"艺术团，招聘专职艺术人才，充实演出力量，使"五姑娘"艺术团的演出成为景区的一道流动风景线。

随后，钟晓生又根据前几年创作的西塘歌曲《亲亲格廊棚》，结合荷池村新农村建设和"农家乐"旅游文化的需要，编排了以荷花、荷叶为道具的舞蹈《长廊荷影》，参加县民间艺术节开幕式演出，去兄弟乡镇参加文艺会演，并二度赴上海参加国际艺术节系列活动"长三角"田山歌展演和"长三角"职工文艺展演，使西塘群众文艺首次冲出浙江接轨上海。

2007年，由浙江日报报业集团推出的以农民为主体的"种文化"活动，给钟晓生又一次实践理想的大好机会。他把西塘镇荷池村作为"种文化"活动的主要宣传和示范阵地,以"嘉善田歌"为切入点,制定了详细的实施方案,组织开展了一系列文化活动。

钟晓生组织了镇、村两级田歌手参加了"五姑娘"艺术团文艺下乡巡回演出活动;请来了六位能完整唱几首原生态田歌的老田歌手,以沙龙的形式每周举行两至三天聚会,带动爱好田歌的村民进行教唱普及活动;联合荷池村举办田歌培训班八期,爱唱田歌的人数由原先的不到十人增加到三百余人;还发动社区组织两百名小学生去荷池村进行夏令营活动,感受田歌、学唱田歌。

与此同时,钟晓生邀请嘉兴市音乐家协会到荷池村进行"农家乐"田歌采风创作活动,借助音乐界的力量参与农民"种文化"活动,又为田歌注入了活力。

耕耘者必有收获。荷池村的"种文化"活动取得了丰硕的成果,引起了包括中央媒体在内的多家媒体关注。作为西塘镇文化站站长的钟晓生,自然也成为媒体采访的焦点。他通过"送文化"和"种文化"的比较,谈了自己对"种文化"的理解和感想。他说:"传播文化,就像农民播种,要用心播种、要精心培育……"

我们有理由相信,只要有钟晓生这样的文化播种者的坚守和付出,西塘这个千年古镇,其独特文化一定会得以传承,其历史文脉一定会得以延续,它不仅是古典的,也会是现代的;不仅是我们的,也会是大家的;不仅是江南的,更会是世界的!

开往春天的列车

2008年的初春，喜庆的气息已在杭城弥漫，人们正在为过春节做准备，一场紧接着一场的鹅毛大雪以铺天盖地之势，朝着风景如画的杭城袭来——

1月26日，市区积雪1至2厘米，近地面的物体、树枝、电线等包裹了一层透明的冰层。当天下午3时34分，市气象台发布了雪灾黄色预警；

1月27日，杭州继续出现雨夹雪天气，截至下午2时市区积雪2厘米。另因气温降低，道路有不同程度的结冰现象，市气象台于上午9时11分发布了道路结冰橙色预警；

2月1日，预料中的大雪又如期而至，树和屋顶很快积了厚厚一层。市气象台也在早上7时34分发布了雪灾橙色预警。至下午5时56分，市气象台将雪灾预警从橙色升级为最高级红色，同时发布了道路结冰橙色预警；

2月2日，又一场暴雪袭击杭州，市区积雪深达31厘米，创下50年来的最高纪录，一直以为江南雪温顺的杭城人，深陷在漫无边际的冰天雪地之中，切实感受到了雪的冷酷无情。

第二辑

黄色预警！橙色预警！红色预警！预警信号步步升级。航空停运、铁路受阻、公路不通、电网压垮、通讯中断，杭城的日常运转和市民生命财产安全受到了空前的威胁……

而这段时间恰逢民工返乡的春运高峰，高速公路封道、萧山机场关闭，列车虽然因灾害性雨雪天气影响，晚点现象非常严重，但毕竟还是在运行，旅客便一下全挤到铁路上来，原本在唱春运重头戏的杭州火车站，顿时面临着有史以来最为严峻的考验！

杭州火车站位于杭城偏南方，是目前浙江最大的客运站，具有一等站的资质，年日均发送旅客数量5.5万名，最高峰期输送达9.1万名，是浙江省的交通枢纽。尽管它在全省地位独特，但平时的候车能力只有五六千人。

在杭城尚未显示雪灾迹象时，也就是从1月25日开始，南方省份已经普降大雪，那些从广州、昆明、成都、怀化、武昌、南昌以及阜阳等省份开往杭州的列车严重晚点，有的甚至晚点72小时，影响了杭州站发往以上方向的列车（因为列车都是对开的，对方没列车过来，这边便不能发车过去）。造成大量旅客滞留在杭州站。

现在由于杭城遭受雪灾，又有大量旅客如潮水般涌入，整个杭州站放眼望去黑压压全是人。这时南方省份雨雪加剧，列车运行变得尤其艰难，晚点运行列车逐日增加，最多时达到百余趟。旅客集结量便急速上升，每天约有3万旅客滞留，高峰时连同东站高达16万！

这些旅客的候车和安置，成了车站面临的最大困难。车站的"领头羊"——站长陈明龙以对人民群众的高度责任心迅速做出反应，果断决定把原来收费的休闲茶座全部免费开放，候车室两边的经营箱包、茶叶的商铺一律停业，利用所有能利用的空间给旅客候车。

然而，对于那庞大的候车大军，这简直就是杯水车薪。情况紧急！陈明龙站长感到了一种前所未有的压力。他担任车站领导已经8年，碰到过不少春运中存在的难题，而像眼前这般的却是前所未有过。但他并未因此而有丝毫怯懦，相反愈加冷静和沉着。他立即向省市领导做了详尽的汇报，积极争取当地政府的支援，多方反映车站旅客大量集结的实际情况。

百姓是天，民生为本

1月28日晚，省委书记、省人大常委会主任赵洪祝来到杭州火车站探访慰问，现场指导铁路部门和当地政府妥善安置因雨雪冰冻天气而滞留的旅客。同日，省委副书记、省长吕祖善和铁道部副部长陆东福、副省长金德水等也一起来到杭州火车站检查春运工作，针对雨雪冰冻天气对交通造成的影响，就妥善安置和疏散滞留旅客、引导外来务工人员在浙江过年等问题及时进行部署。

市委书记、市人大常委会主任王国平一直在为大量旅客滞留车站的严峻形势而忙碌奔波，先后多次召开紧急会议，部署抗雪救灾工作，前往车站看望滞留旅客，与铁路方面商讨对策，安排有关部门为滞留旅客搭建帐篷，送上食物、热水和医疗服务。市委副书记、市长蔡奇三天五赴设在火车站内的市春运工作指挥部，现场解决难题，指导工作。

灾情就是命令！灾情就是号角！

1月27日，南京军区"硬骨头六连"所在师接到市政府请求支援电话，派出200余名工兵，火速赶往杭州火车站。官兵们冒着风雪严寒，很快搭设好12顶野战帐篷，并在帐篷里铺设了草垫子，为滞留旅客提供休息之地。

武警杭州支队派出近百名官兵在火车站一线执勤，直至除夕夜，为了快速处理执勤中出现的新情况、新问题，执勤一线官兵建立了"党员突击队，团员先锋队，政工干部宣传队"3支队伍，做到哪里有急难险重的任务，哪里就有突击队、先锋队的影子。

车站滞留人员多，执勤任务相当重，很多战士在休息时还顾不上喝水，嘴唇开裂，咽喉肿痛，但是他们还是强忍着病痛，坚持奋战在执勤第一线，尤其是有些旅客在等待几天后依然停运的情况下，情绪非常激动，但全体执勤人员牢记执勤纪律，骂不还口，仍坚守岗位，积极劝导，耐心说服旅客。

1月27日至28日，城站广场搭建临时帐篷12个；火车东站搭建临时大棚3个，临时帐篷27个；同时腾出城站广场地下停车场，借用红星剧院，用于安置滞留旅客。后又落实市体育馆、中闽大厦、铁道大厦、杭六中、清泰立交桥下停车场、机场路中学等临时安置场所6处，加上红星剧院和临时帐篷，可容纳3万余滞留旅客。1月29日，临时安置点又进一步扩大到和平国际会展中心、天华学校、笕桥中心小学。为防旅客挨冻，原安置在清泰立交桥下停车场和临时帐篷的旅客被转移到和平国际会展中心。

为了服务滞留的旅客，上城区委区政府火速派出以千名党员为核心的"应急大队"奔赴滞留点，要求党员干部冲在第一线、干在第一线。旅客滞留时间长了难免有情绪，也有一听说发车了就不顾一切凭力气争着向前冲的，随时都有可能发生踩踏的恶性事件。一支支"应急小队"迅速组建并为旅客排忧解难。

下城区是我市滞留旅客的主要安置点之一，短短几天时间市体育馆、和平国际会展中心累计收留滞留旅客逾万人。下城区委区政府和各级党组织、党员干部紧急行动，率先在市体育馆内和街道502办公室设立24小时值班点，并设专人负责每2小时情况通报制度。为了保证滞留旅客不被冻着、不被饿着渴着，下城区及相关街道和职能部门不仅全力协助春运指挥部落实好旅客们每天的食品、饮用水和御寒毛毯、衣被等生活物资，还组织志愿者艺术团开展文艺演出。

面对严峻局面，江干区委区政府也迅速启动了应急预案，启用附近的学校作为旅客安置点。当第一个安置点机场路中学迎来第一批800多名旅客时，所有教师职工党员全部到位，还有部分教师党员家属也主动加入服务队伍中，他们纷纷主动帮助提携行李，照顾小孩，端茶递水，送衣送药，送去热气腾腾的食物、刚煮好的姜汤、新灌的热水袋，广播不时发布着最新信息，整个教室在寒冬夜里弥漫着一股暖意。凌晨1时，区卫生局的救护分队来了，维持秩序的公安干警来了，彭埠镇的党员服务队也来了……

杭州各大企业也不甘落后，纷纷采取了紧急行动。他们不仅做好生产自救、妥善安置好外来员工等工作，还不遗余力地伸出援手——娃哈哈董事长宗庆后听说滞留旅客急需食品，二话不说，带头捐出上千箱饮料、方便面，支援车站滞留旅客；知味观面点师傅24小时轮班在做包子，而且，原本1.5元一个的肉包，只要是运往

第二辑

火车站给滞留旅客的每个都只卖1元。杭州锅炉集团把滞留在车站的160名民工带回企业，统一安排住宿、增发红包，请吃年夜饭，每人发一张电影票，丰富民工的春节生活。

身穿红马甲、头戴小红帽的志愿者，怀着无私的爱心和饱满的热情，忙碌地穿梭在车站广场和各留置点，积极开展志愿服务，在杭城初春的冰天雪地里，绘出了一道道火热的红色。

……

古语说，自强之外，无上上之求。

在杭州火车站方面，紧急部署分区候车、分流安置、引导安抚、全额退票等工作。印制宣传资料2万份，到每一个安置点发放资料和现场宣传，做好旅客的解释和安抚，争取理解配合，避免了旅客情绪失控，防止了踩踏事故的发生。增加广播设备不间断宣传引导，每天利用报纸、电台、电视等媒体滚动发布信息，通过移动公司连续发布列车运行短信27万条。面对广场客流疏解的最大难题，车站对每一车次的候车区域、车次牌显示、广播宣传、旅客时间和线路安排等各个细节都反复研究、选定方案，做到专人统一指挥，各点线联合行动。

杭州火车站共8位领导班子成员，全部分头按照分工到各点做指挥，几乎没有一天在凌晨2点前睡觉的。例如站党委书记董表全，在这场罕见的雪灾面前，在做好全站工作安排的同时，具体分工负责火车东站的抗雪保畅通的组织工作。在东站的八天八夜中，董表全始终和东站干部职工一起，对广场旅客候车秩序维护、滞留旅客的引导安抚、站台旅客乘降、列车正晚点信息的联系进行周密安排，妥善调度应对各种非正常情况。高负荷的工作量，使不眠不休成了他的常态。

车站还专门成立了一个抗雪灾指挥部,由班子成员加上5个部门负责人组成。他们除了在指挥部通过各种途径来了解正晚点信息,然后对一些作业做出部署安排以外,还要亲临现场了解一些状态、情况。每天后半夜,基本上都是1点左右开会,根据各方面汇总的情况,让大家对自己的安排是否完善提出更为合理的建议,经过调整后形成第二天的作业方案。

作为班子的核心层,他们无疑是最辛苦的。下面员工是根据他们的安排和部署来进行操作的。但班子成员在具体方案出来之后,还要到现场查看实施和落实的情况,每天晚上进行汇总后第二天做出调整。另外,车站每天都要跟媒体合作,把车站的一些候车情况和列车正晚点的情况,以及售票方案的调整情况,通过他们告知旅客。像这些方案的调整也都在每天后半夜开会之后研究出来。

为什么要调整售票方案?党群办主任高云这样解释:"目的是为了不使旅客在杭州站大量大面积地聚集,造成安全隐患。当时车站把售票厅停了三天不售票。因为车站是提前11天售票的,这个时候旅客要买的票基本上都买好了,到年前四五天的时候都买好了,售票厅相对而言旅客不是很多,停掉售票厅改作旅客候车的地方。而剩余的票通过一些媒体传播信息,在市内一些售票点售票。"

在那些日子里,领导班子成员几乎每天都不回家,换洗的衣服都要家里人送来。因为一线职工只要管好自己的岗位,下班了帮上半天便可回家睡觉。但领导班子成员不行,他们是各个地点的总指挥,在岗位上无人可以替代,根本没有轮流休息的机会,就连吃饭的时候,还一直用对讲机指挥着。

党委副书记傅玉芬从1月26日开始，累了就睡在办公室，换洗衣物、生活用品都是由丈夫送来的。丈夫戏称："从雪灾一开始，我从丈夫一度降级，成了她的生活男保姆。"和傅玉芬副书记一样，副站长柴子莉也把车站当成了家，她的家人担心她连日劳累身体吃不消，特地为她在家准备了鸡汤、鳖汤，每天热一次，可是一直等不到她回去吃。后来，热得次数太多都煮烂了，只好由他们自己吃掉。

榜样的力量是无穷的，点亮一盏灯，照亮了一大片。

在车站领导班子成员的带动下，车站机关60多位干部编成了春运小分队，他们纷纷放下手上的工作，不在办公室上班，一律到一线去帮班。事后，笔者从采访中了解到，这种帮班基本上没有休息时间，从早上五六点开始，一直到第二天凌晨。吃饭时间是中午一两点，晚上八九点，因为岗位上一刻也不能没人，一没人旅客就摸不着头脑，秩序容易乱，所以饭菜有时带到岗位上吃。

这样连续了十天十夜。

这些机关干部在帮班时，他们每个人都有明确的分工，但主要的任务是三个方面：一、举着写好列车班次的牌子，把聚集在广场上的旅客，引导到相应的地方候车；二、向旅客做好解释工作：因灾害性雨雪天气的影响，造成了列车的晚点，请旅客配合工作人员的工作，同时告诉旅客列车可能什么时候到站，请他们安心候车；三、组织晚点和停开列车的旅客排好队，乘坐公交车去规定的安置点，并对他们做好解释工作。

这些工作看上去很简单，但实施起来却很难。笔者在采访过程中，听客运车间党支书记蒋长芸讲了这样一个感人的故事。"K119

次列车晚点以后,外面下着大雨,我们就安排那批旅客在附近的安置点红星剧场,这要由我们的职工带过去,而一车旅客有几千名,是一批批过去的,我们带队的员工的棉袄全部湿透。有一个叫王琪的女员工带队过去,因旅客没有撑伞,她也不好意思自己撑着伞,就冒着雨带过去,带了一批又一批,头发、衣服全部都淋湿了,三双皮鞋全部湿掉,脚都泡白了。"

显然,这是高强度和超负荷的工作。但因为大家有一致的信念:绝对不能在我们车站有旅客伤亡的事件发生,要尽我们最大的努力,确保每位买到票的旅客能够安全顺利地上车。虽然每个人都疲惫不堪,但没有一个人喊累,更不要说临阵退缩了,有些员工甚至发高烧依然坚持上班,其中有个员工高烧40度,还瞒着其他同事帮班,后来车站领导发觉了,才强制他回家休息。

在这里,笔者还必须提及一个人,她叫韩晨丹,是车间管理层干部,大连人,丈夫是湖北人。她买好了2月3日晚的车票,准备利用探亲假回湖北婆家。因为按照常规,1月31日至2月4日为杭州站春运高峰期,她想2月3日忙完后晚上就走。没想到情况突变,她不忍心在这个时候离去,毅然退掉了车票,留下来跟同事们并肩作战。

杭州火车站领导干部身先士卒、忘我工作的精神,深深感染了车站每一位一线的职工,他们同样不甘落后,怀着对工作的满腔热情,积极投入到抗雪救灾中来。一时间,整个车站呈现出齐追共赶的局面。

因为所有一线职工都是轮班的,要是以往到了下班时间,他们就可以整理东西下班回家了。但在雪灾的那段时间里,他们下班后主动留下来帮班，上白班的从下午6点帮班到晚上10点，上夜班的本来可轮流睡4个小时，现在变成了通宵加班。帮班的时候，也不再局限于原先的岗位，哪里需要，就像螺丝钉钻到哪里。

在抗雪救灾的十来天里，年轻职工蔡轻轻已干了好几样不同的活，先是在转乘中心改签车票，接着做问询工作，然后在旅客滞留最严重时，举着个写有火车班次的小牌子，把一趟列车的乘客集中起来。后来去了火车站的广场举牌子引导乘客。一批批的乘客跟着她的小牌子，走到附近的会场、学校、立交桥下的临时候车点。

每天，职工们刚上班，一秒钟之内，就会有20多个旅客围上来，问各种五花八门的问题，有关于杭州火车站和火车东站的各趟列车发车时间、到站时间、候车室、车票改签的，还有借针线、借绳子、借透明胶、借晕车药的，可谓应接不暇。服务台的电话更是忙得不可开交，根本放不下，一放下就响，一响就接起来，几乎没有安静的时候，由于使用频率过高，春运还没结束，两部电话被打坏了。

每位职工都成了"管闲事"的人。有位老人坐出租车到火车站，下车时忘了拿行李箱，不知该找谁帮忙，就找到了问询员高师傅。虽然箱子丢在出租车上，并不归火车站管，但她还是帮这位老人想办法，先打96520出租车服务热线，再联系交通之声广播电台帮忙。忙活了半天，她说这也是他们的工作："我们的工作，也是一天24小时的，什么情况和问题都要帮旅客解决，没有规定范围，任何闲事，我们都要管。"

所有职工把"对不起"当成了口头禅。在那几天里，他们说得最多的一句话是"对不起"。晚点、停开总会让旅客心情烦躁，那个时候，他们需要向乘客道歉。有的旅客情绪失控，他们还得面带微笑，连声说："列车晚点，对不起了，真是抱歉。"党群办主任高云提到此处，不禁落泪："同事们每天只能睡上一小会。看着他们或发高烧或患重感冒，也只能互相鼓励。不过，再累、再委屈，面对旅客时也要诚心道歉，尽可能平复他们的情绪。"

连日的劳累加上缺乏休息，全站所有员工的体力都严重透支，几乎都出现了两个具有共性的生理现象：失声和瞌睡。

全站90%以上的同志嗓子哑掉了。他们见面的时候，都以"你也终于哑掉了"作为戏语。客运车间党支部书记蒋思芸，是其中嗓子哑得最厉害的一个，几乎发不出声来。可是面对旅客的询问，他还是一如既往地扯着嗓子，喊不出声音，手脚、表情全都用上了，以至于给一些旅客造成了误解：一个哑巴怎么也来车站当工作人员？

睡眠成了他们最大的奢望。为保证道岔口上没有一丝积雪，一连24小时待在露天的轨道中，与员工不停铲雪的副站长朱云庆，当时最大的奢望是"能睡上一会"。站长陈明龙在抗雪救灾期间参加了一次新闻发布会，记者采访完他，他的屁股一挨到椅子，就靠着椅背睡着了。

就在其他城市下雪影响到杭州站，车站员工为维持旅客的秩序都感到精疲力竭之际，又一次大的挑战正悄悄等待着他们——2月2日，一场罕见的暴风雪袭击了杭城。

这次的暴雪，使杭州站一片雪白，根本看不清轨道，道岔全部被雪覆盖。众所周知，道岔是铁路运输线上的关键地段，一旦被冻将导致道岔无法转向，杭州站的列车既不能进也不能出，会给杭州站的运行带来毁灭性的打击。

　　早在1月26日,杭州地区普降大雪,车站已组织人员清扫道岔,定人、定岗、定标准、定责任,在漫天飞雪中坚守岗位,清扫积雪,确保列车在杭州站管辖范围内的畅通。同时又多次将轮换下来休息的维持秩序小分队抽调去清扫售票厅、动车组候车室门口、站台边的积雪,以确保旅客队伍通过时不滑倒摔伤。

　　现在情况万分紧急!车站必须立即抽调更多的人力,24小时不间断清扫道岔积雪,做到下雪不停扫雪不止。当天夜里,车站有一批职工,一点半刚睡下,两点半就接到扫雪的命令。

　　在那个冰冷的雪夜,为维护了杭州站铁路的安全畅通,职工们抵抗着疲惫和瞌睡,不畏严寒,浴"雪"奋战在铁道线上……

人心齐,泰山移

　　在这场抗雪保畅通的战斗当中,全站职工空前地团结起来了。他们尽自己最大的努力,按照车站领导的安排,在各自的岗位上履行职责。通过他们的努力,虽然开往杭州的列车总是晚点,但进入杭州站境内则完全畅通,没影响到任何一辆列车的进出,确保了所有列车进出的畅通。

　　树欲静,而风不止。

　　尽管为了最大可能地让旅客早日返乡,车站全体员工不懈努力着,但还是有一些旅客因为返乡心切,不能完全理解车站方面的苦心,飞溅起几朵小小的"浪花"——

开往武昌的 1533 次旅客，在杭州滞留两天之后，被站工作人员用车接来，指定在城站广场候车。他们吵闹着要进站，但因那趟列车还未到站，被工作人员拒绝。这时，有个中年男人鼓动了一下，旅客的情绪就激动起来，他们高喊着："我们要回家！"一齐朝着进口冲去。值勤的武警为维持站内秩序，用手臂将他们挡在了外面。但那些旅客不甘罢休，企图进行第二轮冲击。正在危急之际，党委副书记傅玉芬闻讯赶来。她不顾个人安危，置身那批旅客中间，动之以情晓之以理，最终感化了那些旅客，平息了事态。

开往贵阳的 L199 次旅客在候车室等待 60 个小时后，由于列车依然停运，个别旅客产生误解，以为车被下趟旅客占用，一时间情绪非常激动，在附近指挥的客运车间主任陈旭东见状，第一时间了解到真实情况，扯着沙哑的嗓子，耐心解释："你们的车因雪灾原因停运，没有被其他旅客占用。下趟车去贵阳的旅客，目前全部安置在和平会展中心……"

但陈旭东的内心却不平静，感到肩上的担子很重。客运车间承担的工作是旅客的候车和乘降，即负责旅客买完票进站到上车的整个过程，是杭州站抗雪救灾的重要部门。作为客运车间主任的他，从事客运工作将近 20 个年头，其中 12 年在客运管理岗位上，具有极强的业务能力。凭着多年的客运组织经验，他深刻地认识到，这次雪灾如果是在平时，通过媒体的宣传，可能有 30% 左右的旅客会退票，客运难度不会这么大。但是现在正好在春节前，而这些旅客大都以民工为主，都要回家过年，有些旅客的单位已放假，有可能退了租房，没地方可去，车站再怎么动员他们退票或道歉，都不会有明显效果。

正如陈旭东主任所分析的，在这临近年关的时刻，思乡之情占据了这些旅客整个心灵，返家已成为他们的头等大事，这一点在一位大连旅客的诗里可见一斑：

风在刮雪在下，
门口的老妈妈望着远方。
今天儿子该到家了，
慈母的白发正如风中的雪花。

风在刮雪在下，
儿子趴在窗前。
爸爸说话不算话，
说好回来给我买玩具，
为何现在还不回家？

风在刮雪在下，
亲人啊，
我打工在外四年了，
我也想家，
风雪把我停在了中途，
只有似箭的归心，
无尽的牵挂。

愿早日云开日出，
愿早日冰融雪化，

送上一份祝福,

愿游子早日返家。

人心是本

陈旭东主任急旅客所急,为让他们早日返家,欢欢喜喜过大年,他凭借娴熟的客运技巧,采取了一系列非正常措施。譬如,前趟车退了一些旅客的票,空出来的座位,安排那些候车时间长且聚集在车站的旅客上车。在这次春运过程中,艺术地疏散广州方向的旅客,无疑是他客运组织的经典之作。对于那次成功的运作,陈旭东在接受采访时只字未提,是客运车间党支部书记蒋长芸告诉笔者的,他当时亲历了整个运作过程。

"广州到宁波的列车,晚点时间很长。原本每天要来一趟,但它一直没来。4日那天,终于来了一趟。当时,车站也搞不清哪天发的车。在这样的情况下,陈主任动员一批去广州的旅客,先乘去株洲的列车离开。因株洲离广州近,转车比较方便。这样,去广州方向滞留的旅客就少了。而那趟车到了以后,他考虑到还有两天,旅客正好回家过年。但乘车时间不知道,座位号码不知道,为了安置好这批旅客,他就跟车上的领导商量。当时,他的嗓子是哑的,对方听不清楚,电话打了很长时间。"

通过这样的逐步调节,到小年夜晚上,有票的旅客基本疏散完毕,曾经人山人海的候车大厅,一下子显得空荡荡的,车站全体员工长长地吁了口气，倦乏的脸上露出了欣慰的笑容。

  到农历猪年的除夕，在地方政府和社会各界的大力支持下，杭州火车站全体员工由于沉着应对、连续作战、联劳协作、统一行动，终于交出了一份满意的答卷：截至2月6日18:00，从1月18日算起，春运20天，杭州火车站共安全输送旅客141.7万人次，同比增长20.9%，没有任何旅客伤亡情况发生，所有持票旅客顺利乘上返乡列车。全国春运开始日至2月6日，安全输送旅客111.67万，同比增长21.5%。高峰期23日至26日输送28.27万，日均7.07万，同比增长23.9%，最高日26日输送8.03万，同比增长29.8%。全站消灭一切事故，到2月6日止，实现安全运营3468天。

  这些枯燥的数字，昭示了当灾难不可避免时，惊心动魄的抗争造就的另一段辉煌；也正是这些枯燥的数字，谱写了杭州火车站一千多名干部职工，在关键时刻不辜负人民的重托，全力以赴抗雪灾、众志成城保畅通的感天动地的壮丽诗篇。

后 记

后 记作为一名文学创作者，生活在当前的中国，如果想光靠文学谋生，似乎是一个"天方夜谭"。所以，我的本职工作是"编辑"。

从1995年迄今，已从事编辑工作21年。在这漫长的岁月里，出于工作的需要，免不了要写一些文字，于是产生了若干篇什。

应该说，它们都不算是我的"最爱"。然而，它们同样融入了我的无数汗水，已跟我的"最爱"们，连成了一个"血肉共同体"。

为此，我不能眼睁睁看着它们，随着时光的不断流逝，散失在茫茫报刊堆里。正因如此，我把它们整理出来，结集成了这本书。

然而，由于时间的久远和篇幅的限制，这里收录的只是2000年迄今的"工作作品"，以及一部分参加各类活动的"任务作品"。

也许，它们在您看来并不"优秀"，但对于我而言有一些重要。因为它们，是我文学创作的"附录"，更是我生存的"见证"。

2016年12月于杭州泥花香书轩